Texto de acordo com as normas do novo acordo ortográfico da língua portuguesa (Decreto Legislativo Nº54 de 1995).

Editora – Catia Mourão
Capa – Joice Dias
Diagramação – Catia Mourão
Revisão – Lidiane Mastelo

Catalogação na publicação
Elaborada por Bibliotecária Janaina Ramos – CRB-8/9166

B239c

Barboza, Val

CEO de aluguel / Val Barboza. – Rio de Janeiro: Ler Editorial, 2024.

216 p.; 16 X 23 cm

ISBN 978-65-5055-093-6

1. Romance. 2. Literatura brasileira. I. Barboza, Val. II. Título.

CDD 869.93

Índice para catálogo sistemático
I. Romance : Literatura brasileira

Foi feito o depósito legal.
Direitos de edição: Ler Editorial

Ler Editorial

CEO DE *Aluguel*

VAL BARBOZA

1ª edição
Rio de Janeiro – Brasil

Sumário

Nota da autora

Se você conhece um ranzinza fique atenta, talvez ele seja o amor da sua vida e você só precise "alugá-lo" como seu namorado para uma festa.

A trilogia Contrato de Amor – Irmãos West, é uma parceria com as autoras: Bia Ferraz e Alicia Bianchi. Os próximos livros serão lançados em breve, então fiquem atentas. O livro dois será do Tristan (Noiva de Aluguel) e o três do Dom (Namorado de Aluguel). Sim, essa família só consegue encontrar o amor através de contratos.

Atenção!

Está e uma obra de ficção que apesar de ser clichê e tratar de temas mais leves e divertidos pode conter conteúdo sensível para algumas pessoas, como: bullying, abuso físico, insegurança com o corpo, entre outros.

Aproveite a leitura!

Playlist

Gosta de ouvir música enquanto lê?
Então essa playlist é perfeita para você!

Prólogo

Stella Garfield

10 anos atrás...

Alisei o meu vestido cor-de-rosa, ele era perfeito, longo e levemente rodado, fazia-me parecer mais magra.

Sorri nervosa ao ver Trevor, jogador do time da escola e minha paixonite desde o primeiro ano, andando na minha direção com seu smoking.

Ele parou na minha frente e me olhou da cabeça aos pés.

— Você está... diferente.

Mordi o interior da bochecha para controlar a vontade de sorrir igual idiota.

— Deve ser o vestido — sugeri.

Normalmente eu usava moletom para esconder meu excesso de peso, que vivia sendo motivo de chacota na escola.

— Ou pode ser o aparelho, eu tirei. — Tímida, sorri mostrando os dentes.

— É... deu pra perceber. Vamos logo, meus amigos estão me esperando. — Girou nos calcanhares para entrar no salão.

— Espera!

Ele parou e suspirou.

— O que foi?

— O meu *corsage.* — Apontei para a embalagem na mão dele.

Trevor abriu a embalagem transparente, pegou a pulseira de peônias cor-de-rosa e colocou no meu pulso.

— Obrigada — agradeci com os olhos marejados. — São as minhas flores preferidas.

Eu o encarei com um sorriso e ele pareceu ficar desconfortável.

Enlacei seu braço e entramos no baile, todos nos olharam, talvez impressionados por verem Trevor com a Cara de Pipoca, apelido que me deram por causa das minhas espinhas.

Ele começou a conversar com os amigos, abracei meu próprio corpo sentindo-me excluída, mas, ainda assim, feliz por estar ali com o Trevor, era meu último baile, em alguns meses estaria em Harvard.

My Immortal do Evanescence começou a tocar, sorri.

— Trevor. — Toquei seu braço. — Dança essa música comigo?

Os amigos dele deram risada, corei por baixo de toda a maquiagem, que minha mãe passou para esconder as minhas espinhas.

— Por favor, eu amo essa música — pedi, ele encarou algo atrás de mim e aceitou.

Virei e vi minha prima Regina e o irmão do Trevor, James, encarando-nos, ela sorria e ele tinha uma expressão estranha. Regina e eu nunca nos demos muito bem, ela se juntava com o resto da escola para me zoar, mas após eu a ajudar com as provas finais as coisas melhoraram. James era provavelmente o garoto mais bonito da escola e sempre foi muito legal comigo, diferente do irmão que não praticava nenhum esporte, ele era meio nerd, na verdade. Acho que minha prima era apaixonada por ele, sempre a via o encarando com um sorriso.

Enquanto dançávamos uma das minhas músicas favoritas descansei minha cabeça no seu peito, sorri feliz pela primeira vez desde que comecei o ensino médio. Era um bom jeito de encerrar a pior fase da minha vida.

Trevor parou de dançar de repente, tirei minha cabeça do seu peito e percebi que todos nos encaravam e cochichavam.

— O que estão olhando? — Trevor perguntou irritado.

— Estamos vendo o quão patético você é! — disse Brittany, ex do Trevor, olhando-nos com desdém. — Te dar um pé na bunda te deixou tão traumatizado que teve que pegar a Cara de Pipoca obesa?

Todos começaram a rir e meus olhos arderam pela vontade de chorar. Eu não queria terminar minha noite daquele jeito, Brittany não acabaria com a minha noite perfeita.

— Vamos embora, por favor — pedi com a voz embargada, mas Trevor negou.

— Não, o trato foi só te trazer no baile.

— Trato? — Meu estômago pareceu queimar e ter todos rindo só piorou a sensação.

— Vamos embora, Stella. — James puxou o meu braço.

— É! A Regina me pagou pra te trazer no baile — disse o Trevor. — Você não achou mesmo que te chamaria para sair, né? — Sua pergunta repleta de sarcasmo fez meu coração doer.

Como ele pôde fazer isso? Como a Regina pôde?

O salão explodiu em risadas, não consegui mais controlar o choro, todo o meu corpo tremia. Busquei o olhar da minha prima querendo que ela negasse, mas ela tinha um sorriso perverso nos lábios tingidos de vermelho sangue.

Virei para sair correndo, mas barraram a minha passagem.

— Saiam — pedi baixo.

— Deixem a Cara de Pipoca passar, deve ser constrangedor ser feia ao ponto de ter que pagar caras para saírem com você — disse Brittany e o salão foi preenchido por risadas, mas me deixaram passar.

Alguém colocou o pé e caí para a diversão de todos.

— Stella! — James correu até mim e minha prima o seguiu.

— Deixa ela, James — disse Regina o detendo, mas ele se esquivou e veio até mim.

— Por quê? O que eu te fiz? — perguntei para Regina, sua traição doeu, chorei sem me importar com os olhares de pena e as chacotas. — O que eu fiz para todos vocês?

Deixei o salão, me sentindo a pessoa mais humilhada do universo.

Capítulo 1

Stella Garfield

A primeira coisa que faço ao acordar é abrir a janela do meu quarto e admirar a vista da movimentada Nova Iorque. Quando terminei a faculdade a última coisa que eu queria era voltar para Middlebury, em Vermont, eu amo minha família, mas voltar para lá não era uma opção, então fiz o que jurei nunca fazer, pedi a ajuda do meu avô para conseguir um emprego. Trabalhei lá até descobrir que o CEO da Lebensmittel precisava de uma secretária e me candidatei a vaga. Péssima decisão!

O toque do meu despertador avisando que já são 6h30 e preciso ir malhar, me faz fechar a janela e ir me arrumar.

Às 7h30 em ponto estou pronta, pego minha bolsa, minha vitamina e desço. Para não perder tempo, prefiro comer no caminho para o trabalho. A Lebensmittel, empresa que trabalho, é uma holding conhecida mundialmente, eles possuem várias marcas famosas de alimentos, a minha preferida é a LebenFit, a barrinha de cereal deles é deliciosa. Qualquer estabelecimento que você entrar nos Estados Unidos terá algo com o logotipo e nome Lebensmittel no rótulo.

Saio do meu prédio e uma buzina me faz virar a cabeça, um motorista briga com um pedestre que atravessou o sinal vermelho. Manhattan é um caos esse horário, todos estão indo trabalhar, o burburinho da cidade acordando me faz sorrir, diferente dos Nova Iorquinos não sou extremamente pontual, mas após levar uma bronca do meu chefe que me fez querer desaparecer, aprendi a não me atrasar, bom, mais ou menos.

Saio da estação de metrô e passo na Starbucks, compro dois cafés com e sem açúcar e um Frappuccino gelado.

Chego à Lebensmittel às 7h50, sorrio feliz, começar a semana sem levar bronca por atraso, é um ótimo sinal. O prédio imponente na rua 34, esquina do Empire State Building, chama atenção com sua fachada de vidro e logo azul.

— Bom dia, Stella — o segurança me cumprimenta.

— Bom dia, Logan.

Entrego o Frappuccino para ele.

— Meu dia só começa quando você chega. — Sorri.

— Como foi o seu fim de semana?

— Excelente. E o seu?

— Ótimo, estava longe da fera. — Pisco e entro no prédio ouvindo sua risada.

Por trabalhar para o CEO e dono disso tudo, todos me conhecem, enquanto subo os dezoito andares, cumprimento pelo menos umas vinte pessoas, a maioria me chama pelo primeiro nome.

Entro na sala do Christian e coloco seu café com açúcar em sua mesa, ele nunca agradece, mesmo assim, faço. Abro as cortinas, ele odeia chegar e encontrá-las fechadas, a coitada da faxineira sempre esquece de abrir.

Estou tomando meu primeiro gole de café sem açúcar quando o elevador abre e vejo Christian West-Buchmann, meu pior pesadelo, e um dos homens mais bonitos que já vi na vida. Aos 36 anos o alemão de quase dois metros de altura tem o corpo de quem frequenta a academia assiduamente, acho que ele desconta o ódio que tem da humanidade nos equipamentos, porque não é possível um homem que passa quase 15 horas trancado em um escritório ter esse corpo. Para piorar, a aparência de tirar o fôlego de qualquer mulher, ele é loiro, quase ruivo. Eu poderia me apaixonar facilmente se ele não me fizesse odiá-lo por ser a pessoa mais mal-humorada que conheço.

— Bom dia, senhor West — cumprimento animada.

— Na minha sala, Garfield.

Miro suas costas e me imagino o apunhalando.

— Sim, senhor — falo para a porta que ele fecha com um baque.

Bom, esse é meu amado chefe, ele não está assim porque alguma das várias namoradas chutou a bunda dele, até porque não acho que uma mulher seria capaz disso, ele está em seu estado normal de humor. Aliás, ele é um verdadeiro galinha, recebo mais ligações de mulheres que ele se relaciona do que consigo contar.

Pego o iPad com a sua agenda, mas acabo derrubando, felizmente dessa vez não quebrei. Já quebrei uns cinco e Christian ameaçou me fazer pagar o próximo.

Dou três batidinhas como sempre e entro.

— Posso passar a sua agenda?

Christian me lança um olhar que diz: Essa pergunta é séria? Só te chamei aqui para isso, sua idiota!

Limpo a garganta.

— Pela manhã o senhor...

— Seja específica, Garfield — diz e dá um longo gole no café.

Rezo para ele queimar a língua, mas pelo seu semblante de satisfação ele não queimou a língua e o café está delicioso.

Respiro fundo e sorrio, sei que ele odeia o meu excesso de felicidade, como ele mesmo já disse.

— Às 9h25 o senhor...

— Não tenho nada antes? — me interrompe pela segunda vez e minha vontade é voar no seu pescoço bonito.

— Não, senhor West. O senhor não tem nada marcado antes das 9h25.

Sou específica com o horário porque sei que esse filho da mãe pode implicar se eu não falar a hora exata.

— Posso continuar?

— Deve.

Termino de passar sua agenda e lembro do jantar de Valentine's Day.

— Na sexta tem o jantar...

Ele para o que está fazendo no computador e me encara.

— Você já disse umas vinte vezes! — exaspera sem paciência — Não precisa repetir toda vez que me vê.

Engulo minha vontade de mandá-lo para a puta que pariu.

— É que o senhor ainda não confirmou sua companhia, preciso colocar o nome dela na lista de convidados.

Surpreendo-me com o tom calmo da minha voz, esse homem testa todos os meus limites.

— Ela não precisa ter o nome em uma lista, estará comigo.

Arrogante!

— Se for só isso, está dispensada.

— Com licença.

Estou quase fechando sua porta quando sua voz grave e levemente rouca me chama.

— Sim?

— Mande uma mensagem para o Dom avisando que não posso ir almoçar com ele, porque tenho uma reunião.

— Mas o senhor não tem nenhuma reunião no horário de almoço.

Ele foge de todos os compromissos em família que puder, os pais estarem de férias estendidas na Alemanha foi provavelmente a melhor coisa que aconteceu na vida dele.

— O que eu disse?

— Para avisar ao seu irmão que você não poderá ir almoçar com ele.

— Exato! Faça o que eu mandei e não questione.

— Sim, senhor.

Sorrio e viro as costas para ele.

— Aposto que ele estará bem melhor sem você, seu ranzinza — resmungo.

— Eu ouvi isso!

Abro um sorriso que não engana ninguém e o encaro.

— Desculpe por isso, não irá se repetir. — Fecho a porta sem esperar uma resposta.

"Irei trabalhar até tarde, paixão! Amanhã a gente se vê. Sorry, beijinhos!"

Leio a mensagem ridícula do Jordan, meu namorado. Não sei por que ainda namoramos, nem lembro qual foi a última vez que nos vimos, ele está sempre trabalhando e nos fins de semana vai para a casa dos pais dele em Hazlet, nunca fui convidada. Parece que só namoramos para ele dizer aos amigos de Wall Street que tem uma namorada.

Nem me dou ao trabalho de responder sua mensagem, ele não visualizará hoje e esse "*amanhã*" dele provavelmente significa "*semana que vem*".

Ligo para minha melhor amiga que atende no primeiro toque.

— Onde você está? — pergunto.

— *O que houve com o Jordan?*

— Wall Street é mais interessante que eu.

— *Eu te avisei! Não namore nerds de Wall Street, eles são ruins de cama e viciados em trabalho.*

Ela tem razão sobre as duas coisas, Jordan é viciado em trabalho e o sexo... digamos que não nos vermos é um bônus quando o assunto é sexo, ele é afobado e nunca cheguei nem perto de um orgasmo.

— Por que mesmo eu aceitei namorá-lo? — Enfio a cara na almofada em formato da Dori de Procurando Nemo que ganhei da Anne.

Na infância era o meu filme favorito, memorizei todas as falas de tanto assistir e a Anne sabe disso, então quando ela foi à Disney trouxe uma almofada de Dori e Nemo para mim.

— *Por que ele tem dinheiro para fazer um pedido de namoro ridiculamente romântico em um cinema?*

Fomos assistir a um filme e antes dos créditos finais o Jordan apareceu no telão dizendo que me amava e queria namorar comigo. Todas as luzes acenderam e ele estava ajoelhado ao meu lado com uma linda aliança. Como eu poderia recusar um pedido desses?

Suspiro ao lembrar.

— Aquilo foi romântico — falo girando a aliança no dedo.

— *Também foi a última vez que vocês se viram!*

Não consigo controlar a risada.

— *Estou no SoHo, vem pra cá.*

— Isso é do outro lado de Manhattan! — reclamo.

— *Pega um táxi, meu amor.*

É quarta-feira e quase perdi a cabeça com meu chefe, talvez beber no SoHo enquanto reclamo do meu namorado e do meu chefe seja uma ótima ideia.

— 20 minutos! — aviso e desligo.

Só coloco um vestido e retoco a maquiagem que fiz de manhã para ir trabalhar.

Trinta minutos depois desço do táxi que deu absurdos 40 dólares.

— Stella! — Anne me chama e sorrio ao vê-la.

— Você está linda.

Anne é negra, sua pele parece chocolate, ela é do tipo *femme fatale,* nunca passa despercebida com seus 1,81m. Ela é editora de uma revista de moda e está sempre com um look mais maravilhoso que o outro.

— Obrigada — agradece amassando os cachos. — Você também está um arraso! — elogia e enrubesço, Anne não costuma dar elogios falsos, na verdade, ela não é de elogiar.

Entramos e ela pede um drink para mim.

— Como está a Margaret Tate?

Dou risada da sua pergunta. Ela deu esse apelido para o Christian quando assistimos A Proposta, protagonizado pela Sandra Bullock. Anne acredita que assim como a Margaret não reconhece o trabalho do Andrew, seu assistente, o Christian não reconhece o meu e só barganhando ele conseguirá casar.

— Piorando — respondo, escorando-me no balcão.

— Ou você está cansando dele e do humor, quer dizer da ausência de humor. O cara parece aquele ator de *Peaky Blinders*.

— O Cillian Murphy? — questiono pensando no ator, até nas entrevistas ele está sempre com a mesma cara.

— É! Ele não tem expressão. Eu acho que o Christian é um alienígena, um sexy, mas é!

Dou risada.

— Posso pagar um drink para você, linda? — um homem pergunta quase colado em mim.

— Desculpa, tenho namorado — falo sem graça sem nem saber o porquê.

— Não estou vendo nenhum namorado aqui — argumenta sorrindo.

— Ela também não vê ele, mas tem! — diz Anne e gargalho.

O homem me olha estranho e sei que estou dando a minha risada parecida com um porco. Minha risada só aumenta quando ele se afasta balançando a cabeça.

— Pra que um namorado para afastar caras chatos quando se tem a risada de porquinho? — Anne pergunta rindo.

— Eu acho fofo. — O garçom pisca para mim e entrega nossas bebidas.

Burn da Ellie Goulding começa a tocar e vamos dançar.

Minha semana passa voando e, como imaginei, não vi o Jordan, mas ele me ligou até eu atender e disse que planejou um jantar de Valentine's Day.

Como acontece toda sexta-feira, questiono-me se devo arrumar um emprego onde eu não precise assistir filmes e séries policiais para descobrir uma forma de matar meu chefe sem levantar suspeitas.

— Garfield, você está me ouvindo? — Christian esbraveja e percebo estar divagando enquanto ele me dá uma bronca.

— Sim, nada de atender ligações das namoradas suas e, principalmente, não transferir para você.

Ele dá um leve balançar de cabeça, para ele isso é o equivalente a um sorriso de concordância.

— Mas, em minha defesa, ela começou a chorar e fiquei sem saber o que fazer.

— Dá próxima vez desligue!

Balanço a cabeça concordando.

— Agora posso ir almoçar?

— Pode! Aproveite e compre um vestido com o cartão da empresa.

— Vestido? — questiono confusa.

— Sim. Preciso que você me acompanhe no jantar de hoje.

Dou risada e ele me encara sério, meu sorriso se desfaz.

— Eu não posso ir.

— Por que não? — Recosta-se na cadeira e espera minha resposta como se eu estivesse mentindo.

— Porque é Dia de São Valentim, eu tenho um jantar com meu namorado e eu te avisei umas 50 vezes sobre esse jantar! — falo quase histérica.

— Você tem um namorado? — questiona, parecendo impressionado.

Contenho a vontade de revirar os olhos.

— Sim, eu tenho! Sabe o que é, né? Uma pessoa que me relaciono exclusivamente...

— Eu sei o que é! Só não esperava que você tivesse um.

— Por quê? — Uma pontada de insegurança bate.

— Isso não vem ao caso. Preciso que você me acompanhe e não está em discussão.

— Eu não vou! Não faz parte do meu trabalho.

Ele desencosta da cadeira e estala os dedos, encolho-me, ele vai negociar.

— Pago dois mil dólares e se tornará parte do seu trabalho.

Com dois mil posso comprar uma bolsa que venho namorando há alguns meses.

— O valor do vestido será descontado desse valor?

— Se eu descontar o valor do vestido você ficará me devendo. Procure algo decente.

Arrogante!

— Ok! Mas quero cinco mil.

— O quê?!

Posso jurar que o vi arregalando os olhos para a minha audácia.

— Não vou receber menos que o valor do vestido.

— Ok!

Concorda e fico impressionada, não acreditei que fosse aceitar. Já o vi negociando e é ótimo nisso.

— Meu motorista vai te buscar às 18h00. Pode se retirar.

Começo a me afastar, mas percebo algo.

— Como vou comprar um vestido, me arrumar e estar pronta às 18h00 se saio às 17h00?

Ele suspira.

— Tire o restante do dia de folga, Garfield, mas não se atrase ou desconto do seu pagamento.

Balanço as mãos fechadas em punho comemorando e ele me encara como se eu fosse a pessoa estranha da sala.

Capítulo 2

Stella Garfield

Ligo para o Jordan três vezes, mas ele não atende, mesmo sabendo que ele não atenderia, fico irritada.

Resolvo deixar uma mensagem.

"Não vou poder jantar com você, meu chefe precisa de mim.

Sei que você entende.

Beijo!"

Entro na loja de grife mais cara que conheço, se vou perder meu Valentine's Day, Christian vai pagar caro por isso.

— Olá, senhorita. Em que posso ajudá-la?

— Preciso de um vestido para um jantar de São Valentim no Rockefeller Center.

— Tem preferência por cor? Tamanho?

— Longo e qualquer cor que não seja vermelho! — Não me sentiria confortável usando vermelho em São Valentim com meu chefe.

Ela me olha com a testa franzida, mas assente.

Após quase uma hora o único vestido que gostei é um azul de seda, é lindo e elegante, quase tedioso, combina com o Christian.

— Sei que você pediu longo, mas tenho esse preto que ficará perfeito em você.

Abro o provador e encaro o vestido que ela trouxe, sem prová-lo já amei, é perfeito. Tem um *corset* que marca a cintura, uma saia drapeada vai até o meio das coxas e o decote dele é maravilhoso.

Encaro meu reflexo no espelho e fico encantada, o caimento do vestido é perfeito, marca um pouco minha barriga, mas nada que me deixe muito desconfortável.

Dou uma voltinha me achando bonita.

— Eu amei! Vou levar esse. Também vou precisar de sapatos. E uma bolsa!

Sabendo que Christian descontará do meu pagamento se eu atrasar, fico pronta no horário combinado.

Seu motorista interfona, retoco o batom, pego minha *clucth* nova e antes de descer dou uma última olhada no espelho, arrumo alguns fios de cabelo fora do lugar e desço.

Os saltos do meu novo Louboutin batendo contra o piso ecoam pelo hall do meu prédio. O motorista do Christian me espera do lado de fora do carro, dá um leve balançar de cabeça me cumprimentando.

— Boa noite, Charles.

Abre a porta para mim e vejo Christian concentrado em algo no seu celular. Sento-me dura no banco, sentindo-me desconfortável por estar presa em um carro com ele. Quando aceitei não pensei como isso seria constrangedor.

— Boa noite — falo mesmo sabendo que ele vai ficar bravo por interrompê-lo e não irá retribuir.

— Estou no tele... — Pigarreia ao tirar os olhos do celular e me encarar. — Boa noite, Garfield.

Pisco pensando ter ouvido coisas. Ele me deu boa noite? Trabalho há anos para ele e nem bom dia me dá! Encaro Christian e engulo seco ao vê-lo me olhar dos pés à cabeça, nossos olhares se cruzam e ele volta a mexer no celular.

O que foi isso?

O carro entra em movimento e passo longos minutos no silêncio mais desconfortável da minha vida.

Chegamos ao Rockefeller Center e minha vontade é pular do carro, mas espero Charles abrir a porta do Christian.

Meu chefe e seus impressionantes quase dois metros de músculos dão a volta no carro, abre minha porta e estende uma mão, agradeço com um meio sorriso. Enlaço seu braço como se fosse a coisa mais natural do mundo, mas no instante que percebo o que fiz enrijeço. Deve ser a primeira vez que toco nele, mas ele parece não perceber meu constrangimento nem se incomodar com meu toque.

— Vejo que fez bom uso do meu dinheiro — diz enquanto andamos para o interior do prédio.

— Devo considerar isso um elogio?

Christian não responde, mas sorrio, vindo dele com certeza é um elogio.

Sempre fico impressionada com o Rockefeller Center, o complexo de 19 edifícios fica no centro de Midtown Manhattan, é quase uma cidade dentro de Nova Iorque e, está sempre cheio de turistas, hoje não é diferente.

— Podiam ter escolhido um lugar melhor para esse jantar — reclama ao ver turistas tirando fotos na entrada, reviro os olhos.

— Pelo que sei, a esposa do Sheik quis escolher um lugar emblemático de Nova Iorque.

Sua resposta é um resmungo quase inaudível.

Helena Al-Sabbah, esposa do Sheik Fazza[1], organizou um jantar beneficente, Christian não costuma ir nesses eventos, mas parceiros de negócios estarão presentes e ele não perde uma oportunidade de fechar um contrato.

Entramos no elevador e ele aperta o botão do 65° andar.

— O jantar é no Rainbow Room?

— Fique mais atenta, Garfield. Te pago para isso.

Afasto-me e o encaro.

— Você está brigando comigo porque eu não sabia onde seria o jantar?

Ele finalmente me encara.

— Não estou brigando, para brigarmos precisaríamos estar em pé de igualdade. Estou advertindo minha funcionária que não se ateve a um detalhe importante.

Abro e fecho a boca várias vezes para dar uma resposta, mas todas elas terminam com ele me demitindo. Ele tem razão, eu deveria saber, mas não muda o fato que eu quero estapeá-lo.

— Você não me perguntou, então presumi que você soubesse. Pelo visto sabe! — falo assim que as portas do elevador se abrem.

— Não presuma coisas.

Será uma longa noite! — penso

— Senhor West, é um prazer recebê-lo — cumprimenta o recepcionista.

Christian responde com seu costumeiro balançar suave de cabeça.

— Boa noite, meu nome não está na lista porque ele decidiu me trazer de última hora — justifico sem graça.

— Não é preciso, senhorita. Tenham uma excelente noite.

Entramos e fico impressionada com a decoração extremamente elegante, mesas com orquídeas cor-de-rosa trazem cor e vida para o salão clássico de pisos de madeira e janelões que dão uma visão privilegiada de Nova Iorque.

— West, achei que não viria — diz Daniel Lancaster, dono de uma agência publicitária que presta serviços para a Lebensmittel. — E ainda trouxe colírio para os meus olhos.

Pega minha mão e a beija.

— É um prazer revê-la, Stella.

Sorrio em resposta, Daniel é um galanteador barato.

---

[1] Fazza: personagem do livro O Sheik Controlador da autora Jaque Axt.

— Tire as mãos, ela tem namorado — diz Christian e Daniel se afasta.

— Quem é o sortudo?

Não consigo responder, alguns executivos conhecidos se aproximam e começam uma conversa exaustiva sobre negócios com eles.

Meu celular começa a vibrar sem parar.

"Como assim você não vem?"

"Eu planejei a droga de um jantar e você me avisa em cima da hora que não pode vir porque o merda do seu chefe precisa de você?!"

"Isso é sério? Ou você só está brava por que a gente não se viu essa semana?"

"Pensei que você entendesse meu lado, Stella! Meu trabalho é importante!"

Suas mensagens me irritam.

"Eu que pensei que VOCÊ entendesse, Jordan!
Sério? Seu trabalho é importante? Adivinha! O meu também!"

Jordan continua mandando mensagens, mas não leio, ele sempre fura comigo por causa do trabalho dele, a única vez que faço isso ele surta.

Um garçom passa por mim, pego uma taça de champanhe, delicio-me com a sensação das bolhas deslizando pela minha garganta. Instantaneamente me acalmo e esqueço que meu namorado acabou de desvalorizar o meu emprego.

Viro a quinta taça de champanhe, sinto-me leve e sorridente.

A mão grande e forte de Christian toca a base da minha coluna com intimidade e meu corpo arrepia.

— Dá uma segurada no álcool, Garfield — sussurra no meu ouvido, causando mais arrepios.

Desconfortável com a reação do meu corpo me afasto, ele não parece se importar. A sensação da sua mão na minha cintura permanece, causando calor no meu corpo. Acho que ele tem razão, é melhor parar com o álcool, estou começando a agir estranho.

— Você está sendo paga, então comporte-se!

Balanço a cabeça concordando.

Ele volta a conversar, peço licença para ir ao banheiro.

— Estou de olho em você, não vai beber e dar vexame.

Minha vontade é revirar os olhos, mas sorrio e vou ao banheiro .

Estou voltando para onde Christian está me olhando a cada cinco segundos, sua cara não é das melhores, acelero o passo, mas uma voz conhecida me faz parar e meu corpo arrepiar, de um jeito ruim, viro lentamente pedindo para ser qualquer pessoa menos...

— Stella?

Brittany e Trevor andam na minha direção. *Tantas pessoas no mundo e logo eles estão aqui? O que eles estão fazendo aqui?* Pisco na esperança que seja o álcool me fazendo ver coisas, mas eles continuam andando na minha direção. Quero sair correndo, mas travo no lugar.

— Oh my God! Faz tanto tempo que não te vejo — diz Brittany.

Preferia que continuasse assim!

— O que estão fazendo aqui?

— O Trevor é o quarterback dos Jets[2], alguns desses bacanas são patrocinadores dele — diz Brittany como se o Trevor fosse Tom Brady[3].

Inclusive a Lebensmittel, ele patrocinam os Jets há anos, são os maiores patrocinadores.

— Hum — resmungo.

— Você está diferente — diz Trevor, olhando-me da cabeça aos pés.

— Verdade, quase não te reconhecemos — completa Brittany.

"Você está diferente"

O jeito que ele diz isso e seu olhar de admiração me fazem lembrar do baile e, de como me senti especial quando ele disse a mesma coisa depois que passei horas me arrumando para ele. Minha garganta trava e minha boca seca.

Procuro um garçom e não encontro nenhum por perto.

— As pessoas mudam. — Sou ácida.

— Espero que agora você não precise mais pagar para homens saírem com você! — diz Brittany em tom de piada, mas não sou capaz de rir, esse assunto ainda é uma ferida aberta para mim.

Um garçom passa neste exato momento para me salvar, pego uma taça de champanhe e viro a bebida, percebo que estou tremendo, pego outra. Olho para Christian e seu olhar me diz que ele não está nada satisfeito em me ver bebendo novamente.

— Não preciso, tenho namorado — falo orgulhosa, mesmo meu namoro sendo um verdadeiro fracasso.

A última coisa que quero é os dois pensando que ainda sou a mesma Stella do ensino médio, a garota vítima de bullying.

— Você paga para namorá-lo?

— Bri! — Trevor repreende a namorada. — Aposto que Stella não precisa disso — diz com um sorriso.

— É brincadeira, amor! A Stella sabe disso — fala rindo. — Espero que esse dure — alfineta.

---

2 Jets: time de futebol americano.

3 Tom Brady: um dos maiores jogadores de futebol americano.

Respiro fundo, sou conhecida em Middlebury por ter relacionamentos curtos porque supostamente eu ainda sou apaixonada pelo Trevor.

— Não pretendemos nos separar tão cedo!

— Nossa! Não vai me dizer que é aquele cara que não tira os olhos de você.

Sigo seu olhar impressionado e vejo o Christian, conheço-o tão bem que só pelo seu olhar sei que se eu tomar mais um gole de champanhe ele vai me matar, ou pior, descontar do meu pagamento. Engulo em seco e sorrio tentando dizer que não beberei.

— Uau! O que foi essa troca de olhares? — questiona e volto meu olhar para ela.

— O que você disse?

— Você e o seu namorado são... intensos!

— Meu o quê?!

De onde essa mulher tirou que eu namoro o ranzinza?

— O seu namorado. O gato do outro lado salão — diz admirada.

— Eu estou aqui! — reclama Trevor e Brittany dá risada do ciúme dele.

Volto a olhar para Christian, ele conversa com um grupo de empresários e de vez em quando olha na minha direção. *Como ela acha que um cara bonito desse jeito namoraria comigo? Meu namorado tem no máximo 50% da beleza do Christian!* Mesmo odiando mentiras, meu ego ferido lá no ensino médio não me deixa desfazer o mal-entendido, apenas sorrio.

— Eu vou indo antes que ele venha me buscar — brinco, mas é bem provável que ele venha mesmo e se isso acontecer não saberei onde enfiar minha cara.

— Tarde demais, ele está vindo aí! — diz Brittany.

— O quê?! — Vejo Christian andar na minha direção e meu coração começa bater mais rápido. — É melhor eu ir, tchau.

Nem espero uma resposta deles, saio andando apressada em direção ao Christian e ele franze a testa.

— Por que você está afobada?

— Eu não estou afobada! Vamos embora?

— Está sim, você praticamente atravessou o salão correndo! Está querendo cair de cara no chão e ser o assunto da festa?

Desastrada do jeito que sou e após tantas taças de champanhe é bem provável que isso aconteça.

— Eu não...

— Christian, achei que não conseguiria falar com você — diz Ryan Gallagher[4], dono da Gallagher & Co., uma das maiores joalherias do mundo, acompanhado de sua esposa, Louise.

Só conheço os dois dos tabloides de fofoca, a gravidez da Louise virou notícia na época. Pessoalmente são muito mais bonitos, um casal perfeito.

— Ryan, o que faz em Nova Iorque?

— Louise que cuidou do buffet — diz orgulhoso e a loira sorri apaixonada.

— Estava de fato excelente — diz Christian e Louise agradece.

— Não vai nos apresentar sua acompanhante? — pergunta Louise.

— Essa é a minha...

— Stella, nos apresente seu namorado. — A voz da Brittany me faz assustar, levo a mão ao coração.

— O que estão fazendo aqui? — pergunto para o casal infernal.

— Ficamos curiosos para conhecer seu namorado — diz olhando para Christian e Trevor concorda.

— O que está acontecendo? — Christian pergunta e pelo seu tom ele está muito irritado.

— Você está namorando? — Ryan indaga surpreso e impressionado, no lugar dele eu também estaria.

Meu Deus! Onde eu me meti?

Sorrio e enlaço seu braço, odeio-me pelo que faço a seguir.

— Querido, essa é a Brittany e seu namorado, Trevor, antigos amigos de escola.

Christian enrijece, olho para ele implorando para não me desmentir, não posso passar por mais essa humilhação. Sua expressão diz que ele está muito bravo comigo, mas seus ombros relaxam, suspiro aliviada, ele olha para Brittany e Trevor.

— É um prazer conhecer amigos da Stella, mas precisamos ir embora. — Olha-me e engulo seco. — Stella e eu precisamos ter uma conversa.

Sua fala me faz estremecer, ele não está bravo comigo, está furioso. Pela primeira vez desde que trabalho para o Christian, entendo o medo que os outros funcionários têm dele.

— Claro, foi um prazer conhecê-lo e revê-la — diz Trevor, e Brittany concorda.

Christian se despede de Ryan e Louise, segura minha cintura e dessa vez um arrepio de medo atravessa minha coluna. Estou muito ferrada.

---

[4] Ryan: protagonista de Uma Família Para o CEO da autora Val Barboza, disponível na Amazon.

Capítulo 3

Christian West-Buchmann

Firmo minha mão na base da coluna da Garfield e a guio em direção à saída. Quero sair daqui o mais rápido possível para saber onde ela estava com a cabeça para mentir sobre namorarmos. Só não a desmenti porque não queria uma cena, mas sua atitude foi inaceitável. Ela tem a porra de um namorado! Aliás, onde está esse merda que nunca fiquei sabendo da existência dele?

Entramos no elevador e antes que eu exija explicações um senhor pede para esperá-lo e, Garfield e toda sua vontade de ajudar as pessoas, seguram as portas.

— Obrigado — agradece e ela sorri em resposta.

Tento repreendê-la com um olhar, mas ela encara as portas metálicas alheia a mim. Minha atenção vai para os lábios tingidos de vermelho, completamente beijáveis, pisco expulsando o pensamento e meu olhar desce para maldito decote. A droga do vestido a deixa elegante e tão sexy que chega a ser perturbador. Suas pernas longas e torneadas são uma distração e tanto, o maldito vestido não deixa muito para a imaginação. Nunca prestei muita atenção nela, afinal é minha secretária e não me envolvo com funcionários, mas hoje é impossível não ver como ela é bonita.

Meu celular vibra avisando a chegada de uma mensagem do meu irmão mais novo, Tristan, mas não consigo prestar atenção em sua mensagem, a merda do perfume inebriante dela toma conta da caixa metálica.

— Que perfume é esse? — pergunto sem esconder minha irritação.

— É...

— Eu adorei — diz o senhor —, flor de laranjeira e... — inspira — baunilha. Uma combinação perfeita — elogia e um enorme sorriso se desenha nos lábios vermelhos dela.

Notando que ainda a encaro, seu sorriso se desfaz e abaixa a cabeça. Franzo a testa, normalmente ela me encara de volta com um olhar insolente, mas abaixar a cabeça é a primeira vez.

As portas se abrem e saio do elevador, contente pelo ar puro.

— Que palhaçada foi aquela? — inquiro assim que saímos do prédio.

— E-e-eu... — gagueja, deixando-me ainda mais irritado.

— Fale logo e sugiro que não minta!

— Eu não sou uma mentirosa! — se defende.

— Não foi o que pareceu. Você é provavelmente a pior funcionária que já tive. É insolente, não sabe cumprir horários, já me deu mais prejuízo em iPad do qualquer outro funcionário, não se atém a detalhes e agora descubro que é uma mentirosa!

Ela arfa e dá um passo para trás.

— Já pensou que talvez, só talvez, você seja um péssimo patrão?!

— Como?! — pergunto sem acreditar, ela mente e ainda me critica.

— Você tem um humor do cão e trata todos com grosseria. Você nunca me agradeceu por levar café todos os dias, nem por abrir as cortinas só porque você tem a merda de toc delas fechadas — exaspera. — E só me atrasei uma vez!

Fico sem acreditar que realmente ouvir isso, Garfield sempre foi insolente, mas nunca se dirigiu a mim nesse tom.

— Eu me demito.

Vira as costas e fico um tempo parado sem entender o que acabou de acontecer.

— Você não pode se demitir!

Ela para e me fita com raiva.

— Eu posso, e só não fiz isso antes porque aparentemente sou masoquista, não há outra explicação para eu passar tanto tempo me sujeitando ao pesadelo que é trabalhar para você! Mas finalmente estou livre e espero nunca mais ter que ouvir "na minha sala, Garfield" ao invés de "bom dia"!

Sai batendo o pé e meu celular volta a vibrar, dessa vez indicando uma ligação.

— O que você quer, Tristan[5]?!

— De mau humor, irmão? — debocha, deixando-me ainda mais irritado.

Tristan, meu irmão caçula, é adotado, ele parece atrair problemas e confusão, primeiro com a bandazinha de rock, uma fábrica de problemas,

---

5 Tristan: protagonista do livro 2 da trilogia Contrato de Amor (Irmãos West), escrito pela autora Bia Ferraz.

principalmente agora que estão fazendo sucesso. O maior deles é a namorada, não passa de uma modelo drogada embarcando no sucesso e nome dele, mas quando falo isso sou acusado de ser igual o nosso pai, como se isso fosse algo ruim.

— Diz logo o que você quer!

— Tenho um show em Nova Iorque e...

— Se isso for um convite, esquece, não vou.

— Ok! Se o Dom[6] perguntar fala que eu te convidei — se refere ao nosso irmão, que parece a nossa mãe quando o assunto é manter a paz entre nós três.

Aliás, Dom é o embaixador da paz, nada o abala. Após uma briga é mais fácil encontrá-lo no Central Park fazendo aquelas acrobacias que ele chama de *Tai Chi Chuan*, do que em um bar como uma pessoa normal, mas nem sempre foi assim.

Desligo o telefone e vou atrás da Garfield, mas não a encontro.

— Onde ela está? — indago para o meu motorista ao não ver a Stella.

— Foi embora de táxi, senhor.

— Ok, para casa.

Entro no carro e o perfume intoxicante dela ainda está impregnado em cada canto, é como se ela ainda estivesse aqui.

— Para a casa da senhorita Stella? — pergunta do banco do motorista.

— Não! Para minha casa, na segunda ela explica esse surto.

As portas do elevador se abrem na cobertura, andar da presidência, e a primeira coisa que noto é a ausência da Garfield.

Verifico as horas e vejo que ela está atrasada.

— Segundo atraso.

Entro na minha sala e me deparo com tudo escuro, encaro a merda das cortinas fechadas perguntando-me por que não estão abertas. Procuro o controle para abri-las e não encontro. Levo a mão em busca do meu café, mas não há café. Droga!

Penso em ligar para alguém que saiba onde está a merda do controle, mas não sei número e nem quem pode resolver isso, a Garfield que sabe de tudo isso.

Saio da minha sala e desço no andar do financeiro, abaixo do meu.

---

6 Dom: Protagonista no livro 3 da trilogia Contrato de Amor (Irmãos West), escrito pela autora Alicia Bianchi.

Passo pela mesa vazia da secretária de Lara Cameron, minha diretora financeira.

— Ninguém veio trabalhar hoje? — pergunto, entrando na sala da Lara.

— Ai! — Leva a mão ao peito. — Você me assustou.

— A porta estava aberta. Cadê sua secretária?

Lara se recupera do susto e me encara com uma expressão confusa.

— Ela foi buscar uns arquivos para mim. Por quê?

— Preciso dela.

— Onde está a Stella?

— Acho que se demitiu.

— Acha?!

— Pelo menos foi o que ela disse, mas isso não vem ao caso. Preciso de uma secretária urgente e a sua serve, por enquanto.

— Ok.

Viro-me para sair e Lara me chama.

— Tenta não a fazer pedir as contas, eu gosto dela. — Seu olhar é suplicante.

Ignoro sem entender o que ela quis dizer com isso e volto para a minha sala.

Após malditos vinte minutos a secretária aparece ofegante e com os cabelos despenteados.

— Mas o que é isso?!

— Desculpa, eu tive...

— Não quero saber. Preciso que você organize minha agenda da manhã e abra essa merda de cortina.

— Claro, com licença.

Ela anda até a minha mesa e pega o controle na primeira gaveta, balanço a cabeça sem acreditar.

— Também quero um café.

— Sim, senhor.

Ela sai e começo a trabalhar, mas sou interrompido segundos depois.

— Desculpe interromper, mas o senhor está atrasado para uma reunião.

Respiro fundo e vou para sala de reunião.

Tudo parece fora de ordem, ninguém arrumou os arquivos com a pauta da reunião, nem orientou a copeira para servir água e café, aliás, o café que pedi para a secretária ainda não chegou. A Garfield deixou isso aqui uma bagunça.

Ouço batidas à porta, mando entrar.

— Desculpe a demora, mas aqui está o seu café.

Tomo o primeiro gole sem prestar atenção e quase cuspo em cima da mesa.

— Mas que porcaria é essa?!

O café está frio e sem gosto, olho a embalagem e não reconheço o logotipo.

— Algo errado? — pergunta nervosa.

— Reunião encerrada!

Levanto-me e saio da sala deixando todos sem entender.

— Senhor? — a secretária me chama. — Senhor West, fiz algo errado?

— Cancele todos os meus compromissos da manhã.

— Mas...

— Só cancele! Acho que isso você consegue fazer.

Aviso meu motorista que irei sair e desço para a garagem.

Stella Garfield

Acordo sorrindo, coisa difícil de acontecer durante a semana, mas quando lembro que não preciso ir trabalhar é impossível não sorrir.

— Nunca mais vou precisar aturar aquele ranzinza — falo saindo da cama quase saltitante e tropeço.

Assusto-me ao ver as horas, já são 9h15 da manhã. A primeira coisa que fiz quando cheguei em casa ontem, foi desligar o meu despertador.

Começo pedindo para a Alexa tocar "Músicas Alto Astral". *Happy* do Pharell Willians toca me deixando animada, faço uma coreografia sem sentido enquanto preparo minha vitamina.

— *Because i'm happy...*[7]

Minha campainha toca, acabando com um pouco da minha alegria, mas vou atender. Olho pelo olho mágico e vejo o Jordan, estranho ele estar aqui, mas abro a porta.

— Que barulho todo é esse? — Jordan pergunta, entrando no meu apartamento.

— O que você está fazendo aqui?

Jordan nunca aparece de surpresa, nem quando marcamos de nos encontrar ele aparece.

Ele manda a Alexa desligar e me encara.

— Estava aqui perto.

— Tá! Mas o que você está fazendo aqui?

---

7 because i'm happy: porque estou feliz.

— Estava passando aqui perto e decidi ver se você estava em casa. Vejo que fiz bem. — Sorri com malícia.

Seu olhar percorre meu corpo coberto apenas por uma camisola de renda e seda. Agarra-me e beija meu pescoço, sua carícia é desajeitada e não me causa nada além de vontade de empurrá-lo e é o que faço.

— Pensei que você quisesse conversar sobre sexta.

Ele suspira e se joga no sofá, e cai em cima da almofada do Nemo.

— Não tem o que conversar, você furou comigo por causa do seu chefe. — A raiva presente em sua voz me irrita.

— Você já fez isso várias vezes e nunca reclamei!

— Porque meu trabalho é importante!

— O meu trabalho também! E sai de cima do Nemo.

— Stella, eu te amo, mas grampear papel e atender ligações não é importante — diz, saindo de cima do Nemo e o jogando na outra extremidade do sofá.

Ouvi-lo falando assim me enfurece porque é exatamente o que minha mãe diz, ela não liga se Christian é um dos empresários mais importantes do mundo, só se importa com o fato da filha dela estar trabalhando como subordinada de alguém.

— Puxar saco dos engravatados de Wall Street nem é um trabalho de verdade! — esbravejo.

Eu tentei, juro que tentei ser a melhor namorada possível, a mais compreensiva, mais doce e justa, mas o Jordan só quer alguém que aceite o pouco que ele tem a oferecer e ainda se sinta grata por isso.

— Sou corretor da bolsa de valores e não puxo saco de ninguém. — Levanta-se do sofá, deixando de lado a postura relaxada.

— Então, por que você passa o dia tentando agradar todo ricaço de Nova Iorque? Você pode achar que o seu emprego é mais importante, mas pelo menos eu não tenho que bajular ninguém.

A expressão do Jordan é impagável.

— Você está histérica! Não imaginei que você fosse assim, Stella. Estou muito decepcionado — diz, andando até a porta.

— Decepcionado? Você não me apoia, nunca me dá atenção — suspiro — , você não consegue nem me fazer gozar, Jordan!

Ele se vira com os olhos brilhando de raiva.

— Ninguém nunca reclamou! — Bate a porta e sai como se eu estivesse errada.

Eu não estou errada! Será que estou?

Volto para a cozinha e a campainha toca novamente.

Marcho em direção à porta pronta para mandar o Jordan ir se ferrar.

— Vai se fe... — calo ao ver Christian West parado na minha porta.

Capítulo 4

Christian West-Buchmann

Toco a campainha da Garfield, escuto-a xingar e a porta abre bruscamente.

— Vai se fe... — se cala ao me ver — Christian?! O que você está fazendo aqui?

Meus olhos percorrem seu corpo coberto pela camisola de seda branca. O pedaço de tecido mal cobre suas coxas e a renda do busto me deixa ter um vislumbre dos seus mamilos.

Ela cobre os seios com os braços e nos fitamos por um instante.

Limpo a garganta, desconfortável.

— Por que você não foi trabalhar?

— Não trabalho mais para você. Como subiu?

— Sua vizinha me deixou entrar.

Revira os olhos.

— É claro que ela deixou.

— Preciso que você volte ainda hoje. A empresa está um caos e a secretária da Lara não sabe fazer nada direito.

— Ela sabe, mas você provavelmente está enlouquecendo-a. Tente sorrir, talvez ela trabalhe melhor.

Tenta fechar a porta na minha cara, mas impeço e entro no apartamento. Observo com estranheza almofadas em formato de peixes. *Isso são aqueles peixes do filme?*

— Ei! Sai da minha casa!

— Você tem filho?

— O quê?!

Pela sua surpresa é provável que não tenha filhos.

— Eu te dou um aumento. — Olho em volta. — Você está precisando.

É um bom apartamento com móveis de primeira, mas minúsculo.

— Inacreditável — diz incrédula. — Você invade minha casa e ainda me ofende. E que história é essa de filho?

— Não te ofendi, só te ofereci um aumento porque vi que você precisa e, eu quero que você volte a trabalhar para mim.

— Meu Deus! Vocês Nova Iorquinos são mesmo uns arrogantes egocêntricos.

Tenho plena consciência do meu jeito um pouco rude, sou um homem prático, porém não sou um arrogante egocêntrico.

— Garfield...

— Eu não vou voltar a trabalhar para você.

Encaro seu rosto, ela parece determinada, mas eu sou mais.

— Eu dobro seu salário.

Seus olhos se arregalam.

— É uma proposta tentadora, considerando o meu antigo salário, mas minha resposta ainda é não.

Determinada até demais — penso.

— O que você quer?

— Que você saia do meu apartamento.

A campainha toca, Garfield xinga algo incompreensível e marcha até a porta.

— Espero que tenha vindo se desculpar!

— Sim, eu não quero ir embora brigado — diz uma voz masculina. — Quem é você? — pergunta, encarando-me.

Analiso o homem da cabeça aos pés, um loiro quase da altura da Garfield, apesar do terno sob medida ele parece um nerd viciado em videogame. Esperava mais da Garfield, ela poderia arrumar coisa melhor.

Não me dou ao trabalho de respondê-lo.

— É meu chefe... bom, meu ex-chefe.

— Aquela cena toda é por causa dele? Vocês estão tendo alguma coisa? — inquire enciumado.

Coloco minhas mãos nos bolsos e observo a cena patética se desenrolar bem na minha frente.

— Nã...

— Você está me traindo com esse cara?

— O quê?! Óbvio que não!

Como é óbvio?

— Então, por que ele está aqui com você está vestida assim?

A expressão da Garfield neste momento quase me faz ter dó dele.

— Assim como?

Sua pergunta é quase um alerta, mas o idiota não notou o quão brava ela está. Pelo seu tom de voz a ideia mais sensata seria ele ficar quieto.

— Como se quisesse seu emprego de volta!

Ele mal termina a frase e o som do tapa ecoa pela sala.

Devo admitir que a ver brava e batendo no idiota só de camisola foi sexy. Seu rosto corado pela raiva e a forma que seus seios balançam enquanto ela gesticula me faz ter ideias nada profissionais com ela.

— Nunca mais fale comigo assim! Acabou Jordan!

O nerd idiota me lança olhar raivoso e sai batendo a porta atrás de si, igual um adolescente.

— Belo tapa — elogio, realmente impressionado.

— Você pode ir embora e me deixar em paz? — Abre a porta impaciente.

Insistir não mudará sua opinião, então decido ir embora.

— Se mudar de ideia, sabe onde me encontrar.

— Não vou mudar.

Três semanas depois...

Odeio gente incompetente! Três semanas se passaram e até agora o RH não conseguiu arrumar uma secretária minimamente eficiente. A primeira era mais desastrada que a Stella, derrubava tudo que encostava, a segunda não conseguia falar nada sem gaguejar e a terceira não lembro qual era o problema, mas não durou uma manhã.

— Qual era o problema dessa última? — pergunta Lara Cameron.

— Nenhum.

— Então, por que a demitiu?

— Por que você está aqui? Cadê o rapaz do RH?!

Ela suspira e abre um sorriso estranho.

— Estou aqui porque estão... todo mundo está com medo de você.

— Medo de mim?

— Sim, desde a demissão da Stella, seu humor está terrível.

Ouvir seu nome me faz lembrar como ela estava sexy com aquela camisola. Aposto que o nerd deve estar arrependido uma hora dessas, se não está, deveria.

— Oito secretárias e você assustou todas. Só essa semana duas secretárias foram embora chorando.

Não sou ruim assim, ou sou? A Garfield nunca reclamou. Quando se demitiu disse que sou um péssimo chefe e tenho um humor do cão, mas não posso levar isso em conta.

Lara pigarreia e se ajeita na cadeira.

— Você precisa de uma secretária e essa última é muito boa, você mesmo disse isso.

— Eu só confirmei que ela não tem nenhum problema, para ser boa ela precisaria pelo menos trabalhar sem me perguntar a cada 5 segundos se eu preciso de algo.

— Desisto. Pede para a Stella voltar.

— Já falei com ela, a resposta foi não.

— Você foi atrás dela?! — pergunta surpresa.

— Mande sua secretária ficar comigo enquanto não arrumo uma. Ela pelo menos não gagueja, nem pergunta nada para mim.

Solta uma risada nervosa, encaro-a.

— Algum problema? — questiono.

— Não.

— Fala logo o que há de errado!

— Ela disse que irá se demitir se precisar trabalhar com você novamente — diz com cautela.

— Ofereça qualquer valor para ela ficar até eu arrumar alguém.

Stella Garfield

Meu novo emprego é perfeito. Apenas dois dias após me demitir consegui um emprego, meu novo chefe é ótimo, não é exigente, me dá bom dia e tem bom humor, mas não estou feliz como imaginei.

— Você é masoquista! — Anne quase grita isso no meio do restaurante e as pessoas em volta encaram nossa mesa.

— Quer um microfone? — pergunto constrangida.

— Desculpa, amiga, mas você se livrou do seu ex ruim de cama e do emprego que você odiava numa tacada só. Era para estar saltitante e não reclamando.

Contei para ela sobre o Velentine's Day e ela riu a ponto de rolar no tapete da minha sala. Anne já sabia sobre o baile, como uma boa amiga odeia o Trevor, Brittany e minha prima Regina.

— Eu não odiava meu emprego.

— Só o seu chefe — diz, levando a boca uma garfada do seu almoço vegano.

Anne é uma vegana fajuta, não come nada de origem animal, mas não dispensa uma bolsa ou sapato de couro. Enquanto mastiga sua comida vegana, ostenta uma calça de couro preto combinando com a bolsa também de couro.

— Não odiava ele, eu só... ficava irritada com o mau humor dele.

— Amiga, seu chefe e emprego atuais são legais e você está solteira. Deveria estar feliz e transando com algum Nova Iorquino com o pau maior que o ego.

Dou risada, Anne nasceu e cresceu em Nova Iorque, mas é a primeira a criticar o jeito mal-humorado, arrogante e egocêntrico deles. Ela é uma exceção, mas trabalhando é terrível, o Christian é um ótimo chefe perto dela.

— Eu deveria procurar outro emprego. — Suspiro.

Ela semicerra os olhos.

— Isso! Procura um emprego melhor com um chefe superexigente, mal-humorado, pé no saco, a personificação do mal — zomba.

Gargalho.

— Está me chamando para trabalhar com você?

— Eu não sou pé no saco — se defende rindo.

Pago a conta e guardo minha carteira na minha nova bolsa Prada, comprada com os cinco mil dólares do Christian.

Assim que saímos do restaurante alguém me chama.

— Diz que não tem uma morena com cara de latina me chamando — falo quase desesperada.

— Não tem. — Sorrio e Anne faz careta. — Tem uma latina e uma loira peituda te chamando.

Viro e vejo Brittany e Regina vindo em nossa direção.

— Anne, eu vou fingir um desmaio — falo pensando seriamente na opção.

— Quem são?

— Brittany e Regina.

— Eu tenho spray de pimenta, se quiser.

Não consigo controlar a risada, minha vontade é abraçar Anne por ser uma amiga tão boa.

Elas sorriem e nos cumprimentam, Anne nem finge ser simpática.

— A gente anda se esbarrando bastante — diz Brittany.

— É — concordo desanimada.

— Estive em Middlebury, seus pais e, principalmente, o vovô sente sua falta — fala minha prima.

Minha garganta trava pela saudade, mas sorrio.

— Converso direto com eles pelo FaceTime — esclareço, pois, odeio quando insinuam que abandonei minha família.

Após o baile, meu avô me salvou dos cochichos da cidade, levando-me para viajar antes das minhas aulas começarem, mas todas as férias eram uma verdadeira tortura. Middlebury é uma cidade pequena e as pessoas não são nada discretas ou sutis. Perguntavam se eu não estava namorando porque ainda estava apaixonada pelo Trevor, ou se vê-lo com Brittany me magoava, por mais que eu negasse, as perguntas e olhares de pena continuavam. Quando terminei a faculdade minha única certeza era não querer voltar para lá, eu não queria mais perguntas.

— A gente já estava indo embora, então tchau — diz Anne ao ver meu desconforto.

— Espera, viemos te chamar para o meu aniversário no sábado — avisa minha prima.

— Não posso ir — nego imediatamente.

O telefone da Anne começa a tocar, ela se desculpa com um olhar e vai atender.

— Eu ficaria feliz se você fosse — comenta Regina com sua voz doce e me sinto mal por nem cogitar ir.

— Vários amigos do tempo de escola vão. — Mais um motivo para eu não ir. — E aposto que vão adorar te rever — diz Brittany.

— O Trevor vai, não é um problema para você, né? — Regina pergunta.

Respiro fundo.

— Claro que ela não se importa, agora ela tem namorado. — Ri. — Leva ele — Brittany sugere animada.

— Meu namorado?

Tenho vontade de rir, como vou levar o meu namorado se quem ela pensa ser meu namorado é meu ex-chefe. Não existe a mínima possibilidade de eu ir a esse aniversário, muito menos com o Christian.

— Sim, o da festa. Ele é seu namorado mesmo, né? — questiona desconfiada.

— Claro que sim — minto. — Mas não podemos ir... o Christian trabalha muito.

Talvez Christian tenha razão e eu seja uma mentirosa.

— Você tem que ir — diz Regina.

Por que ela me quer no seu aniversário? Nos últimos anos nos vimos pouquíssimas vezes, não somos amigas.

— Vou ver. — Minha resposta é quase um não de tão desanimada.

— Se você for o Christian precisa ir, já falei para todo mundo sobre ele. Se ele não for, vão pensar que é mentira — diz rindo e começo a rir também, mas de nervoso.

Meu nervosismo pode ser detectado a milhas de distância, minhas mãos suam como nunca. Por que essa maluca falou de mim para eles?

— Ele não pode ir.

— Oh my God! Ele terminou com você? Por isso está tão nervosa? — Ri, trazendo minha insegurança à tona.

— Não! Ele não terminou comigo.

— Não mesmo? — indaga com deboche. — Sabemos que você não é boa em manter relacionamentos.

Eu não deveria me deixar levar, não mesmo, mas não consigo.

— Quer saber, conte conosco. Estaremos lá. — Sorrio.

Elas comemoram.

— O que eu perdi? — Anne pergunta parando ao meu lado.

— A Stella e o Christian vão ao meu aniversário — diz Regina com um sorriso enorme.

— Vão?! — Anne inquire chocada.

— Sim, vou falar com o Chris ainda hoje. — Sorrio e Anne me olha como se eu fosse louca, talvez eu seja mesmo.

— Vou adorar conhecê-lo — fala Regina.

Despedimo-nos e conforme me afasto do restaurante começo a surtar.

— Como vou levar o Christian West no aniversário da minha prima? Ele não vai nem nos aniversários da família dele! Eles vão descobrir e eu nunca mais vou conseguir andar em Middlebury sem ouvir cochichos...

— Amiga, você está hiperventilando, relaxa...

— Relaxar? Isso é culpa sua!

— Minha?!

— Sim! Você me deixou sozinha.

Se ela não tivesse atendido ao telefone e ficado comigo não me deixaria fazer essa besteira.

Anne respira fundo e me segura pelos ombros.

— Vamos resolver isso!

— Como? — questiono sem acreditar que isso tenha uma solução.

— Você vai atrás do Christian.

Começo a rir da sua piada, mas ela continua séria. Merda!

Capítulo 5

Stella Garfield

— Eu não posso fazer isso!

— Agora não é hora de orgulho!

— Não é orgulho. Christian foi na minha casa e ofereceu um aumento para eu voltar e, eu o mandei embora. Ele não vai fazer um favor para mim, nem antes, ele faria.

— Deveria ter pensado nisso antes de falar que vai levá-lo.

— Nossa, está ajudando muito! — Anne dá de ombros. — Por que eu fiz isso? — pergunto, sentindo-me uma imbecil.

— Porque você precisa voltar — se refere a Middlebury.

Ela tem razão, mesmo assim, foi estúpido. Eu sou muito idiota, não deveria me importar com a opinião daquelas pessoas.

Encaro Anne quase pedindo socorro.

— Não tem jeito, ou você pede para ele ir com você...

— Ou aguento a humilhação — concluo sua frase.

Tenho 26 anos e ainda me preocupo com a opinião das pessoas, isso é ridículo.

— Quer saber? Fodam-se aqueles caipiras!

— Isso, amiga! — Sorrio. — Olhe para você, chegou mais longe que a maioria deles, tem um ótimo salário, bom, tinha, mas sabemos do seu potencial.

— É! Não vou e ponto. — Sorrio e voltamos a andar.

Sinto-me mais leve após decidir não ir ao aniversário, estava surtando.

Anne começa a rir do nada e a encaro.

— Você disse *"Fodam-se aqueles caipiras!"*, mas você é um deles.

Caio na risada.

— Eu adoro minha cidade, mas somos meio caipiras — admito.

— Sente vontade de voltar?

Penso em sua pergunta, eu amo Nova Iorque, mas Middlebury é meu lar.

— Eu preciso voltar.

Anne sorri e nos apressamos para não nos atrasarmos.

Os dias passam arrastados, no meu novo emprego os dias parecem ter umas mil horas. Ontem passei quase duas horas sentada sem nada para fazer, não há muitas reuniões para planejar ou trabalho a ser realizado.

Eu deveria mesmo procurar outro emprego, talvez em uma empresa de grande porte, onde realmente precisam do meu trabalho — penso.

Aproveito meu horário de almoço e ligo para o meu avô, George.

— *Estrelinha, você está linda* — diz ao atender minha chamada de vídeo.

Meus olhos se enchem de lágrimas ao ouvir o apelido carinhoso.

— O senhor também está lindão. — Ele gargalha. — Tudo bem?

— *Tirando a loucura da sua mãe, sim.*

— *Eu ouvi isso, papai!* — Elizabeth, minha mãe grita.

— *É para ouvir mesmo!* — resmunga, fazendo-me sorrir.

Eu amava essa energia caótica da casa dos meus pais, minha mãe e meu avô brigando o tempo todo, Andrew, meu pai apenas rindo.

— *Fiquei sabendo que você vai ao aniversário da sua prima* — diz minha mãe, aparecendo na chamada.

— Como?!

— *As notícias correm aqui, esqueceu?*

— Não esqueci, lembro perfeitamente. — Há uma certa amargura na minha fala.

— *Também fiquei sabendo de um namorado novo, o que houve com o... qual era o nome dele, papai?*

Droga! Maldito povo fofoqueiro.

— *Jordan!* — responde meu avô.

— O Jordan é passado. — Mudo de assunto para não precisar mentir para eles. — Nada importante, quando for aviso. Onde está o papai?

— *Como sempre trabalhando* — suspira. — *Não sei onde errei... um marido viciado em trabalho e uma filha que prefere a poluição de Manhattan* — lamenta horrorizada, meu avô e eu rimos. — *Por que você não é como as outras meninas daqui?*

Com isso minha mãe quer saber porque não me casei com alguém de Middlebury, tive uns três filhos e moro no mesmo bairro que ela.

— *Ela é uma Garfield, não se contentaria com tão pouco* — diz meu avô, orgulhoso.

Sorrio ao ver a careta da minha mãe.

Amanhã é o aniversário da Regina e só consigo pensar nisso, virou minha nova obsessão, a cada dois pensamentos um é nesse aniversário.

Uma péssima ideia começa a surgir na minha cabeça, eu sei ser ruim, porque se fosse boa eu não estaria pensando nos prós e contras.

— Stella? Stella! — meu chefe me chama, assusto. — Está tudo bem?

— Sim — respondo sem graça.

— Você parecia distante.

— Desculpa, não irá se repetir. — Arrumo a postura.

— Tudo bem, só fiquei preocupado. Está tudo bem mesmo?

Concordo e ele volta para sua sala.

Termino meu expediente decidida a fazer algo que provavelmente irei me arrepender, mas a decisão já está tomada.

Às 17h35 paro em frente ao prédio da Lebensmittel com um copo gigante de café, penso em ir embora, mas entro. Christian sempre fica até mais tarde nas sextas e estou contando com isso.

— Stella, que bom te ver. Tudo bem? — a recepcionista me cumprimenta.

— Estou bem e você?

— Nada bem, desde que você foi embora o todo-poderoso anda uma fera.

— Falando nisso, ele está?

— Você vai voltar? — pergunta animada, mas nego. — Só um momento.

Confesso ter vindo em um horário estratégico, se ele não estiver pelo menos eu tentei.

— Stella, pode subir.

— Ele está?! — inquiro com o coração acelerado.

— Sim, pode subir.

Subo repassando o que dizer, tensa, a todo momento penso em ir embora, é a melhor opção. Eu deveria ter ligado para a Anne, ela provavelmente me impediria de fazer isso, ou não.

Quanto mais próximo o elevador fica da cobertura mais nervosa eu fico, minha garganta seca e minhas mãos suam. O quase imperceptível solavanco do elevador parando faz minhas pernas tremerem. As portas se abrem e vejo minha antiga mesa, sorrio, mas lembro porque estou aqui e o sorriso some.

— É só falar para ele, o máximo que pode acontecer é ele dizer não — murmuro, encorajando-me.

— Vai ficar parada aí até quando, Garfield?

Assusto-me com a voz do Christian, procuro-o e vejo sua porta aberta, ele está sentado mexendo em seu computador.

Decidida ando até sua sala, como de costume dou três batidas e entro.

Fico parada no meio da sua sala sem saber por onde começar. Olho para o Christian formulando uma frase, mas me distraio ao vê-lo com uma camisa branca e colete grafite, as peças perfeitamente ajustadas ao seu corpo ressaltam seus músculos. Como ele consegue ficar bonito após um dia de trabalho?

— Vai falar alguma coisa ou quer que eu adivinhe? — pergunta sem desviar os olhos do computador.

— Ééé... — Limpo a garganta. — Para você. — Coloco o café na sua mesa e perco a coragem de falar.

Viro-me arrependida de ter vindo, mas sua voz grave e levemente rouca me para.

— Você não veio até aqui para me dar café, então diga o que quer.

Giro e fito os olhos que me encaram com intensidade, engulo em seco.

— A minha prima vai fazer uma festa de aniversário amanhã, ela e a Brittany, me convida...

— Poupa meu tempo e diz logo o que você quer.

— Preciso que você vá comigo ao aniversário da minha prima, como meu namorado — falo de uma vez.

Tenho toda a atenção do Christian.

— Como?!

— O aniversário é amanhã, e não posso ir sozinha, todos pensam que meu namorado vai, no caso *você*.

— Você é inteligente o suficiente para saber minha resposta.

— Não precisamos ficar muito temp... — Calo-me com o seu olhar.

Ele volta sua atenção para o computador.

— A resposta é não! Agora me deixe trabalhar.

— Por favor — peço.

Christian me encara por alguns segundos, sinto-me na mira de um microscópio, seus olhos castanhos me analisam e parecem chegar a alguma conclusão, pois se semicerram e os cantos da sua boca se repuxam em um quase sorriso.

— Ok.

Fico alguns segundos sem acreditar, eu não pensei que ele aceitaria.

— Sério? — pergunto, contendo a animação.

— Sim, mas você volta a trabalhar para mim.

— O quê?!

— É minha condição.

— Eu já tenho um emprego.

— Se demita, você sabe fazer isso muito bem.

Abro e fecho a boca várias vezes.

Christian me encara esperando uma resposta, engulo em seco, ele é um chefe difícil, exigente demais, mal-humorado e grosso.

Lembro-me da minha conversa com minha mãe, ela tem razão, as notícias em Middlebury correm rápido, todos ficarão sabendo que estou bem e com o melhor partido de Nova Iorque. Quando eu voltar para lá não haverá os cochichos de sempre nem a pena nos olhares e, principalmente, não continuarão pensando que ainda sou apaixonada pelo Trevor. Não tem como acharem que tendo o Christian, ainda sou apaixonada pelo Trevor, sem chances.

Entre aguentar o Christian como chefe e uma cidade inteira, a minha melhor opção é ele.

— Eu aceito.

Christian se recosta na cadeira e cruza os braços.

— Por que quer tanto a minha presença nesse aniversário?

— A Brittany acha que namoramos, então espalhou para todos sobre o nosso relacionamento.

Ele semicerra os olhos.

— Você mentiu para outra pessoa?!

— Não!

— Então, por que essa tal de Brittany acha que estamos namorando?

É óbvio que ele não se lembra dela.

— Ela viu a gente na festa e, bom, você não negou ser meu namorado. — Respiro fundo. — Vai ou não?

— Para quem quer um favor, você está muito impaciente.

— Não é favor se vou pagar com meu serviço.

— Eu te pago pelos seus serviços — argumenta.

Ele tem um bom ponto, mas não irei admitir.

— Vou com você — sorrio. —, mas volta a trabalhar para mim na segunda e está proibida de pedir demissão, chegará no horário...

— Eu só me atrasei uma vez — protesto.

— Não me interrompa. Você é insolente, mas é uma boa secretária quando não está mentindo.

— Eu... — Calo-me, não posso ser insolente, preciso dele.

— Se for só isso, pode ir embora, preciso trabalhar.

— Só mais uma coisa. Que horas você vai me buscar?

— Como vou saber? O aniversário é da sua prima!

— Verdade. — Sorrio sem graça. — Às 20h então?

Christian concorda com um balançar de cabeça, sorrio.

Capítulo 6

Christian West-Buchmann

Desvio de um soco cruzado e acerto Phil, meu treinador de boxe, no queixo com um uppercut[8].

— Parou! — pede, massageando o queixo.

Meu corpo está coberto de suor e meus músculos protestam pelo esforço, mas poderia treinar por mais meia hora sem problemas.

— Minha esposa te odeia. Sempre volto com um roxo após treinar com você.

— Ela não é a única — diz o Dom, entrando na academia.

— O que faz aqui? — pergunto, encarando meu irmão.

— Vim atender um pedido de socorro. — Franzo a testa. — Aparentemente você e seu mau humor vão nos falir, ou gerar um processo.

— Não faço ideia do que você está falando — Seco o suor com uma toalha.

— Me contaram que a Stella não aguentou você e seu lindo sorriso, e pediu demissão. E agora você está assustando pobres secretárias desavisadas.

Phil ri, mas disfarça quando o encaro.

— Gostaria de saber com quem você fica sabendo desse tipo de coisa já que você não pisa os pés na empresa há meses.

— As pessoas gostam de mim e, me contam na esperança de que eu tenha piedade delas e venha falar com você.

— Dom, fique longe das funcionárias!

---

[8] Uppercut: golpe de boxe, dado de baixo para cima.

Dom anda por aí desfilando com um sorriso simpático e fala mansa, mas ele não se apega a nada além da própria filosofia de vida, que consiste em viver um dia de cada vez o mais intenso possível. Isso não é um problema, desde que ele continue longe das funcionárias.

— Ok, mas você precisa de uma nova secretária.

— Phil, por hoje chega. — Dispenso o meu treinador. — E não precisa se preocupar com isso, já resolvi esse problema — falo para o Dom.

— Arrumou uma nova secretária?

Tomo um longo gole de água.

— Não, a Garfield vai voltar.

— A Stella? Como conseguiu!?

— Só vou precisar acompanhá-la em um aniversário.

Essa com certeza é a coisa mais idiota que já me dispus a fazer na vida, mas acabarão os cafés frios, as cortinas fechadas, as reuniões desorganizadas e principalmente os péssimos restaurantes que a secretária da Lara escolhe para as reuniões. Tudo voltará ao normal.

Saio da academia e Dom me segue.

— Espera! Você me critica por sair com funcionárias, mas vai sair com sua secretária? Isso é hipocrisia, Chris!

— Meu nome é Christian! E não vou sair com ela, vou acompanhá-la no aniversário de uma prima.

— Sei que você não tem muita prática, mas isso é a definição de sair com alguém.

— Só veio aqui por causa da minha secretária, isso não é mais um problema, então pode ir embora.

— Vai ao show do Tristan?

Aperto o botão do elevador.

— Não, e ele pediu para dizer que me chamou.

Dom ri e me impede de entrar no elevador.

— Nosso irmão precisa da gente.

— Precisa para o quê?! Quer que eu compre os ingressos do show dele?

— Não! Ele não está precisando de grana, provavelmente em alguns anos terá tanto dinheiro quanto os Beatles.

— Então me deixe em paz.

Arrumo a gravata pela quinta vez, o que é uma idiotice, ela está perfeitamente arrumada, mas de alguma forma me sinto nervoso e desconfortável com ela.

— Nada de gravata, hoje!

Tiro e coloco no lugar destinado para ela na gaveta.

Desço e Sawyer, meu motorista nos fins de semana, me aguarda com o carro pronto.

O trajeto até a casa da Garfield é rápido. Sawyer desce para chamá-la, mas prefiro ir.

Aperto o número do seu apartamento e ela demora para atender.

— *Já estou descendo!* — avisa e o interfone fica mudo novamente.

Levo a mão ao colarinho para afrouxar a gravata, mas não há gravata, abro o primeiro botão da camisa e respiro fundo.

Meu celular toca me livrando de continuar pensando no quanto a minha camisa está me incomodando.

— Alô!

— *Que milagre você atender* — diz Markus, meu pai.

— Não vi que era você...

— *Isso é tudo o que um pai quer ouvir!* — ironiza. — *Deixando de lado a sua falta de modos, atenda às ligações da sua mãe, ela passou o dia no meu ouvido reclamando...*

— Em Berlim, não é meia-noite?

Meus pais foram morar em Berlim há alguns meses, não é nada definitivo, minha mãe não aguenta ficar muito tempo no mesmo lugar.

— *Sim, mas eu não faço essa merda de Ioga e Tai Chi Chuan, não tenho paciência para aguentar a Amanda reclamando de você ser assim.*

— Nem eu tenho tempo para ficar no telefone ouvindo sobre técnicas de relaxamento.

Minha mãe e o Dom acham, pelo menos minha mãe acha, que tudo se resolve na base da meditação, ou fazendo compras.

— *Faça como quiser, só a atenda.* — Desliga.

Já são 18h09 e nada da Garfield, decido interfonar novamente, mas a porta abre.

— Está atras... — Calo-me ao vê-la.

— Christian?! — diz ao me ver.

Não entendo sua surpresa em me ver.

Nós nos encaramos, Garfield está linda em um vestido vermelho-escuro de mangas compridas, o tecido abraça suas curvas perfeitas e, o decote testa até um santo, minha sorte é seu comprimento até o joelho.

Quebramos nossa troca de olhares intensa quando a porta do prédio apita.

Lembro que ela é minha secretária para manter minha sanidade, mas ela se esvai quando Stella vira-se de costas para fechar a porta. Meu olhar desce por suas costas nuas e se detém em sua bunda perfeitamente delineada pelo vestido, uma fenda na parte de trás me deixa ter um vislumbre das suas coxas, acabando com qualquer argumento que eu tinha para não a imaginar nua. Uma imagem maravilhosa se forma na minha mente.

O baque da porta fechando me faz tirar os olhos dela e esquecer dela nua, ficar vendo-a fora do escritório está afetando minha cabeça. Garfield trabalha para mim há anos e nunca pensei nela além do profissional, sempre a achei uma mulher bonita, apenas isso, mas agora ela está me atraindo e isso não é bom.

— Desculpa a demora, esqueci minha bolsa — diz com um sorriso de desculpa.

— É... — Pigarreio. — Vamos!

Cometo a besteira de tocar sua cintura para guiá-la até o carro, sua pele quente e nua faz meus dedos formigarem pela vontade de acariciar suas costas. Esforço-me para lembrar que ela é minha funcionária.

Sawyer nos espera com a porta aberta, não me passa despercebido a conferida que ele dá nela.

— Obrigada — Garfield agradece e entra no carro.

Não espero Sawyer abrir a minha porta, dou a volta no carro, entro e fecho a porta com um baque seco.

O perfume dela já tomou conta do carro, tornando quase impossível a missão de ter um pensamento coerente. Só consigo pensar no vestido, decote, costas nuas e sua pele, isso me perturba.

— Para onde, senhor?

Olho para Garfield esperando uma resposta.

— É em Tribeca, na boate Daza.

— Isso só pode ser brincadeira! — resmungo, e ela me encara sem entender. — Lá é do Dom.

Compreensão toma seu rosto.

O carro entra em movimento e abro a janela para conseguir respirar sem querer enfiar o rosto no pescoço dela, e, cheirá-la por horas.

— Christian? — chama com a voz baixa, quase sussurrada e meu pau dá sinal de vida.

— O que foi, Garfield? — pergunto mais ríspido do que deveria.

— Você pode não me chamar assim? Ninguém vai acreditar que namoramos se você me chamar pelo meu sobrenome.

Encaro-a, um erro, seus grandes olhos castanhos me fitam com intensidade.

— Tudo bem, *Stella*. — Saboreio o som do nome.

Deve ser a primeira vez que falo seu nome em voz alta e gosto como soa. Ela sorri e volta seu olhar para a paisagem. Meus olhos varrem seu corpo e se prendem em suas pernas cruzadas, engulo em seco sentindo meu pau endurecer.

Desvio o olhar e flagro Sawyer olhando pelo retrovisor.

— Olhos na estrada, se gosta de ter um emprego! — falo puto, e Stella me encara sem entender.

Começo a mexer no meu celular para mudar meu foco.

Chegamos à boate e o lugar está lotado, praguejo.

— Eu não sabia que estaria tão cheio — diz, andando ao meu lado.

— Provavelmente tem algum show. — A noite nem começou e já piorou.

Eu a guio para a recepção.

— O final da fila é para lá — comenta, apontando para uma fila de umas 50 pessoas.

— Até parece que vou entrar numa fila.

O segurança me avista e abre a corrente de contenção.

Entramos e o barulho insuportável de uma música pop me faz querer ter exigido mais para vir.

Stella para com tudo e vira-se de frente para mim.

— Vamos embora! — diz.

— O quê?!

— Não se preocupe, vou trabalhar para você, mas vamos embora.

Ótimo, terei minha secretária de volta sem precisar passar pela tortura de aguentar esse lugar.

Garfield passa apressada entre as pessoas e acaba tropeçando, seguro-a pelo braço e trago-a para mim. Suas mãos vão para o meu peito, gosto de como elas são pequenas e quentes. A merda do barulho parece cessar enquanto os grandes olhos castanhos me fitam.

— Cuidado — aviso.

— Obrigada.

— Se machucou? — Encaro seus lábios carnudos.

Ela só balança a cabeça negando.

— Tem certeza? — pergunto não querendo me afastar.

— Tenho.

Umedece os lábios com a língua, respiro fundo quase não contendo as imagens que se formam na minha cabeça.

— Stella?

Uma voz irritante faz Garfield se afastar de mim em um piscar de olhos. Estranhamente sinto falta do seu corpo.

— Oi, Miley — cumprimenta, parecendo desconfortável.

— Nossa! Quando contaram que você mudou bastante, não imaginei *tanto*! — diz uma morena baixinha.

Não gosto da forma que ela diz isso, muito menos do olhar superior.

— Você veio mesmo! — exclama uma loira peituda e abraça a Garfield. — E esse deve ser o seu namorado!

Garfield fica ao meu lado.

— Chris — ergo uma sobrancelha, minha língua coça pela vontade de corrigi-la. —, essa é minha prima.

— Prazer, Regina. — Estende a mão.

— Christian — me limito a dizer.

— Uau! Seu namorado é um gato, priminha.

Olho para Stella e ela parece sem jeito.

Uma série de pessoas nos cumprimentam, Garfield mantém um sorriso tenso enquanto conversa com elas e, algumas fazem piadas sobre como ela está diferente e mesmo parecendo incomodada não diz nada. Ela não lembra em nada a minha secretária insolente e respondona, não entendo por que estamos aqui se ela não gosta dessas pessoas.

— Vem! — Ela me olha sem entender. — Preciso de uma bebida para aguentar esse lugar.

— Ok.

Não damos nem dois passos e o casal da noite de Valentine's Day nos aborda. Sem conseguir aguentar mais conversa fiada e a música insuportável, vou pegar a bebida sozinho.

Enquanto espero a bebida, olho para Garfield, ela está cercada por algumas das pessoas que nos cumprimentaram, eles riem de algo, menos ela.

— Christian?! — Dom parece surpreso ao me ver, até eu estou surpreso de estar aqui.

— Oi, Dom — respondo sem tirar os olhos da Garfield.

Mesmo tensa, ela está linda e sua bunda é como um ímã para os meus olhos. *Onde ela escondeu essa bunda durante esses anos?*

— Achei que não fosse vir no show do Tristan.

— O quê?! Ele vai cantar hoje? — A noite só piora a cada minuto.

— Senhor West, sua bebida — diz o garçom.

— Se não está aqui por causa do...

Deixo Dom falando sozinho e em segundos, alcanço a Garfield, ela está rígida e comprime os lábios com força.

— O que houve? — pergunto, mas ela não responde.

— Christian, diz para a gente quanto a Stella te pagou para você namorá-la! — diz um dos conhecidos dela e todos riem.

Garfield parece ficar ainda mais rígida ao meu lado.

— Não entendi sua pergunta.

— No nosso último baile a Stella pagou o Trevor para sair com ela — Brittany responde sem conter o riso.

Garfield encolhe os ombros, ela está vulnerável de um jeito que nunca vi. Não faço ideia do que aconteceu, contudo, ela não parece confortável com isso.

— Ela não me pagou.

Circulo sua cintura e a puxo para mais perto de mim, gosto do seu corpo quente rente ao meu.

— É mais fácil eu a pagar para sair comigo — brinco, mas o meu tom não deve ser dos melhores, pois ninguém ri, parecem desconfortáveis, na verdade.

Sem pensar nas minhas atitudes, viro o meu whisky e beijo o pescoço dela, seu cheiro delicioso invade minhas narinas. Prolongo o beijo ao sentir sua pele arrepiada. Stella tem a pele macia, quase aveludada e seu cheiro é ainda melhor quando inspirado diretamente da sua pele. Tenho vontade de lamber e mordiscá-la, isso acende um sinal de alerta na minha cabeça, afasto-me e Stella me encara com os lábios entreabertos, sua respiração acelerada.

— Aproveitem o resto da noite, vamos subir para assistir ao show do meu irmão.

Pego a mão da Stella e a levo para o camarote. Encontramos Tristan e Dom, na entrada do camarote, os dois me olham como se eu tivesse duas cabeças. Seus olhares vão para as nossas mãos dadas, ignoro os dois e a levo ao bar.

— Um whisky para mim e...? — Olho para Stella.

— Eu... — puxa a mão — desculpe por... por aquilo — pede, olhando para todos os lados menos para mim.

— Está mesmo se desculpando por eles?! Você não é o tipo que se importa com a opinião alheia, pelo menos não com a minha. Então, por que estamos aqui?

Ela não responde.

— Senhor West. — O garçom entrega minha bebida, Stella pega e vira o copo de uma vez.

— Uau! Aguentar o meu irmão não é fácil, mas beber não vai ajudar — diz Tristan com o sorriso imbecil de sempre.

Não nos damos muito bem, Tristan pensa e age muito diferente de mim. Ele é impulsivo, age antes de pensar, a imprensa faz questão de divulgar cada erro dele, e não são poucos.

Os olhos de Stella se arregalam.

— Não quero parecer histérica, mas eu sou fã — diz animada, fecho as mãos em punho.

Já tive problemas com o Tristan por causa de um antigo caso meu, ela não passava de uma alpinista social e meu irmão não viu problema em desfilar com ela por Nova Iorque. No dia seguinte, todo tabloide do país tinha o rosto dos dois estampados e o meu, com a interrogação sobre dividirmos as coisas, inclusive mulheres.

— Olha, irmão, sua namorada gosta mais de mim do que você — zomba.

— Não provoque, Tristan — Dom alerta.

— Reunião em família? — Serena, a namorada do Tristan, se pendura no pescoço dele.

— Se fosse, você não seria convidada! — falo.

— Ai, Christian! — reclama, fazendo a porra de um biquinho irritante.

Vejo o maxilar do Tristan travar, e antes que ele diga algo, o seu empresário, Allan, chama-o para começar o show.

— Bom, vou deixar os pombinhos a sós — Dom fala.

— A gente não está...

Dom não espera a Stella falar, some entre as pessoas.

Easy Riders, banda do Tristan, começa a tocar e as pessoas na pista se aglomeram em frente ao palco. Apesar de eles estarem fazendo sucesso, ninguém tenta subir no palco, ou qualquer tipo de maluquice de fã. Nova Iorque, principalmente Tribeca, está cheia de famosos, as pessoas estão acostumadas a verem desde cantores a ganhadores do Oscar, em cafeterias da região.

Chamo Stella para ir embora, visto que todos já nos viram juntos.

— Podemos ficar só mais um pouco? Só algumas músicas — pede incerta.

Minha vontade é ir embora, mas o jeito suave e inseguro que ela morde o lábio inferior não me permitem negar. Levo-a para a área ao lado do palco onde ela pode ter uma visão melhor e há menos pessoas.

Após longos minutos observando os movimentos suaves e hipnotizantes dela enquanto dança, aproximo-me. Sinto o olhar de alguém e ao olhar para baixo vejo os conhecidos dela nos observando. Sem peso na consciência, aproveito-me do momento e aproximo-me o suficiente para suas costas baterem no peito, ela se assusta, mas a acalmo avisando que sou eu.

— Eles estão olhando, continue dançando — falo próximo ao seu ouvido.

Ela arfa e volta a dançar, deslizo minha mão por sua cintura e me recuso a me afastar da curva do seu pescoço, minha vontade é passar horas sentindo seu perfume.

— Chris... — Limpa a garganta. — Christian, isso é mesmo necessário? — pergunta em um fio de voz.

— Se quer que eles acreditem, sim. — Aproximo-me mais, a ponto da minha boca tocar sua orelha. — Eu não manteria minhas mãos longe de você se estivéssemos namorando.

Aperto sua cintura e ela para de rebolar, tarde demais, estou completamente duro e a última coisa que quero saber é das consequências do que estou prestes a fazer.

Capítulo 7

Christian West-Buchmann

Giro Stella, suas mãos vão para os meus ombros. Seguro firme sua nuca e grudo nossos corpos, ela ofega. É uma ideia ruim, mas não me importo, beijo Stella sentindo o gosto do whisky e, porra, ela beija muito bem. Intensifico o beijo, gostando dele mais do que deveria, me pergunto por que não fiz isso antes, nossas bocas se encaixam perfeitamente.

Deixo-a saber o quanto estou excitado, ela geme ao sentir meu pau duro contra sua barriga. Solto sua boca e beijo seu pescoço, sua pele é macia e quente, sinto-a arrepiar-se sob meus lábios, suas mãos apertam meus ombros e geme mais alto acabando com o meu juízo. Puxo-a para um canto mais escuro, prenso seu corpo contra a parede, minhas mãos deslizam por seu corpo, aperto sua bunda firme. Stella segura minha nuca e me beija, não sei como é possível, mas esse beijo é melhor do que o anterior, é mais desinibido, selvagem.

Meu telefone começa a vibrar no bolso, ignoro e ele para de tocar.

Infiltro minha mão no cabelo volumoso e guio o beijo, Stella geme, mas a merda do meu celular volta a tocar.

— Porra! — praguejo.

Stella empurra meu peito.

— É melhor atender — diz ofegante.

Pego o celular e vejo o contato de Isla Fisher, vice-presidente da filial de Sidney, Austrália.

— Alô!

— *Christian, sei que em Nova Iorque é tarde...*

O fuso horário é de 14 horas entre Nova Iorque e Sidney, então lá já é meio-dia.

— Fale alto para eu conseguir ouvir!

— *Russell Gruber foi preso por assédio* — se refere ao presidente da filial.

— Diz que aconteceu fora da empresa! — falo já prevendo as complicações.

— *A secretária dele está na delegacia prestando depoimento.*

Praguejo.

— Solta uma nota de repúdio e desligue-o da empresa, você assume até a segunda ordem. — Desligo.

Aperto o nariz, Stella me olha e praguejo alto. Por que isso logo agora? Tudo que eu não preciso é um escândalo por me envolver com minha secretária.

— O que aconteceu?

— Gruber assediou a secretária e está preso.

Ela leva a mão à boca, chocada.

Aviso ao Sawyer que estou indo embora e em minutos ele aparece.

No caminho para o apartamento da Stella faço a contenção de danos, alguns sites australianos já publicaram sobre o caso.

— Boa noite — diz Stella.

Desvio a atenção do celular e percebo que já chegamos ao seu apartamento, ela me encara já do lado de fora do carro com um sorriso contido.

— Stell...

Meu celular volta a tocar.

— Até segunda — fala e fecha a porta do carro.

Atendo a ligação puto, não tenho um minuto de paz.

Fazia muito tempo que eu não tinha um final de semana tão ruim quanto esse, talvez anos, não dormi mais que quatro horas por noite. Os ânimos em Sidney melhoraram, mantive Isla no antigo cargo do Russell Gruber e já arrumei alguém para substituí-la, mas um contrato de meses de negociação com a S.Mart, rede de supermercados, está sendo ameaçado. Possuímos diversos contratos com redes de supermercados mundiais ou inovadores como o Rashid's Mall[9], mercados de autoatendimento, eles estão espalhados por todo o EUA. O S.Mart está fazendo a mesma coisa, mas em grande escala, já possuem 52 lojas e estão planejando abrir mais 90 nos

9 Rashid's Mall: rede de supermercados fictícia do livro Minha Redenção – Alicia Bianchi (Série Virgens Improváveis)
Livro 1: Uma Família Para o CEO – Val Barboza
Livro 2: Sua Propriedade – Alicia Bianchi
Livro 3: Minha Redenção – Alicia Bianchi

próximos 2 anos. A maioria dessas lojas na Europa, meu foco, já que minha maior concorrente lidera lá. Isla está tentando fechar o contrato, mas em último caso terei que ir para a Austrália.

As portas do elevador da empresa abrem e meus olhos vão para Stella sentada em sua mesa com um grande copo de café. Ao me ver seu rosto cora, é impossível não lembrar de como é bom beijá-la, inclusive isso contribuiu para piorar meu fim de semana, Stella não saiu da minha cabeça.

Stella Garfield

Prendo a respiração ao ver o Christian e meu coração acelera, lembro do beijo e se eu não estivesse sentada não sei se conseguiria me manter em pé. Ninguém nunca me beijou como ele, foi intenso, sexy e perturbadoramente bom. Poderia beijá-lo por horas, sentir o seu corpo forte e grande pressionando o meu contra uma parede, meu rosto esquenta.

— Bom dia, senhor West — falo impressionada por não gaguejar ou babar.

— Bom dia.

Ele me deu bom dia, ou estou imaginando coisas? Não tenho tempo para pensar nisso, ele me chama.

Pego meu iPad, dessa vez não o derrubo, e vou para sua sala, levanto a mão para bater na sua porta, mas percebo que estou tremendo. Respiro fundo, tentando me acalmar e coloco um sorriso no rosto.

— Stella! — me chama novamente, assusto.

Bato de qualquer jeito na porta e entro.

— Desculpa a demora, senhor West. Posso passar sua agenda?

Christian cruza os braços e me encara.

— Antes quero falar sobre sábado. — Meu rosto esquenta. — Fiz aquilo só porque estavam olhando, espero que as coisas não fiquem estranhas.

— Estranhas? Por que as coisas ficariam estranhas? Por que você ficou duro e me imprensou contra uma parede?

Ele me encara boquiaberto, eu não esperava um pedido de namoro, nem algo do tipo, mas falar que foi só porque estavam olhando é demais. Mesmo sendo como um soco na minha autoestima, sorrio.

— Por mim, podemos fingir que nunca aconteceu. — Não espero que ele responda. — Posso passar sua agenda, senhor West?

— Pode me chamar de Christian.

— Melhor não, senhor West. As coisas ficariam estranhas.

Ele abre a boca para dizer algo, mas começo a falar a sua agenda do dia, que eu cheguei mais cedo só para organizar.

— Mais alguma coisa, senhor West?

— Só isso, Stella.

— Pode não me chamar assim? É estranho. — Ele franze o cenho, mas concorda.

Posso estar sendo infantil, mas esse babaca gostoso não vai me beijar, depois fingir que foi apenas encenação e esperar que eu seja um doce com ele, nem antes eu era.

Abro a porta para sair e encontro Thomas LeBlanc, vice-presidente, sorri ao me ver.

Thomas é um homem bonito e bastante charmoso, o inglês arranca suspiros por onde passa na empresa.

— Stella, você fez falta por aqui. — Abraça-me.

Desfaz o abraço, mas não me solta, segura-me pelos ombros e sorri.

— Isso aqui estava um caos sem você. — Pisca.

— Vou tentar manter tudo em ordem, Thomas — falo baixo.

— Garfield, pode se retirar! — Christian ordena, irritado.

Encaro-o e ele está com um cara de poucos amigos.

— Claro, senhor West! Thomas, foi um prazer revê-lo.

Saio da sala tentando não pensar no quanto eu quero bater e beijá-lo.

Estando quatro minutos atrasada, equilibro os três copos de café e ando o mais rápido que meus saltos permitem. Péssimo dia para me atrasar, é sexta-feira e Christian tem uma reunião importante às 8h10, mas em minha defesa é culpa dele, ninguém mandou ele aparecer nos meus sonhos, todo suado e me chamando de senhorita Garfield de um jeito tão sexy.

Gemo frustrada e atravesso as portas de entrada da Lebensmittel.

— Bom dia, Stella.

— Bom dia, Logan. — Entrego o Frappuccino e ele toma um longo gole.

— Nunca mais peça demissão, meu dia não é o mesmo sem essa delícia.

— Você sabe que a Starbucks fica na quadra de baixo, né? — pergunto rindo.

— Deixem para bater papo fora do horário de serviço! — A voz de trovão do Christian me faz arrepiar.

Ele precisa mesmo ter essa voz sexy até quando é um pé no saco?

— Desculpe, senhor West. — Logan se afasta.

— Você está atrasada, Garfield.

Viro-me para dizer que só estou quatro minutos atrasada e que isso nem deve ser considerado um atraso, mas perco a fala ao vê-lo de terno três peças e com cara de poucos amigos. É injusto ele ser tão bonito e sexy, mesmo sendo tão ranzinza, às vezes eu não consigo ter um pensamento coerente perto dele. Antes daquele beijo minha vida era perfeita, eu não me distraía imaginando como seria beijá-lo para em seguida lembrar que estamos fingindo que aquilo nunca aconteceu.

— Anda, tenho uma reunião em dez minutos — diz nem um pouco afetado com a minha presença.

Respiro fundo e o sigo, porque sou uma idiota e ele paga meu salário.

As portas do elevador se fecham e me mantenho o mais longe possível. Essa porcaria está sempre cheia e logo hoje está vazia.

— Se quer paquerar o porteiro, faça isso fora do seu horário de trabalho!

Não consigo acreditar no que escuto.

— Eu não estava paquerando o porteiro! Logan é meu amigo e ele é segurança.

— Suas risadinhas que podiam ser ouvidas do lado de fora do prédio diziam o contrário.

— Se você não fosse tão ranzinza não se incomodaria com a felicidade dos outros — resmungo baixo.

As portas do elevador se abrem.

— Seus resmungos são bastante altos. E eu não me importo se as pessoas são felizes, ou não, mas não quero namorinhos entre funcionários! — Sai do elevador em direção à sala de reuniões.

Alcanço-o.

— Seu café, senhor West — falo, querendo entornar o café nele.

Ele me encara e sinto como se uma corrente elétrica percorresse o meu corpo, e intensifica quando ele pega o café e nossos dedos se tocam. Fingir que aquele beijo nunca aconteceu não está dando muito certo para mim, toda vez que vejo ou falo com ele só consigo me concentrar na sua boca, como agora. De repente, não quero mais fingir.

— Christ...

— Bom dia. — A voz de Thomas LeBlanc me faz afastar.

Xingo-me pensando na idiotice que eu estava prestes a fazer.

— Bom dia, Thomas. — Cumprimento-o com um breve abraço sentindo o olhar do Christian sobre mim.

— Como você está? — pergunta.

— Estou...

— Depois vocês conversam, há muito trabalho a ser feito! — Christian esbraveja.

Entra na sala de reuniões, sendo seguido por Thomas.

Vou para a minha mesa e suspiro já exausta ao ver a quantidade de trabalho a ser feito.

Quase uma hora depois Christian e Thomas aparecem. Thomas parece preocupado e Christian prestes a explodir, até seu rosto está vermelho e ele aperta o nariz como sempre faz quando está nervoso.

— Garfield, mande prepararem o meu avião, quero estar em Sydney o mais rápido possível.

— Ok! — respondo nem um pouco surpresa.

A Lebensmittel estava tentando fechar um contrato com uma rede de supermercados australiana, mas com o escândalo do Russell com a secretária tudo foi ladeira abaixo.

Ele e Thomas entram em sua sala e se trancam lá, cancelo os compromissos da semana e aviso seu piloto.

Ligo para o hotel que Christian sempre se hospeda em Sidney.

— Park Sartori Sydney, com quem eu falo? — pergunta uma voz feminina.

— Stella.

— Boa noite, Stella. Como posso ajudá-la?

— Preciso de uma reserva no seu melhor quarto, com vista para a Ópera de Sidney, para uma semana.

— Só um momento, vou verificar a disponibilidade.

Enquanto espero no telefone reservo alguns dos restaurantes que Christian gosta pela internet.

— Stella, nossos quartos estão lotados por causa de uma companhia de balé, mas eu tenho um quarto perfe...

— Tem que ser com vista para a ópera. — Ela tenta falar, mas não permito. — O quarto é para Christian West-Buchmann.

— O senhor West-Buchmann? Vou ver o que posso fazer.

Termino de reservar os restaurantes e a recepcionista volta com a notícia que eu já esperava.

— Conseguimos um quarto para o senhor West-Buchmann, também já providenciamos os lençóis de algodão egípcio para ele.

Reviro os olhos para essa droga de lençóis, a primeira vez que reservei um hotel para ele, eu não sabia que seu corpo maravilhoso só pode dormir em lençóis algodões egípcios. Levei uma bronca, mas como eu poderia saber que ele é um fresco.

Acerto os detalhes finais da reserva e ligo para Donna, governanta do Christian.

— Donna, tudo bem?

— *Stella, tão bom ouvir sua voz, menina. O senhor West andava de péssimo humor sem você para organizar milimetricamente a vida dele.*

— E quando ele não está? — pergunto e ela ri. — Donna, Christian vai para Sidney, não sei por quanto tempo, mas prepare a mala dele para pelo menos uma semana. A previsão está acima dos 20°C, então não precisa de nada para o frio, vou acompanhar a previsão do tempo e se esfriar compro e mando entregar roupas adequadas no hotel.

Donna solta uma pequena risada.

— Por isso ele gosta tanto de você. Você é tão detalhista quanto ele, pensa em tudo.

Estou me despedindo da Donna quando Christian e Thomas saem da sala.

— Stella, passe para a minha secretária a agenda do Christian. Vou cumprir os compromissos dele — Thomas pede.

— Tudo bem, mas se quiser posso te acompanhar essa semana. O senhor West estará em Sidney, meu serviço diminuirá.

— Vou adorar ter uma mulher bonita me ajudando.

Dou risada sem graça.

— Se vire com sua secretária, Stella vai comigo para Sidney.

— O quê?! — inquiro incrédula.

Capítulo 8

Christian West-Buchmann

— Thomas, pode ir para sua sala! — ordeno e ele dá um sorrisinho idiota ao se despedir da Stella.

Vai adorar ter uma mulher bonita trabalhando com ele na puta que pariu. Inglês abusado.

— Eu não vou para Sidney! — exclama Stella.

Ela não fica sexy só quando está brava de camisola, com esse vestido bege que ela usa também fica pra caralho. Só não entendo porque ela está tão brava, acabou de ganhar uma viagem para a Austrália com tudo pago.

— Preciso de você. — Pigarreio e reformulo a frase. — Estou indo a trabalho e preciso da minha secretária.

— Você sempre viajou a trabalho e eu nunca fui.

Incrível como a Stella nunca facilita minha vida.

— Stella, voc...

— Garfield!

Aperto o nariz, essa mulher sabe me tirar do sério como ninguém. Essa insistência idiota para chamá-la de Garfield, só me estressa. Para piorar eu nem sei o real motivo para querer levá-la comigo.

— Garfield, você será paga, se esse for o problema.

— Quantos? — Antes que eu responda ela volta a falar: — Isso não quer dizer que eu aceitei!

Encaro os olhos castanhos desafiadores, ela não tem a mínima noção do quanto é sexy esse seu jeito.

— 10 mil.

Ela ri.

— Nem pensar! Você me pagou 5 mil por uma noite, não vou passar uma semana no país com mais animais venenosos do mundo por 10 mil.

Ela fala isso tão séria que acho engraçado.

— 10 mil por dia de trabalho, vou te pagar 50 mil.

— Oh! — exclama surpresa. — Mas vamos passar uma semana, então são 70 mil.

— Você não vai trabalhar no fim de semana, nem no avião.

— 70 mil, ou eu não vou.

Encaro-a sério.

— Você é viciada em jogos?

— O quê? Não!

— Só pode ser dívida de jogo para você estar tão mercenária.

— Mercenária? Seu terno é mais caro que isso, não seja mesquinho.

Um riso incontrolável irrompe de mim, já fui acusado de muita coisa, mas mesquinho é a primeira vez.

Stella me encara de um jeito estranho como se estivesse me vendo pela primeira vez, seus olhos brilham.

— O que foi? — pergunto.

Ela balança a cabeça negando.

— Nada — sorri —, eu vou com você.

Ligo para o meu motorista e mando-o levar Stella na casa dela.

— Mas, já? — indaga assustada.

— Eu disse que quero estar o mais rápido possível em Sidney.

Já passa das cinco da tarde quando subo no avião, fiquei enrolado em uma videoconferência de última hora, já deveria estar voando.

Vejo Stella já acomodada, ela destoa do ambiente escuro e sério do jato. Em meio ao couro e madeira escura ela é um ponto de luz em seu vestido amarelo e sorriso enorme enquanto fala com alguém no telefone, de repente, sinto uma pontada de inveja da pessoa, ela nunca sorriu assim para mim.

— Bem-vindo, senhor West — cumprimenta a comissária de bordo.

Só balanço a cabeça em resposta e vou me sentar no assento de frente para o da Stella.

— Não se preocupe, vou te ligar todo dia e te mandar fotos. — Ri para a pessoa do outro lado da linha, fico curioso sobre quem a deixa tão feliz e sorridente. — Eu também te amo. Beijo.

Quase bufo, eu não acredito que ela voltou com aquele nerd, o que ela vê nele? Paro de pensar nisso e decido trabalhar, não tenho nada a ver com a vida da Garfield.

Fico tão concentrado no trabalho que quando meu MacBook descarrega assusto-me ao ver que já estamos voando há quatro horas. Olho para o assento da Stella e a vejo dormindo encolhida, ela é tão pequena que a poltrona parece gigante para ela.

Levanto-me e a comissária vem me atender, mas a dispenso com um sinal. Pego uma manta, aproximo-me dela e seu perfume invade minhas narinas. Seu rosto é sereno enquanto dorme, nem parece que tem a língua afiada para me responder atravessado na primeira oportunidade. Inclino-me para cobri-la e meu coração acelera, quero acariciar seu rosto delicado, sentir o calor da sua pele. Pisco expulsando o pensamento e a cubro, nesse momento ela abre os olhos, nós nos encaramos por alguns segundos e o resto para de importar. A vontade de tocar seu rosto vem com força e me pergunto como ela reagiria, mas lembro que ela voltou com o nerd.

— Se quiser pode usar a cama. — Minha voz sai rouca.

— Estou te incomodando aqui? — pergunta sem desviar o olhar.

Ela está me incomodando, mas não do jeito que pensa.

— Não, você não está — falo baixo e vejo-a engolir em seco. — Lá é mais confortável.

— Ah! Mas, voc...

— Ste... Garfield, eu vou trabalhar, pode ir dormir.

Ela balança a cabeça concordando. Finalmente desvio o olhar do seu e peço para a comissária acompanhá-la e arrumar tudo para ela.

Após mais de vinte e duas horas de voo e com as costas doendo eu só quero deitar em uma cama confortável e dormir pelas próximas horas.

O motorista contratado por Stella guarda nossas malas. É domingo de manhã e não há trânsito, então chegamos no hotel em 28 minutos.

— Sejam bem-vindos ao Park Sartori Sydney. Possuem reserva?

— Em nome de Christian West-Buchmann. — Dou meu nome.

A recepcionista sorri ao reconhecer o nome.

— Senhor West-Buchmann, seu quarto já está preparado para recebê-los...

— São dois quartos — corrijo.

— Ops! — Stella resmunga e a encaro. — Eu esqueci... você me chamou de última hora e eu esqueci de reservar o meu quarto — lamenta.

— Arrume outro quarto — falo para a recepcionista e ela sorri constrangida.

— Eu lamento, senhor West, nossos quartos estão lotados.

— Isso é brincadeira?

— Infelizmente, não.

Minha cabeça parece que vai explodir, estou cansado da viagem e agora isso.

— Não tem problema, eu fico em outro hotel — Stella sugere.

— Os hotéis da região estão lotados, apenas os mais afastados estão vagos. Vocês podem dividir a suíte...

— Nem pensar! — Stella recusa de imediato, e a encaro.

Detesto dormir com alguém, mas com a Stella parece uma ideia tentadora.

— E onde você vai dormir, já que não reservou os quartos direito? No carro?

Ela abre e fecha a boca várias vezes, mas não diz nada.

— Coloca a gente no mesmo quarto — falo sem tirar os olhos da Stella.

Stella Garfield

Ando em direção ao quarto sabendo não ser uma boa ideia dormir com o Christian tão perto de mim, é uma péssima ideia, na verdade. Como eu pude esquecer de reservar o meu quarto?

Atravesso a porta e o som dela se fechando atrás de mim me faz arrepiar, estou presa em um quarto com o homem que venho sonhando há dias e ele é meu chefe. Tem como isso ser pior?

— Misericórdia! — exclamo em voz baixa ao vê-lo tirando o terno. Por que ele é tão sexy? — Você pode ficar com a cama e eu com o sofá — sugiro.

— Você não cabe no sofá — diz, tirando a gravata, e, nossa, não me importaria se ele tirasse o resto.

Recrimino-me por pensar assim, mas venho sonhando com ele há dias, seria bom ter uma imagem real para sonhar.

— Muito menos você — argumento.

Ele me fita e vejo seus lábios se repuxarem em um quase sorriso, engulo em seco.

— Mas cabemos na cama.

As palavras são ditas em um tom baixo e rouco, minha pele arrepia. Pisco pensando ter ouvido errado.

— Nós... na mesma cama?

Pensar em nós na mesma cama me faz pensar em um milhão de coisas e nenhuma delas inclui dormir. Isso não pode acontecer!

— Nossa semana será exaustiva...

Meu rosto esquenta, e Christian se aproxima, dou alguns passos para trás até cair sentada na cama. Ele apenas coloca seu terno e gravata na cama e sem se afastar sussurra fazendo minhas pernas amolecerem, minha garganta secar e meu coração disparar.

— Dormir mal não é uma opção e eu não vou dormir no sofá por incompetência sua.

Ok! Ele acabou de me chamar de incompetente, mas só consigo me concentrar no seu hálito quente soprando no meu pescoço.

Christian se afasta e solto a respiração que nem percebi estar prendendo.

Desvio o olhar dele para a cama gigante com os lençóis frufrus, são tão macios, talvez dormir uma semana nessa cama gigante e confortável com ele não seja tão ruim.

— Ok! — concordo e arregalo os olhos ao vê-lo sem camisa. — P-po-por que você está pelado? — pergunto sem conseguir tirar os olhos dos gominhos do seu abdômen.

Ele parece esculpido em pedra de tão perfeito, o peito e ombros largos, abdômen sarado, um V bem-marcado no final da barriga e pelos escassos vão até o cós da calça, gerando uma curiosidade imensa em mim por mais.

— Não estou pelado, mas se quiser — sugere, e sinto meu rosto esquentar.

— E-e-eu... eu vou dar uma volta. — Saio praticamente correndo do quarto e juro ouvir uma risada.

Recosto-me na porta, pensando que talvez seja uma má ideia dividir a cama com ele, com certeza é uma má ideia dormir na mesma cama do homem que eu venho tendo sonhos pervertidos, principalmente após vê-lo sem camisa.

Gemo só de pensar.

— Tudo bem, senhorita? — um funcionário do hotel pergunta.

— Sim — respondo constrangida e me afasto da porta, com o rosto quase pegando fogo.

Passo na recepção e pego um panfleto com vários lugares turísticos e passeios, vejo o aquário de Sydney e penso em ir. Procurando Nemo é ambientado aqui em Sydney, seria como realizar o meu sonho de criança visitar o aquário. Pesquiso no site por ingressos, mas não encontro disponível, murcho.

Sem poder ir visitar o aquário fico andando nas dependências do hotel até encontrar um píer do lado de fora do restaurante, tem uma vista perfeita para a ópera. Fico alguns minutos admirando as conchas que formam a famosa arquitetura da Ópera de Sydney e, sorrio ao lembrar da primeira vez que fui em uma apresentação de balé. Meu pai me levou e eu fiquei encantada a ponto de querer fazer balé, mas eu não tinha nenhuma habilidade e meu peso era motivo de piadas entre as outras alunas. Meu sorriso morre, decido voltar para o quarto.

Passo o cartão para destrancar a porta e ao entrar encontro tudo escuro e em silêncio. Ligo um abajur e tenho certeza de que dormir na cama com o Christian não é uma má ideia, é uma péssima, terrível ideia. Christian dorme só de cueca, todo o seu glorioso corpo está espalhado pela cama, minhas mãos praticamente formigam pela vontade de tocá-lo.

Sinto um frio na barriga ao me imaginar deitada com ele.

— Estou muito ferrada — resmungo baixinho.

Acordo e a primeira coisa que sinto é a dor nas minhas costas.

— Droga! — falo, levando a mão às costas.

O Christian tinha razão, o sofá acabou comigo, mas como eu dormiria na cama com ele seminu? Eu provavelmente acordaria agarrada e babando nele, seria vergonhoso demais.

Observo o quarto e não o encontro, provavelmente foi trabalhar.

Verifico as horas e já são 14h35, dormi só cinco horas. Decido tomar um banho e sair para aproveitar o restinho do domingo. Ligo o som *Cool For The Summer* da Demi Lovato começa a tocar, começo a dançar de forma sensual enquanto canto a música.

— *Got my mind on your body* [10]— canto, tirando o vestido e o ar frio do quarto faz meus mamilos arrepiarem. — *And you body on my mind...* [11]

— Não estou reclamando do show, mas acho importante informar que estou aqui e adorando. — A voz rouca do Christian me faz dar um pulo e tampar meus seios com as mãos.

— Meu Deus! VIRA! — grito como o coração quase saindo pela boca, mas ele continua me encarando.

Quase morrendo de vergonha, puxo o lençol da cama e me cubro de qualquer jeito.

— O que você está fazendo aqui? — pergunto quase gritando.

— Esse quarto é meu, mas fique à vontade — diz, colocando as mãos nos bolsos e me encarando.

É intimidante ter apenas um lençol impedindo o Christian de me ver apenas de calcinha. Diferente de mim, que estou prestes a desmaiar, Christian está calmo e não tira os olhos de mim, engulo em seco.

— Achei que estivesse trabalhando! Você é viciado em trabalho. — Minha voz sai trêmula, não sei se pelo meu constrangimento, ou pelo seu olhar intenso que faz meu coração acelerar e meu corpo se arrepiar.

Seu olhar vai para algo atrás de mim e vejo seus olhos brilharem, ele anda até mim e sussurra no meu ouvido eriçando todos os pelos do meu corpo.

— Acho que é uma boa hora para dizer que posso ver sua bunda pelo espelho. Aliás, bela bunda.

Saio do transe que ele me deixou e viro-me horrorizada, meus olhos arregalam, encontro os do Christian pelo espelho e é como se uma corrente elétrica percorresse meu corpo, meus mamilos endurecem e meu sexo pulsa. Perturbada e constrangida pela minha reação, aperto mais o lençol

---

[10] Got my mind on your body: Estou com a mente no seu corpo.
[11] And you body on my mind: E seu corpo na minha mente.

contra o peito e corro para o banheiro, tranco a porta e encaro meu reflexo no espelho, meu rosto está vermelho e meu coração chega a doer de tão rápido que bate.

Fecho os olhos com força e peço para isso ter sido apenas um sonho. Como vou olhar na cara dele novamente? Meu chefe, que me beijou e não queria que as coisas ficassem estranhas, me viu pelada e eu fiquei com tesão! O pensamento me faz estremecer. Abro os olhos e outra coisa me preocupa, e se ele me achou feia, ou gorda? Não gosto de pensar que ele não gosta do meu corpo.

Capítulo 9

Christian West-Buchmann

Já vi muitas mulheres sexies e provocantes, mas nenhuma chega aos pés da Stella dançando descontraída. Mesmo sem tentar, Stella é sensual e seu corpo, porra, é delicioso. Seus seios redondos devem caber perfeitamente na minha mão, só de pensar neles sinto meu pau pulsar. Vê-la envergonhada e tentando se cobrir com aquele lençol acabou comigo, e quando mirei seu reflexo pelo espelho, fiquei duro como pedra, se ela não tivesse corrido para o banheiro, não sei se me controlaria.

Lembro que ela voltou com o nerd idiota e vou até o bar, sirvo uma dose de whisky e viro de uma vez. Meu celular vibra com uma mensagem de Thomas, mas não tenho cabeça para isso, coloco o celular sobre o bar. Passo a mão na cabeça e vejo o vestido da Stella caído no chão, pego e inspiro seu cheiro único, é como se tudo dentro de mim se agitasse, jogo o vestido na cama e saio do quarto. Stella está me distraindo, eu tenho que me concentrar na negociação, mas só consigo pensar nela e agora será ainda mais difícil não pensar.

Vou para o bar do hotel e peço um whisky, mas desisto ao ver um vinho de ótimo safra, peço a garrafa.

Na segunda taça uma loira muito elegante e bonita para na minha frente.

— Posso? — pergunta, apontando para a cadeira vazia ao meu lado.

— Há mesas disponíveis. — O lugar está praticamente vazio

Ela sorri jogando o cabelo platinado para trás e se senta.

— Você é divertido — sorri —, prazer, Victória.

Ignoro e continuo bebendo.

— Estava me perguntando o que um homem elegante, bonito e divertido está fazendo sozinho no bar do hotel. — Sorri e acaricia meu braço de maneira sutil. — Daí decidi te fazer companhia.

Seu sorriso e gestos não negam suas intenções, mesmo sendo uma mulher linda, seu jeito atirado não me atrai, talvez antes de ver a Stella só de calcinha, mas agora só consigo pensar na morena quase nua no meu quarto. Ela deveria tentar a sorte com um dos meus irmãos, principalmente o Tristan, ela é o tipo dele, cara de modelo e atirada.

— Estava buscando paz, mas pelo jeito não será possível — falo sério, e ela sorri sem graça, mas não se afasta.

Um vulto chama a minha atenção, meu peito se agita ao ver Stella andando em minha direção.

— Desculpa, eu não queria incomodar, mas o Thomas está te ligando sem parar — diz parecendo irritada, e franzo o cenho sem entender.

Coloca o celular sobre a mesa e dá meia-volta, seguro seu pulso para perguntar o que houve, mas meu celular começa a tocar.

Afrouxo a gravata e abro o primeiro botão da camisa, já são quase onze horas da noite, após mandar aquela mulher embora, terminei a garrafa de vinho enquanto conversava com Thomas sobre a renovação de alguns contratos.

Entro no quarto e a primeira coisa que noto é Stella deitada, imagens dela apenas de calcinha me faz pensar que talvez dormir na mesma cama não será nada fácil.

Coloco minha carteira e celular na mesa de cabeceira e vou tomar banho. Saio do banheiro com uma toalha enrolada na cintura e vejo Stella acordada, ela resmunga enquanto procura algo em sua bolsa. Desço o olhar por seu corpo, ela usa um *baby doll* azul, ele não é sexy, mas nela fica.

Ando em direção ao guarda-roupa, Stella escuta meus passos e se vira, seus olhos arregalam ao me ver.

— Misericór... — Seu olhar de cobiça desce pelo meu peito — Éééé... Você está só com essa toalha? — Seu olhar se detém na toalha. — Eu não quero saber. — Balança a cabeça.

Continuo andando sem tirar os olhos dos seus, incapaz de parar, ela dá alguns passos para trás até suas costas baterem no guarda-roupa. Espalmo minha mão ao lado da sua cabeça, encurralando-a, afasto seu cabelo e sussurro no seu ouvido:

— Você não deveria me olhar assim quando está namorando aquele nerd idiota. — Minha voz sai rouca.

— Noss... — cala e me encara com uma expressão confusa — não estou namorando o Jordan.

Essa informação me agrada mais do que deveria, aproximo-me um pouco mais, quase colando nossos corpos.

— Então com quem você estava falando no avião?

— V-você está muito perto — diz, tocando meu peito, mas em vez de me afastar acaricia minha pele.

Sinto sua mão descer pelo meu abdômen de forma lenta, tímida. Beijo seu pescoço e ela tira a mão, mas seguro seu pulso.

— Continua — falo, mirando seus olhos e a solto.

Stella abre a boca, porém, não diz nada. Beijo seu ombro, ela estremece e crava as unhas no meu peito.

— Não faz isso — pede.

— Por quê? — pergunto, beijando seu pescoço, e ela arfa.

— Sua amiguinha... por que não está com ela?

Não entendo o porquê, mas sorrio com sua pergunta.

Com as pontas dos dedos, traço uma linha pelo seu pescoço, desço entre seus seios e contorno o direito, Stella prende a respiração, subo por seu ombro e afasto a alça da sua blusa, deixando seu seio exposto.

— Christian. — Sua voz sai trêmula.

Sua respiração assim como a minha está irregular, entrecortada. Miro seus olhos cheios de timidez e insegurança, se ela soubesse há quanto tempo uma mulher não me excita e prende minha atenção como ela, nos últimos dias só penso em tê-la exatamente assim, e ela estar agindo como se nada tivesse acontecido só aumentou a minha vontade por ela. Belisco seu mamilo e, seu olhar se torna desejoso. Seguro seu seio e lambo, meu pau endurece ao sentir o bico rígido contra a minha língua. Grudo nossos lábios e o beijo é tão bom quanto eu me lembrava, começa lento e logo se torna voraz, exigente. Seu beijo tem um gosto delicioso, único. Deslizo minha mão por sua cintura e aperto sua bunda redonda, ela geme, fazendo meu pau doer de tão duro.

Beijo seu pescoço, chupando, mordiscando até o queixo. Aperto sua cintura e puxo o elástico do short, deslizo os meus dedos para dentro dele e encontro sua boceta molhada.

— Christian — diz ofegante.

— Quer parar?

— Não! Por favor, continue — pede, movimentando o quadril.

Massageio seu clitóris e ela geme alto, chupo seu mamilo sem deixar de dar atenção para a sua boceta molhada. Deslizo dois dedos para dentro, entro e saio, fodendo a sua boceta quente e escorregadia, suas paredes apertam meus dedos, deixando-me prestes a gozar. Espalho sua umidade e com o polegar esfrego seu clitóris. Stella geme, se contorce, arranha minhas costas.

— Sua bocetinha é deliciosa, porra! Goza para mim, Stella — rosno, ela parece surpresa com minha fala rude, mas sinto sua boceta apertar os meus dedos.

Eu a fodo com meus dedos mais e mais forte, não demora muito para ela gozar gemendo meu nome. Porra, eu quero um quadro do seu rosto quando goza, é perfeito. Ela me fita, mais perfeita do que nunca após gozar, meu peito se agita. Para afastar o sentimento estranho e confuso, beijo-a até perder o fôlego.

— Christian... nossa... eu gozei... — Seu peito sobe e desce no ritmo acelerado da sua respiração.

— Eu ainda não termi... — Sou interrompido pelo toque do meu celular. — Porra!

Stella arregala os olhos e encara o celular em cima da mesa de cabeceira.

— Atende — diz, afastando-me e arrumando sua roupa.

— Stella...

— Atende. Deve ser importante, não ligariam esse horário se não fosse.

O telefone para de tocar, mas volta em seguida, praguejo e atendo puto a ligação do Thomas.

— Espero que seja realmente importante, ou você está no olho da rua!

Observo Stella entrar no banheiro e fico mais puto com o Thomas por ligar logo agora.

Stella Garfield

Não me preocupo em fechar a porta, levo a mão para ligar a torneira e percebo que estou tremendo, não sei nem como cheguei ao banheiro, minhas pernas são verdadeiras gelatinas. Eu quase transei com meu chefe, se não fosse a ligação eu transaria com ele. Encaro meu reflexo no espelho, estou sorrindo e meu rosto está completamente vermelho. Cubro o rosto com as mãos ao lembrar como gozei apenas com sua mão, foi incrível. Em um momento eu estava um pouco irritada por vê-lo com aquela mulher, mas no outro eu só queria que ele me tocasse e fizesse com que aquela necessidade crescente passasse logo.

Jogo uma água no rosto e saio do banheiro, vejo o Christian do outro lado do quarto só com a toalha na cintura. Como ela continua ali?

— Resolva isso o mais rápido possível! — ordena.

O nervosismo faz o meu estômago embrulhar. O que eu faço agora? Não sei como agir naturalmente depois dele me fazer gozar. Giro nos calcanhares com a intenção de me trancar no banheiro até o nervosismo passar, mas a voz do Christian me para.

— Stella?

— Eu vou dormir — falo, e Christian franze a testa.

— Está tudo bem?

Espanto-me com sua pergunta, ele nunca me perguntou como eu estava.

— Sim, só estou com dor de cabeça. — Realmente estou, estava procurando o remédio na minha bolsa quando ele apareceu só de toalha, daí esqueci de tudo até a dor.

Tento passar por ele para pegar o remédio, mas ele me para. O toque da sua mão forte no meu braço faz minha pele arrepiar.

— A ligação era importante — diz sério.

Respiro fundo, criando coragem para olhá-lo nos olhos.

— Eu sei, conheço o Thomas ele não ligaria por qualquer coisa. — Christian faz uma careta. — Eu realmente não me importo — me apresso em consertar minha frase. — Não foi isso que quis dizer. Sei como o trabalho é importante para você e...

Christian me impede de continuar falando sem parar com um beijo, é rápido, mas o suficiente para me fazer esquecer o que eu estava falando. Ele se afasta e pega uma garrafa de água, abre e me entrega.

— Aqui.

— Obrigada.

Pego o comprimido na minha bolsa e tomo a água. Olho para o Christian e cuspo toda a água ao vê-lo nu em toda a sua glória.

— Misericórdia, você está pelado! — falo o óbvio.

Meus olhos gulosos percorrem seu corpo perfeito e fico até com vergonha dele ter me visto só de calcinha, ele não tem um defeito. Até seu pau é bonito, mesmo mole, é enorme e grosso.

— Uau! — Viro o rosto envergonhada. — Por que você está pelado?

— É sério isso? Eu acabei de te masturbar, mas não posso ficar pelado na sua frente? — Há divertimento na sua voz.

Ele falando assim parece ridículo e é, mas eu não estava esperando, ele deveria ser proibido de ficar pelado sem me preparar.

— Eu vou deitar. Boa noite! — falo, evitando olhá-lo e me deito.

Fecho os olhos, tentando esquecer a imagem do seu corpo nu, contudo, só piora.

Capítulo 10

Stella Garfield

Acordo sentindo um corpo quente e firme, sorrio gostando e me recuso a abrir os olhos. Deslizo minha mão pelo abdômen sarado adorando cada gominho.

Nossa, o Christian é tão gostoso! — penso.

Ao me dar conta de que estou bolinando meu chefe, abro os olhos imediatamente e me levanto em um pulo, meu coração parece prestes a sair pela boca. Aproximo-me da cama nas pontas dos pés rezando para ele não ter acordado, suspiro aliviada ao ver o seu peito musculoso subindo e descendo em um ritmo cadenciado. Continuo encarando seu peito nu e musculoso, desço meu olhar e meus olhos se prendem no volume da sua cueca.

— Misericórdia! — falo, sentindo um calor descendo e se concentrando entre as minhas pernas.

Balanço a cabeça expulsando os pensamentos nada puros que se formam na minha cabeça e me fazem pulsar, e vou trocar de roupa para ir malhar.

Chego à academia e já tem um homem se exercitando.

— Pelo visto eu não sou o único maluco, mais alguém levanta às seis da manhã para malhar — diz o homem de pele bronzeada, cabelos negros e alto.

Apesar da sua fala descontraída, ele tem um rosto sério.

— Não é — concordo e vou para a esteira.

Quarenta e cinco minutos depois, minhas pernas já não aguentam mais, porém só falta 1km para completar 10km, então ignoro a dor e continuo correndo. Meu celular começa a tocar e uso isso como desculpa para abandonar a esteira.

— Oi! — atendo animada, sem ver o número que me ligou.

Sento-me no chão da academia sorrindo de felicidade por parar de correr.

— Nossa, não esperava que você fosse atender, muito menos tão animada. — A voz da Regina me faz murchar e desejo voltar para a tortura chamada esteira.

— Por que está me ligando?

— Adivinha?

— Não posso falar agora.

— Arrumei uma entrevista de emprego na Lebensmittel.

Congelo. A notícia azeda meu estômago.

— Você o quê?!

— Conseguiu uma entrevist...

— Tchau! — Desligo na cara dela.

Após anos a Regina voltou para a minha vida e está se infiltrando nela como erva daninha. Nunca torci contra uma pessoa, mas agora torço para ela não conseguir uma vaga.

Após desligar decido tirar uma foto do píer para o meu avô antes de ir tomar banho. Mando uma foto da Ópera e ele responde dizendo que eu preciso assistir a um concerto. Eu adoraria ver uma apresentação de perto, se sobrar tempo eu vou.

Entro no quarto e o Christian está acordado.

— Bom dia — cumprimento constrangida por hoje e ontem.

— Você foi malhar? — pergunta, olhando-me dos pés à cabeça, comendo-me com os olhos e meu corpo esquenta.

Ignoro as lembranças de ontem, não significa nada, quando nos beijamos pela primeira vez ele quis fingir que nunca aconteceu, agora provavelmente vai fazer o mesmo.

— Fui, espero não ter te acordado — falo apressada e me encaminho para o banheiro.

Como eu imaginei o Christian agiu como se nada tivesse acontecido. Graças a Deus os últimos dois dias foram bastante agitados e as coisas entre nós dois voltaram ao normal, não exatamente ao normal, ele está me evitando, mas considerando o quanto ele me afeta é o melhor. Ele é meu chefe, e ter uma paixão não correspondida definitivamente é algo que eu não quero.

— Você parece preocupada. — Isla me tira dos pensamentos.

Desvio a atenção da tela desligada do meu iPad e a encaro.

— Desculpe, estava distraída.

— Você parece preocupada.

Suspiro, apesar de não conseguir parar de pensar no Christian, estou preocupada com a negociação. Christian foi almoçar com Sebastian Stewart, dono do S. Mart, rede de supermercados que ele quer fechar contrato, já passa das 17h e ele não voltou.

— Só estou preocupada com o contrato, ele é muito importante para a Lebensmittel.

A perda deste contrato deixa a Lebensmittel 2 anos atrás da concorrência, na Europa, onde serão abertas metade das 90 lojas. Eles irão ganhar um mercado ainda maior por lá, por isso é crucial fechar esse contrato. Christian odeia perder, mas não é sobre o ego dele, a empresa é a única coisa que ele realmente se dedica, já o vi passar dezenas de feriados trabalhando para resolver um problema da empresa.

— Também estou, essa é nossa chance de ganhar o mercado europeu.

Dá o meu horário e o Christian não volta, como ele ficou com o motorista chamo um táxi e volto para o hotel.

Entro no quarto, as luzes estão acesas e o Christian sentado na varanda, ele está mexendo no computador com uma garrafa de vinho.

Bato no vidro da porta da varanda para chamar sua atenção, ele desvia o olhar do computador e fico sem ar. Ele está delicioso com cabelo bagunçado, os primeiros botões da camisa abertos e as mangas arregaçadas. Desço o olhar por seu peito forte e largo, onde eu adoraria deitar a minha cabeça.

— Quer algo, Garfield? — pergunta seco.

Nada de Stella, voltei a ser a Garfield e a minha presença parece irritá-lo.

— O almoço não ocorreu como o esperado? — pergunto ao ver a ruga de preocupação em sua testa.

— O velho não vai assinar o contrato.

— Mas ele deu pelo menos um motivo?

Christian aperta o espaço do nariz, entre os olhos e encara o computador.

— Eu preciso trabalhar, Garfield.

Decido não deixar que ele me afete com seu comportamento, volto para o quarto e vou tomar banho.

Já passa das 20h e começo a sentir fome, como Christian ainda não jantou decido chamá-lo. Aliso minha saia e vou até à varanda onde ele ainda está trabalhando.

— Christian? — chamo e ele desvia a atenção do computador.

Seus olhos percorrem meu corpo e se detêm nas minhas coxas, sorrio, estou usando uma saia soltinha e uma bota cano alto até o joelho, mas meu sorriso se desfaz rapidamente, ele fecha o cenho em desaprovação. Levo a mão à barra da saia e a puxo para baixo.

— Estou indo jantar. Quer ir?

— Estou ocupado.

Não me dou ao trabalho de insistir.

Penso em trocar de roupa, mas ao me olhar no espelho não vejo nada de errado com o comprimento da minha saia.

Vou para o restaurante a duas quadras do hotel e escolho uma mesa na área externa com vista para o mar, e enquanto espero minha refeição ligo para Anne que atende me xingando.

— *Espero que o motivo para você me ligar às cinco da manhã, seja um morcego gigante te atacando!*

Gargalho.

— Não há nenhum morcego gigante. Ainda bem!

— *Então, tcha...*

— Eu beijei o Christian de novo. — A linha fica muda. — Anne, está aí?

— *Espera, vou pegar meus óculos para escutar essa história melhor.*

— Sua louca, você não precisa de óculos para escutar — falo rindo.

Escuto um barulho e ela xingando, provavelmente bateu a canela em algum lugar.

— *Pronto! Você beijou aquele alien gostoso agora?*

Mordo o interior da bochecha, nervosa. Falo para ela sobre o nosso amasso de dias atrás.

— *Uau! Para quem está fingindo que não se pega vocês estão se pegando bastante!*

— Aparentemente voltamos a fingir.

— *Qual é o problema dele?!*

— Sinceramente? Não sei, mas é o melhor. Já pensou como seria estranho se a gente transasse?

— *Seria tudo menos estranho. Ele é extremamente gostoso, é insuportável também, mas você parece não se importar.* — Sorrio concordando. — *Transar com ele deve ser tipo sentar na primeira fila da semana de moda usando um modelo exclusivo.*

— Hã?! — resmungo confusa.

— *É o sonho de todo mundo!*

— Sonho? Você chama ele de Margaret e alien!

— *Alien gostoso! E não é porque ele é mal-humorado que não é super gato. Não sou cega, só te apoiava na raiva que você tinha por ele, mas agora que você está caidinha por ele, estou te apoiando. Sou uma ótima amiga.*

— Eu não estou caidinha por ele!

— *Aham!*

— Anne, é sério.

— *Tudo bem, eu entendi. Você não está caidinha pelo seu chefe gostoso que te fez gozar mais vezes que o seu ex-namorado* — zomba, e minha vontade é bater nela.

Eu não deveria ter falado nada para ela, beijei ele há dias.

— Tchau, Anne!

— Tchau! Mas da próxima vez que você dar uns pegas no chefe, me liga em um horário aceitável!

— Não vai acontecer de novo! — falo, mas a linha já está muda.

Não tenho nem tempo de pensar em suas palavras, o garçom aparece e serve o meu atum grelhado com crosta de gergelim com salada de acompanhamento, agradeço.

— Algo para beber, senhorita?

— Você pode sugerir algum vinho? Não entendo muito.

— Temos...

— Traga um Chardonnay para a senhorita — diz o homem da mesa ao lado. — Por minha conta.

Estreito os olhos.

— Eu te conheço de algu... da academia. — Ele confirma. — Pode trazer o vinho, por favor, mas na minha conta — peço para o garçom e ele se afasta.

— Aliás, sou Paul.

— Stella.

— Belo nome, assim como a dona. — Sorrio sem graça com o elogio. — Posso me juntar a você?

— Ah! Desculpa se passei a impressão errada...

— Calma, não estou dando em cima de você.

— É...

— Eu sou gay.

— Ah! — exclamo aliviada.

Paul ri e se senta na cadeira em frente à minha. O jantar passa voando, seu papo é leve e descontraído.

No caminho para o hotel descubro que ele é o dono da companhia de balé hospedada no hotel.

— Na infância eu quis fazer balé — falo atravessando a entrada do hotel.

— E por que não fez?

— Eu era gordinha e não tinha muita habilidade — comento sem dar muita importância.

— Já foi assistir ao Lago dos Cisnes, na ópera?

— Não.

— Então, venha antes de voltar para Nova Iorque. É minha convidada especial.

Paramos em frente aos elevadores.

— Obrigada pelo convite, mas não sei quando estarei disponível. Estou aqui a trabalho.

— O convite está de pé. Terá uma cadeira na primeira fila reservada para você. De qualquer forma, te vejo amanhã na academia e te convenço a ver homens com seus lindos corpos em um collant. — Pisca, fazendo-me rir e me abraça, nesse momento escuto as portas do elevador se abrirem, antes mesmo de virar sei que o Christian está atrás de mim, um arrepio percorre minha coluna, sua presença dominante é quase palpável.

Desfaço o abraço e encaro o Christian sentindo o impacto do seu olhar raivoso, ele parece ficar ainda mais sexy. Meus olhos traidores vão para sua boca e engulo seco com a vontade avassaladora que surge de beijá-lo. Por que ele tem esse efeito sobre mim?

— Oi, senhor West. — Quase sorrio de felicidade por minha voz não falhar. — Paul, esse é meu chefe.

— Prazer. — Paul estende a mão, mas o Christian e sua imensa falta de delicadeza não se dão ao trabalho de cumprimentá-lo.

Sorrio sem graça pela atitude do Christian.

— Boa noite, adorei o jantar — diz Paul e se aproxima de mim. — Por que não me disse que seu chefe é um gostoso mal-humorado?

Pressiono os lábios para conter o riso.

Capítulo 11

Christian West-Buchmann

Estou há dois dias dizendo a mim mesmo para manter distância da Stella, ela é a minha melhor funcionária e me envolver com ela é uma péssima ideia, mas ela não facilita as coisas para mim. Diferente das mulheres que eu saio, ela não surtou exigindo saber porque estou ignorando-a, isso acabaria imediatamente com o meu interesse, mas ela agiu como se nada tivesse acontecido e isso teve efeito contrário no meu interesse. Estou ainda mais interessado e atraído por ela, e não é ego ferido, meu pau não reagiria a sua presença se fosse e ele não pode vê-la que fica duro como pedra.

Quando ela me chamou para jantar meu pau se agitou ao ver suas malditas botas, fantasiei jogá-la em cima daquela mesa e fodê-la só com aquelas botas e nada mais. E agora descubro que ela foi jantar com esse filho da puta.

Uma onda de raiva inexplicável percorre o meu corpo ao vê-lo aproximando-se dela e dizendo algo em seu ouvido. Mas que porra está rolando aqui? De onde eles se conhecem?

— Até amanhã, Paul! — diz sorrindo e balançando a cabeça.

Ele se afasta e o sorriso de Stella se desfaz ao me encarar.

— Boa noite, senhor West — diz, apertando o botão do elevador.

Ouvi-la me chamando assim me irrita, antes desse jantar ela estava me chamando pelo meu nome.

— Senhor West?

— Sim — entra no elevador e a sigo. —, você é meu chefe.

Aproximo-me e ela se afasta até as costas baterem contra a parede do elevador.

— Sou seu chefe? — Seguro a barra do elevador com as duas mãos, mantendo Stella entre meus braços. Sinto seu perfume e meu pau endurecer. — Dois dias atrás você não teve problema em gemer meu nome enquanto gozava.

Ele empurra meu peito, mas não me movo.

— Você parecia bem satisfeito em me chamar de Stella enquanto pedia para eu gozar — diz, tentando me empurrar novamente —, e não estava me ignorando. Achei que não quisesse que as coisas ficassem estranhas.

— As coisas já ficaram bem estranhas — falo colando nossos corpos, deixando-a ciente da minha excitação, ela estremece —, ou você acha normal eu querer jogar minha secretária sobre a minha mesa e fodê-la usando apenas essas malditas botas?

Minhas palavras a chocam e excitam, ela se esfrega involuntariamente em mim, acabando com o meu juízo.

Afasto-me abruptamente ao ouvir as portas do elevador abrindo, pigarro.

— Boa noite! — cumprimento sem nem olhar na cara da pessoa.

Stella praticamente corre para fora do elevador, apenas observo o balançar dos seus quadris e a bunda perfeita rebolando até o quarto.

Eu nunca me envolvi com nenhuma funcionária, mas desde o momento que a beijei naquela boate tem sido difícil não a imaginar engolindo o meu pau entre uma reunião e outra. Agora é um péssimo momento para me envolver com ela, um contrato importante está em risco por causa do assédio do Russell. Mesmo tudo sendo consensual entre nós, a imprensa pode tentar acabar de vez com a credibilidade da Lebensmittel. A vida inteira eu fiz de tudo para não manchar a imagem da empresa, mas desde o momento que a fiz gozar contra o closet não consigo pensar em outra coisa que não seja fodê-la até a exaustão.

Trazê-la nessa viagem foi um erro, dividir o quarto com ela um erro ainda maior, mas assim que entramos no quarto jogo todo o meu juízo fora e a puxo pela cintura, fazendo-a soltar um gritinho surpreso.

— O que está fazendo? — pergunta, olhando para a minha boca.

— O que estou louco para fazer desde que te vi com essas malditas botas.

Levo a mão à sua nuca e beijo-a com voracidade, descontando nos seus lábios toda a minha raiva por vê-la gostosa desse jeito com aquele homem. Empurro seu corpo até sua bunda bater contra o balcão do bar, o barulho das garrafas se chocando preenchem o quarto, mas não me importo, eu a faço sentar nele de pernas abertas e me encaixo entre elas. Suas mãos se infiltram por dentro do meu terno e suas unhas arranham minhas costas por cima da camisa, meu pau pulsa, pressiono-o contra ela e um gemido delicioso escapa da sua boca. Embolo sua saia até sua cintura e subo minha mão pelo interior das suas coxas, causando arrepios por onde meus dedos passam, encontro a renda da calcinha úmida.

— Porra! — rosno. — Você está tão molhada! — Stella enrubesce.

Pressiono seu clítoris por cima do tecido, e ela arfa fechando os olhos.

— Abra os olhos! Eu quero que você veja cada coisa suja e pervertida que vou fazer com você.

Com a mão livre, levanto sua blusa e a encontro nua por baixo da blusa.

— Você foi jantar sem sutiã?! — Minha pergunta é um grunhido raivoso.

Não a deixo responder, penetro-a com dois dedos em um único movimento, e Stella arqueja. Abocanho seu seio e castigo seu mamilo com mordidas, lambidas e sugadas, só paro quando vejo sua pele ficando levemente vermelha e dou atenção ao outro seio. Movimento mais rápido meus dedos, entrando e saindo do seu calor úmido, suas paredes começam a apertá-los. Seus quadris se movimentam sem parar, meu pau parece prestes a explodir dentro da calça, louco para entrar em sua boceta molhada e deliciosa, mas preciso sentir seu gosto antes.

Tiro meus dedos de dentro dela, e ela reclama.

— Por que parou? — pergunta, olhando-me meio perdida.

— Porque eu quero você gozando na minha boca.

Rasgo sua calcinha em um único movimento rápido.

— Minha calcinha! — protesta.

— Você não vai precisar de uma pelos próximos dias — falo, segurando suas coxas com força e abro o máximo que posso. Stella tenta fechá-las, mas não permito. Seguro-a pelo pescoço e encaro seu olhar repleto de desejo. — Vai ficar abertinha para mim e olhar nos meus olhos enquanto a fodo com a minha boca, língua e dedos.

Ela arfa.

Ajoelho-me entre suas pernas e encaro a boceta que venho desejando há dias, ela é toda delicada e lisinha. Lambo sua bocetinha sem desviar o olhar, Stella parece dividida entre uma timidez inédita para mim e o tesão. Seu gosto doce e viciante invade minha boca, sugo seu clitóris e ela tenta fechar as pernas, mas mantenho-as abertas. Introduzo dois dedos nela sem deixar de chupá-la, ela segura minha cabeça e rebola na minha boca quase me fazendo gozar. Chupo-a com voracidade, deliciando-me com cada gemido e arfar dela. Sugo seu clitóris e ela tenta fechar as pernas novamente.

— Se tentar fechar as pernas mais uma vez, eu não vou te deixar gozar!

Ela balança a cabeça concordando freneticamente.

— Por favor, só não para — implora, meu pau pulsa adorando ver sua boca atrevida implorando.

Volto a chupá-la e ela castiga o lábio inferior com os dentes quando giro os dedos e toco o seu ponto de prazer, suas paredes me apertam com força e a fodo com os meus dedos mais intensamente sabendo que seu gozo está próximo. Dedico-me a tarefa de fazê-la gozar e em segundos a tenho tremendo e gozando gostoso na minha boca, tomo tudo dela, cada gota de prazer.

Levanto-me e seguro um punhado do seu cabelo, a beijo misturando o sabor do seu gozo com os nossos, o beijo é selvagem e exigente, Stella corresponde na mesma medida. Sem desgrudar nossas bocas as mãos trêmulas e ansiosas dela tiram meu terno, gravata e camisa.

— Misericórdia! Você é tão gostoso — diz, encarando meu tronco nu.

Ansioso para tê-la nua, seguro a barra da sua blusa e a tiro, Stella tenta tampar o corpo com os braços, mas seguro seus pulsos e os prendo atrás das suas costas.

— Christian...

Estralo a língua.

— Isso é tudo meu, e ninguém tira de mim o que é meu!

Com a mão livre, aperto seu seio e castigo seu mamilo intumescido com beliscões suaves, ela amolece e solto seus pulsos. Mergulho minha cabeça no vão do seu pescoço e chupo, lambo e mordisco causando arrepios em sua pele sensível.

— Christian... por favor... — geme com sofreguidão, e meu pau chega a doer de tão duro que fica.

Acho que nunca fiquei com tanto tesão como agora. Com uma rapidez incrível, me livro dos meus sapatos, meias e calças.

— Tira isso — falo, puxando sua saia pela sua cabeça, Stella tenta se livrar das botas, mas não permito. — As botas ficam!

Seguro meu pau e esfrego em sua entrada, puxo o ar entre os dentes ao sentir o quão molhada e quente sua boceta está. Stella circula meu pescoço com os braços e empurra o quadril fazendo a cabeça do pau entrar nela.

— Espera! Camisinha — digo, mesmo adorando a sensação de senti-la sem nenhuma barreira.

— Eu tomo remédio — me encara — eu preciso de você dentro de mim agora — suplica rebolando, e meu pau entra mais um pouco.

Sem pensar duas vezes, seguro sua cintura com força e começo a penetrá-la sentindo suas paredes esmagarem o meu pau, tiro-o todo e a penetro novamente em um movimento brusco, fazendo algumas garrafas caírem no chão, Stella solta um gritinho delicioso.

É uma sensação completamente nova, não ter nada me impedindo de sentir uma mulher.

Sem lhe dar tempo, começo a estocar com força, suas pernas circulam minha cintura, permitindo-me ir mais fundo. Agarro com força a carne da sua cintura e aperto a ponto de deixar marcas, meto em sua boceta como um animal e sinto suas unhas cravarem nos meus ombros. Ela geme, ofega e se contorce, deixando-me prestes a gozar. A cada arremetida ela fica ainda mais molhada, levo minha mão entre nossos corpos e massageio seu clitóris sensível, ela começa a gemer palavras incompreensíveis e sinto os primeiros espasmos do seu orgasmo.

— Goza no meu pau, *mein stern*[12] — falo, metendo mais rápido.

Em segundos sua boceta apertada começa a espremer o meu pau em um orgasmo violento, acompanho-a sem conseguir aguentar mais um segundo. Stella amolece em meus braços e me mantenho dentro dela, aproveitando o seu calor.

Ficamos assim até nossas respirações voltarem ao normal. Afasto-me e encaro o seu rosto suado e vermelho, ela fica gostosa pra caralho após gozar. Saio de dentro dela e meu peito se agita ao ver meu gozo escorrer da sua boceta, xingo mentalmente, eu não deveria ter feito isso, nunca gozei em nenhuma mulher, mas estava tão bom e pareceu natural gozar nela.

— Vou pegar algo para te limpar.

Stella Garfield

Observo o Christian ir até ao banheiro sentindo-me confusa e sem acreditar no que acabou de acontecer. Ondas de calor varreram o meu corpo, deixando-me atordoada e sem o controle dele, foi uma sensação completamente nova, intensa, avassaladora e diferente de qualquer coisa que eu já tenha sentido. Nunca gozei daquele jeito, ainda posso sentir o seu efeito no meu corpo.

Ouço os passos do Christian e tento me cobrir com os braços ainda me sentindo meio aérea. Encaro-o e fico sem entender como eu tive coragem de ficar pelada na frente desse homem, o corpo dele é perfeito, ele é gostoso e exala masculinidade e poder. Horas atrás eu estava achando que apenas a minha presença o irritava, e dizendo para a minha melhor amiga que ele me ignorar era ótimo, e agora acabei de transar com ele.

Sem cerimônia nenhuma ele abre as minhas pernas e me limpa com uma toalha úmida. Pode parecer estranho após acabar de transar com ele, mas seu ato é a coisa mais íntima que já tive com alguém. Observo-o limpando-me com o coração acelerado, mordo o lábio para conter um sorriso.

---

[12] Mein stern: minha estrela em alemão.

Ele ergue o olhar, e me sinto presa aos olhos castanhos. Christian joga a toalha longe e segura minha cintura, estremeço ao sentir sua mão fria e úmida contra minha pele quente. Agarra a minha nuca e me beija, seu beijo é tão bom que eu poderia passar horas beijando-o. Envolvo seu pescoço com os braços, adorando como ele é grande e forte.

Ele desliza as mãos por minhas coxas, fazendo-me cruzar as pernas em sua cintura, seu pau duro toca meu sexo e arregalo os olhos.

— Você acabou de gozar — falo impressionada.

— Ah, Stella, você não viu nada. — Levanta-me como se eu não pesasse nada. — A noite está apenas começando, pretendo usar esse seu corpo delicioso por exaustivas horas.

Meu corpo arrepia com sua promessa.

Capítulo 12

Stella Garfield

Sou jogada na cama e sinto seus dentes arranharem meu quadril e descer por minha coxa. A cada novo contato áspero dos seus dentes contra a minha pele, meu corpo arrepia-se entrando em chamas. Apoio-me sobre os cotovelos e prendo a respiração ao encará-lo, meu coração acelera.

Christian tira as minhas botas, suas mãos fortes circulam meus tornozelos e me puxam para ele, solto um gritinho que logo é substituído por um gemido ao sentir o seu membro rígido contra o meu sexo.

Ele me beija com violência e a mesma necessidade de minutos atrás. Deslizo minhas mãos por seu peito largo, sentindo cada músculo seu, desço por seu abdômen em direção ao seu pau e sinto meu coração acelerar. Desde o dia que o vi completamente nu sonho em tocá-lo e é o que eu faço. Christian para o beijo, recolho a mão, mas ele segura firme meu pulso, mantendo-me no lugar.

— Não me provoque se não for terminar — diz, olhando no fundo dos meus olhos.

Levada pelo desejo, envolvo seu pau e ruborizo ao constatar que mal consigo fechar minha mão em volta dele. Christian volta a me beijar e começo os movimentos de subir e descer por sua extensão, adorando como ele é duro e grosso, minha boca chega a salivar ao imaginar como é chupá-lo. Seu beijo vai ficando mais selvagem conforme meus movimentos aceleram, sua boca desgruda da minha e sua língua lambe a pele suada do meu pescoço, fazendo-me gemer. Ele segura firme meu cabelo e me encara com um olhar intenso, escuro e repleto de luxúria e desejo.

— Ajoelha e engole meu pau com essa boca gostosa! — Sua ordem faz meu sexo pulsar a ponto de querer fechar as pernas para aliviar a pressão.

Demoro para obedecê-lo e sinto seu aperto no meu cabelo aumentando, um gemido escapa dos meus lábios. Desço da cama e me ajoelho diante dele, de repente me sinto insegura, e se ele não gostar? Eu obviamente não sou a pessoa mais experiente do mundo. Já vi as mulheres que ele sai, são lindas e provavelmente mais experientes que eu. A ideia dele não gostar faz o meu estômago se contorcer.

Ergo o olhar e vejo o desejo e ansiedade pelo meu toque estampado no seu rosto. Hesitante passo a língua na sua extensão, um choque percorre meu corpo ao senti-lo duro e quente contra ela. Mesmo ainda estando insegura cubro a cabeça do seu pau com os lábios e giro a língua, gostando de tê-lo em minha boca. Sinto um leve puxão no cabelo e um som gutural escapa da sua boca quando o tomo até onde consigo. Christian impulsiona o quadril, fazendo-me senti-lo mais fundo na minha garganta, engasgo.

— Porra, *mein stern*[13]! — repete as mesmas palavras em alemão e alivia o aperto.

Chupo-o mais rápido e mais forte, adorando suas reações de prazer. Levo-o até o limite e lágrimas se formam, mas não paro, é tão bom saber que consigo satisfazê-lo.

Pressiono as coxas quando meu sexo lateja de necessidade.

— Nada disso — diz, obrigando-me a abrir as pernas.

Gemo de frustração, e ele assume o comando.

— Se toque enquanto fodo essa sua boquinha gostosa.

Tímida, me recuso a me tocar na sua frente, mas seu olhar diz que ele não aceitará um não, então deslizo minha mão para o meio das minhas pernas, tocando o ponto onde necessito. O prazer que sinto ao me tocar enquanto o chupo é tão grande que me faz fechar os olhos com força.

Segura minha cabeça e dá estocadas fazendo-me engasgar, então ele alivia e vai mais suave até eu me acostumar com o seu tamanho. Ele é tão grosso que meu maxilar começa a doer, mas não quero parar, os sons guturais que ele emite cada vez que entra mais fundos me fazem pingar de excitação. Aumento a fricção no meu clitóris, sinto-me perto do clímax, acho que nunca senti tanto prazer como agora, tudo com Christian é novo e intenso.

Estou quase gozando quando o sinto sair da minha boca abruptamente e puxar meu braço. Em movimentos rápidos, ele me debruça na beirada da cama com a bunda para cima e acerta um tapa em cada polpa, e na mesma rapidez que ele me levantou, me penetra, fazendo-me gritar.

— Isso — Estoca forte, fazendo-me senti-lo fundo. — Grita enquanto te fodo com força.

Ele segura firme minha cintura e aumenta a velocidade das suas estocadas. A cada nova arremetida, eu o sinto mais fundo. A minha bunda

---

13 Mein stern: Minha estrela.

se choca violentamente contra o seu quadril, um calor se acumula no ventre, fazendo-me contrair e minha excitação escorrer por minhas coxas. Aperto o lençol com força e grito quando mais um tapa acerta minha bunda.

— Mais forte — imploro ensandecida.

Sua mão agarra meu queixo e me faz olhar para frente, meu rosto esquenta ao ver o nosso reflexo no espelho, eu toda descabelada e vermelha enquanto sou fodida pelo Christian. Nossos olhares se cruzam através do espelho e um sorriso pervertido se desenha em seus lábios, segura meus ombros e continua suas arremetidas sem desviar o olhar no meu.

Vejo-o levar a mão à boca e lamber os dedos, meu sexo contrai em volta do seu membro, em seguida, sinto seus dedos na minha bunda, arregalo os olhos.

— Calma — diz, massageando meu cuzinho. — Ainda não vou comer esse seu rabinho gostoso — me penetra lentamente com um dedo, arfo surpresa pela invasão —, mas quando eu comer você vai gritar e implorar para eu não parar.

Seu dedo entra e sai de mim no mesmo ritmo frenético das suas arremetidas. É impossível controlar a avalanche de sensações que varrem meu corpo me fazendo suar, tremer, gemer e querer que isso nunca pare. Gozo gemendo o seu nome, Christian não para, continua estocando até que sinto dar uma estocada forte, ele para dentro de mim e contraio involuntariamente.

Desabo sobre o colchão ciente de cada músculo meu, um beijo molhado é depositado nas minhas costas e meus olhos se enchem d'água com o carinho inesperado. Faz tanto tempo que não recebo esse tipo de carinho que sinto meu coração bater mais rápido.

Christian sai de dentro de mim, ouço seus passos se afastando, mas não tenho forças para me mover, minhas pernas ainda tremem.

Algum tempo depois ele volta e me pega no colo.

— O que está fazendo? — pergunto, tentando descer, e ele me aperta contra seu peito.

— Estou te levando para um banho quente, ou você não vai conseguir transar comigo pelos próximos dias.

— Próximos dias?! — pergunto surpresa com a informação, achei que ele agiria como das outras vezes que rolou algo entre nós.

— Sim, você não achou que eu me contentaria com tão pouco, né?

Tão pouco? Eu nunca transei tanto, o sexo com o Jordan era baseado em tirar a roupa e esperá-lo gozar em cinco minutos. Com o meu namorado que tirou minha virgindade não foi muito diferente e esse foi o motivo do nosso término, ele se frustrava por não conseguir me fazer gozar. O que o

Christian chama de tão pouco, é o melhor sexo que já tive na vida, morreria feliz.

Ele me coloca na banheira sem nenhuma dificuldade. Fecho os olhos e contenho a vontade de gemer ao sentir a água morna envolver o meu corpo.

— Não precisava me carregar, sou pesada e posso andar sozinha.

— Não foi o que pareceu quando te vi desmaiada na cama. — Coro violentamente. — E você não pesa nada.

Ele sai do banheiro e descanso a cabeça na borda, fecho os olhos e sorrio lembrando da loucura que foi o sexo entre nós dois. Eu nunca gozei tanto na minha vida, parece até mentira o que ele fez com o meu corpo. Anne tinha razão, eu deveria mesmo transar com caras que tem o pau maior que o ego, e o ego do Christian é gigante.

Distraída pensando no Christian não noto sua presença e me assusto quando ele entra na banheira.

— O que voc...

— Se afasta ou não caberá nós dois. — Seu tom não deixa brechas para contrariá-lo.

Afasto-me da borda, ele posiciona seu corpo enorme atrás de mim e puxa minha cintura fazendo minhas costas baterem no seu peito. Enrijeço sem saber como agir.

— Relaxa, Stella — diz no meu ouvido, fazendo-me arrepiar.

Limpo a garganta e tento relaxar, mas é impossível quando eu sei que estamos ambos pelados dentro de uma banheira e seu pau está pressionado contra as minhas costas.

— Eu gozei nas duas vezes em você. — Seu tom é quase profissional e tenho vontade de rir, aí está o Christian que eu sei lidar.

— Eu tomo remédios certinhos, não precisa se preocupar com um mini ranzinza — tranquilizo-o. — O mundo não aguentaria dois de você — falo rindo.

Christian West-Buchmann

O que me preocupa é exatamente o fato de eu não estar preocupado. Óbvio que eu não quero um filho de maneira alguma e sei que essa opção está fora de cogitação. Mas mesmo sabendo que ela toma remédio, eu não deveria ter feito isso, já transei com mais mulheres do que posso contar, mas nunca sem camisinha, com Stella simplesmente aconteceu. Quando ela disse que toma remédio, eu confiei nela e a única coisa que consegui pensar foi em estar dentro dela imediatamente.

— Se a sua preocupação for com alguma doença pode ficar despreocupado, nunca transei sem camisinha — diz baixinho.

Meu peito se agita com a informação, saber que sou o único homem que já gozou dentro dela me agrada mais do que deveria.

— Pela quantidade de ligações que já atendi de mulheres, quem deveria estar preocupada sou eu — comenta em tom de brincadeira, mas seu corpo enrijece.

Mordisco o lóbulo da sua orelha e ela amolece.

— Isso não é problema, protejo muito bem o meu pau. — Desço minha mão por sua barriga e abro suas pernas.

— Christian...

— Shhh... eu avisei que usaria o seu corpo por exaustivas horas. — Pressiono seu clitóris sensível e ela geme.

Faço Stella gozar na banheira, contra a pia do banheiro, na cama, no sofá, só a deixo dormir quando a vejo exausta.

A primeira coisa que noto ao acordar é a Stella deitada no meu peito, observo seu rosto sereno enquanto dorme e minha cabeça começa a latejar, eu me deixei levar pelo desejo e agora minha melhor funcionária está dormindo sobre o meu peito como se fosse a porra da coisa mais natural do mundo. Isso definitivamente não deveria acontecer.

Stella resmunga algo e se aconchega mais, meu corpo chega a formigar com o incômodo que isso me causa, estou agindo como os inconsequentes dos meus irmãos.

Levanto-me sem acordá-la e massageio as têmporas que parecem prestes a esmagarem o cérebro. Não posso agir sem pensar desse jeito, onde eu estava com a cabeça? Porra, é Stella!

Meu celular vibra na mesa de cabeceira e ao desbloquear vejo uma matéria do The New York Times sobre o assédio do Russell e questionando o nosso posicionamento daqui por diante.

"O que a gigante dos alimentos fará para evitar novos assédios?"

— Comprar esse jornal e colocar fogo é um bom começo! — falo, querendo enforcar o jornalista que publicou a matéria.

O que eles pensam que eu posso fazer? Aposto que eles não têm uma única ideia sobre o que fazer, mas adoram fingir que estão salvando o mundo com grandes questionamentos. Odeio jornalistas, bando de abutres!

Escuto um barulho e um resmungo de dor, ao me virar vejo Stella esparramada no chão do quarto.

— O qu...

— Estou bem, sério. — Levanta usando o lençol para tampar o corpo e abre um sorriso sem graça. — Acho que tropecei... na minha bota — diz, levantando as botas, e imagens dela apenas com as malditas botas invadem minha mente, fazendo meu pau dar sinal de vida.

Balanço a cabeça expulsando as imagens. Olho para Stella que praticamente luta contra o lençol enquanto tenta cobrir o corpo, como ela é a melhor secretária que já tive na vida sendo desastrada desse jeito ainda é um mistério.

Respiro fundo, e aperto o espaço do nariz entre os olhos.

— Stella...

— O que houve? — Encaro-a sem entender o seu tom preocupado. — Você está com a cara que faz quando as coisas começam a dar errado.

Observo-a por alguns segundos, eu tenho um tipo de cara para isso?

— Saiu no The New York Times sobre o Russell — falo por fim.

— Isso pode prejudicar a negociação — diz mais para si do que para mim.

— Stella, sobre ontem...

— Não vai se repetir.

— Se essa história vazar, só de estarmos no mesmo quarto...

— Você não precisa explicar, eu sei o que está acontecendo e por mim sem problemas.

— Gostaria de manter as coisas o mais profissional possível.

— Sem problemas, é sério.

Sua compreensão me deixa aliviado e irritado na mesma proporção. Que mulher é tão compreensiva? Eu devo me preocupar com ela indo à imprensa e vendendo a história? Não, de jeito nenhum, a Stella jamais faria isso e isso é mais um motivo para eu ficar mais irritado e isso não deveria acontecer.

Capítulo 13

Stella Garfield

Ótimo, não tenho coordenação motora suficiente para me esconder no banheiro após passar a noite transando com meu chefe, e ainda levei um fora. Quis dar uma pancada na cabeça dura do alemão de quase dois metros por querer "manter as coisas o mais profissional possível", ele me virou do avesso ontem e agora isso? Contudo, eu já deveria estar esperando que algo assim ou pior fosse acontecer. Onde eu estava com a cabeça para achar que passaria de uma noite? É óbvio que ele não iria querer nada comigo, foi algo casual, aconteceu e pronto.

— Pronta?

Giro nos calcanhares para dizer que estou pronta, mas perco a fala ao vê-lo vestido no terno sob medida que emoldura os seus músculos. Como ele tem esse corpo? Não o vi ir à academia desde que chegamos.

Ótimo, eu tenho um chefe gostoso e agora memórias bem explícitas para me atormentarem. A minha vida só piora!

— Estou pronta, podemos ir.

— Se precisar de mais alguma coisa estamos à disposição, senhorita Garfield. O Park Sartori Sydney deseja uma boa tarde!

Desligo e encaro a porta do escritório da Isla, ela e o Christian estão em reunião há mais de duas horas e já o ouvi se exaltar umas três vezes. Pelo menos ele está descontando o seu mau humor em outra pessoa.

Meu celular vibra com mensagem do Paul falando que vai a uma boate superfamosa de Sydney e pergunta se quero ir. Se tudo der certo em no máximo três dias vamos embora e eu não conheci a cidade, sair com ele e beber um pouco pode ser legal.

Mando mensagem avisando que vou.

Volto ao trabalho e faltando cinco minutos para dar o meu horário Christian sai da sala da Isla com uma cara nada boa.

Ele para na frente da minha mesa e pigarra.

— Entre em contato com a secretária do Sebastian e marque uma reunião.

— Ok. — Pego o tablet e busco o contato da secretária.

— Também quero cópia do contrato com a Rashid's Mall.

— Vou providenciar agora mesmo. — Levanto-me rápido e bato o quadril na quina da mesa com força. — Ai!

A dor aguda irradia pelo meu quadril, fazendo-me fechar os olhos.

— Como isso dói!

Uma mão quente e conhecida toca a base da minha coluna e uma onda de calor se espalha pelo meu corpo.

— Stella. — Sua voz transmite preocupação e isso causa uma avalanche de sentimentos. — Voc...

— Estou bem! — Afasto-me imediatamente dele.

Sua preocupação e toque deixam a minha cabeça uma verdadeira confusão. Preciso de espaço, ar e principalmente distância dele.

— Estou bem — falo mais calma. — Vou buscar as cópias.

Saio, sentindo os seus olhos nas minhas costas.

Com a sorte que eu tenho o papel da impressora acabou, depois a tinta, então passei incontáveis minutos esperando o rapaz repor tudo, mas pelo menos consegui ligar para a secretária do Sebastian enquanto isso e agendar a reunião para amanhã de manhã.

Pego as duas cópias que fiz e ao virar no corredor que dá acesso à sala da Isla, vejo o Paul escorado despretensiosamente na minha mesa.

— Paul, o que faz aqui? — pergunto surpresa.

— Estava aqui perto e resolvi te dar uma carona. — Estoura uma bola de chiclete.

Ele anda até mim e me abraça.

— Eu pedi a cópia porque estou precisando dela agora! — A voz irritada do Christian ecoa pelo ambiente.

Afasto-me do Paul, encaro o Christian e vejo uma expressão quase assassina em seu rosto, sei que ele odeia que tarefas simples demorem para serem executadas, mas dessa vez eu não tive culpa. Se fosse em Nova Iorque eu saberia onde está o papel e a tinta, não demoraria tanto.

— Fiz duas cópias e marquei a reu...

— Venha! — Vira para entrar na sala.

— Eu estav...

— Tem algo mais importante para fazer além do seu trabalho? — Para no meio do caminho e me encara.

Respiro fundo, e lembro a mim mesma que não posso surtar e pedir demissão de novo.

— Eu marquei com o Paul e não quero deixar ele esperando — falo, mas queria mesmo é mandá-lo ir à merda.

— Não se preocupe, eu espero — diz Paul.

Christian olha para o Paul como se só agora tivesse notado a presença dele. Sua expressão ao encarar Paul não é algo que eu já tenha visto, não sei dizer o que se passa na cabeça dele. O clima fica desconfortável e ele finalmente desvia o olhar, solto a respiração que nem percebi estar prendendo.

Após o momento estranho, Christian gira nos calcanhares e entra na sala.

Dirijo ao Paul, que parece tranquilo com a situação, um sorriso de desculpa e sigo meu chefe.

Após quase meia hora do trabalho mais inútil da minha vida, se é que ficar sentada vendo o Christian discutir detalhes do contrato com o advogado pode ser chamado de trabalho, sou finalmente liberada.

— Precisa de mais alguma coisa? — pergunto entre os dentes, querendo voar no pescoço do Christian e nem sei se é por ele me manter aqui, ou por querer manter as coisas profissionais.

Pelos dois, com certeza.

— Vou precisar que você me acompanhe em um jantar — diz sem nem olhar na minha cara.

Pisco pensando ter ouvido errado.

— Eu marquei com o...

Ele finalmente me encara.

— Desmarque, vou precisar de você.

Miro seu pescoço e penso em voar nele, a única coisa que me impede é o bom senso, coisa que ele parece não ter. Bom, talvez não apenas o bom senso me impeça, mas isso não vem ao caso, não quando a gravata dele está frouxa e os primeiros botões da sua camisa abertos.

Maldito alemão gostoso!

Pisco algumas vezes e levanto-me.

— Até que foi rápido — diz Paul assim que saio da sala.

— Eu sinto muito! Sinto muito mesmo, mas...

— Você não vai?

— Nã... Espera! Como você...

— Eu tinha um palpite. — Sorri misterioso.

— Mil desculpas por furar com você e pelo Christian.

— O quê?! Está doida? Eu poderia casar com seu chefe. Ele é sempre assim?

— Às vezes é pior — lamento.
— Você tem certeza que ele não é gay? — pergunta esperançoso.
— Sim, eu tenho. — Definitivamente ele não é gay.
Paul semicerra os olhos.
— Vaca sortuda!
— O quê? — Faço-me de desentendida.
— Amanhã você bebe comigo, talvez algumas tequilas te façam me contar os detalhes sórdidos.
— Não há nada para ser contado. — Pego a minha bolsa.
— Claro, e eu sou hétero.
Não consigo segurar a risada.
— Stella, vamos! — A voz do Christian me assusta e o encaro buscando algum sinal de que ele ouviu nossa conversa.
Verifico se não esqueci nada e vou para o elevador, entro e o Christian entra em seguida, mas quando Paul vai entrar ele bloqueia a passagem.
— Pegue o próximo. — Fecha as portas na cara do Paul, deixando-me completamente chocada.
— Você não fez isso! Christian, isso foi grosseir...
Meu celular começa a vibrar sem parar e pego sabendo ser o Paul.
"O que foi isso?"
"POR FAVOR, ME DIZ QUE ESSE HOMEM É UM BRUTO NA CAMA!"
"Stella, eu estou apaixonado!"
"Ele tem irmãos?"
"Diz que sim e que são iguaizinhos. Eu quero!"
Leio todas as mensagens e controlo a risada, o Paul é louco.
"Ele tem dois irmãos, mas são completamente diferentes, um deles e Tristan West da Easy Readers é o outro é todo zen."
— Pare de mexer nesse celular e venha logo — diz Christian, impaciente e noto que já chegamos ao térreo.
Guardo o celular e o acompanho até o carro, mas assim que entro o celular volta a vibrar.
"Meu Deus! Essa família só produz deuses?"
"Tristan é GIGANTE! E que cabelo é esse?"
"E esse gostoso do Dom sem camisa no Central Park? Eu seria a pessoa mais zen do universo se ele quisesse."
"Vou me mudar para Nova Iorque, todos os homens bonitos do planeta vivem lá."
Dou risada e continuo conversando com ele durante o percurso até o hotel, sob os resmungos do Christian.
O carro para e Christian não espera o motorista abrir a porta para ele, desce e fecha a porta num baque seco, assustando-me. Desço e o sigo para dentro do hotel. Mando uma mensagem para o Paul avisando que cheguei ao hotel e depois conversamos.

Assim que passo pelo hall de entrada, a recepcionista me aborda.

— Senhorita Garfield, já colocamos as suas coisas no seu quarto. Aqui está o seu cartão.

— Obrigada — agradeço e noto o olhar confuso do Christian enquanto a recepcionista se afasta.

— Seu quarto? — Christian pergunta com a testa franzida.

— Sim, liguei mais cedo para ver se tinham um quarto vago e por sorte consegui um.

Christian aperta o espaço do nariz, entre os olhos.

— Não precisava mudar de quarto.

— Já que estamos mantendo as coisas o mais profissional possível, achei mais conveniente ter o meu próprio quarto.

Ele me encara pelo que parece horas.

— Ok, você tem meia hora para estar pronta — diz parecendo irritado.

Quase uma hora depois finalmente termino de me arrumar, verifico o resultado no espelho e gosto do que vejo. Prendi o cabelo em um coque bagunçado e passei uma maquiagem leve. O foco do look é o único vestido da minha mala que dá para ir a um jantar, parece um blazer, off-white, vai até o meio das minhas coxas e nas costas tem um decote em U com correntes cravejadas de cristais, cobrindo parcialmente a minha pele. Ele é elegante e faz eu me sentir sexy.

Aplico um batom cereja e vou para o quarto do Christian.

Bato à porta e escuto os seus passos se aproximando.

— Está atrasad... — começa a dizer ao abrir a porta, mas sua fala morre e ele me encara de um jeito que me faz engolir em seco.

É intenso, mas eu sei que não passa disso. Repito as palavras que ele me disse hoje cedo para me lembrar que alimentar paixonites pelo meu chefe é uma ideia terrível. Ele é Christian West-Buchmann e eu sou só a Stella.

— Podemos ir? — pergunto, apertando a minha bolsa.

Sem dizer uma palavra, Christian sai do quarto e o sigo, mas ao invés de andar em direção ao elevador ele vai na direção oposta.

— Para onde está indo?

— Para o heliponto — responde.

Um arrepio percorre o meu corpo, fazendo-me estremecer. Com as pernas parecendo verdadeiras gelatinas, o sigo.

— Boa noite, senhor West — cumprimenta um homem uniformizado, que imagino ser o piloto. — Senhorita.

Sorrio tensa em resposta e encaro o helicóptero que é prata, gigante e nada seguro.

— Quer ajuda para subir? — pergunta o piloto, e demoro alguns segundos para responder.

— Claro! — respondo mais alto do que gostaria.

Ele estende a mão, e ao pegá-la sorri.

— Não precisa ficar nervosa — diz e toca a minha cintura. — Coloque o pé nessa plataforma com cuidado.

Balanço a cabeça afirmativamente e faço exatamente o que ele diz, o tempo todo só consigo pensar que esse treco de metal pode cair a qualquer momento. Sento-me e afivelo o cinto o mais apertado possível.

— Com licença.

Assusto-me ao vê-lo tão próximo, mas relaxo ao perceber que ele está colocando os fones em mim.

— Prontinho — diz e desce.

Minhas mãos apesar de estarem suando, estão geladas, passo na lateral do vestido e com o olhar procuro Christian. Sua testa tem uma ruga acentuada, ele está bravo com algo e pelo seu olhar direcionado a mim, é comigo. Ele desvia a sua atenção para o homem que me ajudou, e ele pode até estar bravo comigo, mas definitivamente quer arrancar a cabeça do homem.

— Eu piloto, está dispensado — diz Christian, o homem balança a cabeça afirmativamente e se afasta.

Christian sobe e meu cérebro amedrontado demora para entender o que está acontecendo, mas quando a porta é fechada e o homem que deve ser o piloto continua se afastando me desespero.

— Espera! O que você está fazendo?! Eu vou descer. — Tiro o fone e levo a mão à porta sem saber como abrir. — Como abre essa merda?! — pergunto e noto que estou tremendo. — Abre isso!

Sua mão quente toca a minha cintura e me puxa, desabo em cima do seu colo.

— Ei! — Segura meu rosto entre as mãos e limpa uma lágrima que eu nem percebi derramar. — Você tem medo de voar? — indaga com uma voz tão calma e doce que chega a me assustar.

Só balanço a cabeça afirmativamente e aproveito essa sua versão calma e doce. Seu dedo acaricia minha bochecha, fazendo o meu coração parar de bater freneticamente.

— Eu piloto desde os 18 anos — diz olhando nos meus olhos —, o tempo está bom e o helicóptero está com a revisão em dia, não tem por que sentir medo.

Não falo nada, fico apenas o encarando, adorando o carinho que faz na minha bochecha e desce para o meu pescoço.

Fecho os olhos com força, odeio me sentir assim tão vulnerável. Quando abro, Christian está me observando.

— O que houve?

Desvio o olhar para o horizonte e estremeço ao lembrar.

— Eu tinha nove anos... — Minha garganta trava. — Estava tudo indo bem, mas... meus tios começaram a brigar... o helicóptero caiu. — Uma lágrima escorre por minha bochecha e meu peito dói. — Meu tio morreu na hora, mas minha tia me ajudou a sair... não deu tempo dela sair.

— Sinto muito — diz, e dou um pequeno sorriso.

Pela primeira vez em anos ele me diz algo realmente gentil e parece ser sincero.

— Eu não sei quanto tempo fiquei vendo tudo pegar fogo... eu só fiquei paralisada até chegar ajuda.

Pego a mão do Christian e a levo até a cicatriz protuberante que tenho na cabeça.

— É a única sequela que eu tenho do acidente. Uma pequena cicatriz no couro cabeludo enquanto eles perderam a vida.

Capítulo 14

Christian West-Buchmann

Observo-a encarando o horizonte com tristeza e de alguma forma isso me incomoda, mas pela primeira vez na minha vida eu não sei o que fazer. As pessoas não me contam sobre os seus traumas, não dou espaço para se sentirem confortáveis para me contar algo, nem estou disposto a ouvir, mas quando a Stella ficou apavorada querendo sair do helicóptero eu quis saber o motivo.

Lembro-me de quando era criança e ficava triste ou me machucava, minha mãe me puxava contra o seu peito e acariciava minha nuca até eu me sentir melhor.

Puxo Stella para o meu peito, ela não demonstra resistência, infiltro minha mão por baixo dos seus fios soltos e acaricio a sua nuca. Aos poucos a tensão do seu corpo se dissipa e a tristeza deixa seu rosto.

— Stella...

— Meu Deus, o jantar... — Tira a cabeça do meu peito e tenta levantar, mas acaba esbarrando nos controles e cai no meu colo. — Desculpa! — Engole em seco ao me encarar. — Tem como ir de carro? — pergunta envergonhada.

— Não se quisermos chegar a tempo — falo sem conseguir desviar o foco do lábio que ela prende entre os dentes.

Minha fala a faz estremecer e castigar mais o lábio. Minha mão parece formigar com a vontade de libertar o seu lábio e provar do seu beijo. Eu não conseguiria parar no beijo, não após prová-la por completo. Apenas o pensamento faz o meu pau pulsar.

— É melhor descer — aconselho, tirando Stella do meu colo antes que ela perceba a minha semiereção.

Abro a porta e a ajudo a descer.

— E o jantar? — pergunta, parecendo constrangida.

— É só mais um dos milhares de jantares idiotas que não vou comparecer.

— Então estou liberada?

Sua pergunta me faz pensar no cara que ela ia sair hoje.

— Sim, está.

Com um pequeno sorriso ela se vira, mas para e me encara.

— Desculpa pela cena, não foi muito profissional da minha parte, eu deveria ter avisado que não ando de helicóptero.

Sem esperar uma resposta se afasta e só então vejo o detalhe do seu vestido que deixa as suas costas expostas. Desço o olhar e observo sua bunda rebolar para longe de mim, tento lembrar por que não posso me envolver com ela, mas não consigo.

— Stella?

Ela para e se vira com uma interrogação estampada em seu rosto.

Meu celular toca e ao ver o nome do advogado que está cuidando do contrato com a S. Mart lembro exatamente por que não posso me envolver com a Stella.

— O que houve? — pergunto para o advogado, escuto Stella me desejar boa noite e ergo o olhar, mas ela já desapareceu.

Entro no restaurante do hotel e meu olhar vai direto para a mesa no canto mais escuro do salão, Stella encara o cardápio com um vinco na testa.

Minha primeira reação é ir para a minha mesa, mas vejo-me puxando a cadeira em frente a sua e me sentando.

— Christian? — Abaixa o cardápio e o vinco na sua testa fica mais evidente.

— Senhor West. — O garçom me entrega o cardápio, mas dispenso.

— Quero o vitelo grelhado e a garrafa do seu melhor Merlot.

— E a senhorita?

Stella desvia os olhos de mim e encara o garçom.

— Uma salada caesar.

O garçom se afasta e Stella volta a sua atenção para mim.

— Pensei que quisesse manter as coisas profissionais.

— Stella, eu já jantei com você outras vezes.

Ela ri, uma risada sarcástica.

— Você é impressionante. Pode ser difícil para você acreditar, mas em todos esses anos que eu trabalhei para você devo ter ouvido no máximo dez bom dia vindos de você e jantar é algo que nunca aconteceu.

Eu não deveria, não deveria mesmo, mas me sinto incomodado pela forma que tratei Stella nos últimos anos. Sei que só me sinto assim porque transamos, não me importaria de ter dado bom dia ou não para um funcionário qualquer.

— Você é minha secretária e está em uma viagem de trabalho comigo, não vejo nada de errado em jantarmos.

Ela abre a boca para responder, mas o garçom chega com o vinho.

— Eu sirvo. — Dispenso-o.

— Obrigada — agradece, levando a taça à boca.

Observo os lábios que já envolveram o meu pau tocar o cristal quase sedutoramente. Meu pau contrai quando ela passa a língua para limpar a gota de vinho.

Seus olhos pousam em mim e ela parece ficar sem graça.

— Você não precisa fazer isso. Estou bem.

Tomo um longo gole de vinho e me recosto na cadeira.

— Do que exatamente estamos falando?

— Você não precisa jantar comigo por causa da cena no helicóptero.

Quase sorrio com sua fala.

— Não estou jantando com você porque os seus tios morreram.

— Não? — pergunta surpresa. — Então, por quê?

— Eu não preciso de um motivo. — Dou a conversa por encerrada.

Os nossos pratos chegam e Stella vira uma taça após a outra enquanto belisca sua salada.

— Bom, boa noite! — Levanta e leva a mão à boca para conter o riso, mas acaba soltando uma risada parecida com um ronco e parece ficar envergonhada. É engraçado, porém não comento ao ver o seu desconforto. — Ops! Acho que bebi demais.

— Está bem? — inquiro, tocando sua cintura.

— Sim — responde, olhando fixamente para a minha boca. — E-eu vou tomar um ar.

Ela vai para a área que dá acesso ao cais, suspiro e vou atrás dela. Mar e bebida nunca é uma boa combinação.

— Não é muito seguro andar tão perto da água — falo ao vê-la andando rente a borda do cais.

Ela se vira e sorri, um sorriso brilhante, ao me ver.

— Preocupado com o meu bem-estar, senhor West?

Não respondo sua pergunta e ela volta a andar.

— Não se preocupe comigo, sou uma ótima nadadora.

A cada passo ela parece ficar mais perto da borda, minha vontade é arrastá-la para longe da água.

— Stella...

— Por que você transou comigo? — pergunta, surpreendendo-me. — Você não se envolve com funcionários e eu obviamente não sou o seu tipo. Passei o jantar pensando nisso e não consegui chegar a uma resposta. Se foi por pena invente uma desculpa, mas não me diga.

— Pena? — Encaro-a pensando que ela só pode estar de brincadeira. — Eu jamais transaria por pena. Agora vem antes que você se afogue.

— Então por que transou comigo?

Não respondo sua pergunta, ela vira as costas para mim.

— Onde você pensa que vai? — pergunto ao vê-la se afastar cada vez mais do hotel.

— Passear de barco.

— Não têm barcos de passeio aqui. — Sou ignorando, ela continua andando.

Aperto o espaço do nariz, entre os olhos, essa maluca vai acabar se afogando.

Vou atrás dela para arrastá-la de volta para o hotel e a vejo parar perto de um senhor de idade, eles conversam e ela o abraça, animada. Eles entram em uma lancha e ando mais rápido.

— Stella?

— Quer andar de barco também? — pergunta sorridente, sorridente demais.

— Não, e você também não quer, só bebeu demais.

Desço a escada para tirá-la do barco.

— Eu quero sim, quero ver os peixes e... e ver a ópera, ela é linda. — Aponta para a ópera.

Suspiro controlando a vontade de arrancá-la à força do barco.

— Quem é esse? É seu amigo? — indaga o senhor.

— Sim — Stella responde rápido.

— Bom, então vamos?

— Sim!

— Não! — respondemos juntos. — Stella, desça desse barco agora!

Ela só pode estar louca se pensa que vai andar bêbada com um estranho.

— Eu não vou descer! — protesta, irritando-me.

Suspiro e encaro o senhor.

— Quanto quer pela lancha?

Ele arregala os olhos e depois ri.

— Ela não está à venda.

— E eu não quero comprar. Me fale um valor e em algumas horas te devolvo.

Ele diz um valor exorbitante e Stella protesta.

— Se seu amigo sumir ou bater a minha lancha eu não vou sair lesado da história.

Faço uma transferência e ele volta para o hotel.

— Isso foi um absurdo — diz Stella.

— Absurdo é você beber e depois querer andar por aí com alguém que você nunca viu na vida.

— Eu só bebi algumas taças!

Ligo a lancha e a coloco em movimento, Stella se afasta e volta com uma garrafa de vinho.

— Uau! Isso é muito bom, você deveria provar. — Me oferece, mas rejeito.

Ela se senta no banco ao meu lado e bebe durante o caminho, que leva pouco menos de cinco minutos, até a ópera.

— Chegamos.

Ela se ajoelha no banco e abre um enorme sorriso ao ver a ópera, tira várias fotos e grava vídeos com bastante animação.

— De perto é ainda mais bonito.

— Podemos ir? — pergunto quando ela para de fotografar.

— Agora vamos ao aquário?

— Está fechado.

— Mas eu quero ver como é. O velhinho simpático, porém mercenário iria me levar para conhecer o aquário. Você não deixou ele me levar, então me leva. Não custa nada, já estamos aqui.

Penso no aquário que fica do outro lado e no tempo que vamos levar para ir e voltar, mas acabo concordando ao ver que não me custa nada, e empenhada como ela está é capaz de tentar ir novamente.

Enquanto piloto me pergunto porque não faço isso mais vezes, sempre foi algo que gostei, quando fui estudar na Inglaterra pilotava quase todo fim de semana. Há anos não entro em uma lancha ou iate para outro fim a não ser uma reunião.

Noto Stella me observando com a cabeça de lado.

— Tem algo que você não sabe fazer? Tem que haver algo que você não sabe fazer.

— Não sei andar de bicicleta — revelo sem pensar e ela dá risada, mas ao ver que continuo sério para.

— Meu Deus, você não sabe mesmo! Como? — Dou de ombros. — Meu pai me ensinou eu tinha uns cinco anos. O seu não te ensinou?

— Ele comandava a Lebensmittel, não sobrava muito tempo para esse tipo de coisa — falo sem dar importância, porque realmente não tem.

Stella fica me encarando por um tempo e volta a beber.

Alguns minutos depois paro no cais em frente à entrada principal do aquário. Por causa do horário o local está completamente vazio, não tem nenhuma embarcação por perto.

— Nossa, é gigante! — fala impressionada.

Ela pega seu celular para fotografar, mas ao pisar para fora da lancha desequilibra, sou rápido e consigo segurá-la. Puxo-a de volta para a segurança da lancha e não a solto.

— Está tentando se matar? — pergunto bravo.

Se ela caísse provavelmente bateria a cabeça no cais antes de cair na água.

Encaro-a pronto para brigar por ela não prestar atenção, mas seu perfume e a forma como ela umedece os lábios, me faz esquecer qualquer pensamento racional. Ela engole em seco e seus olhos cravam na minha boca, aumento o aperto na sua cintura.

— Você me confunde. Me repele sempre que acontece algo entre nós, mas me olha assim. Há cinco minutos eu poderia jurar que ficou comigo por pena, mas agora...

— Não transei por pena! Transei porque senti tesão e ainda sinto. Como agora que estou louco para arrastar para a cama mais próxima e te foder até esquecer meu nome.

Seus olhos se arregalam e em seguida um sorriso brota em seus lábios.

— Adoraria isso — diz quase tocando nossos lábios.

— Você bebeu — falo, controlando-me.

Seus olhos parecem se incendiar.

— Sim, mas ainda estou sóbria o suficiente para saber que eu quero que você me leve para a cama, sofá ou parede mais próxima e me foda com força.

Jogo o juízo e todas as minhas certezas para o espaço, a beijo violentamente, castigo os seus lábios por serem tão desejáveis, por beber demais e me provocarem tanto. Infiltro a minha mão no cabelo da sua nuca, bagunçando o seu penteado, mas ela não parece se importar, isso só faz com que seu beijo se torne mais selvagem e voraz. Desço os beijos por seu pescoço e Stella geme jogando a cabeça para trás, meu pau reage lembrando exatamente como são os seus gemidos quando está enterrado em sua bocetinha quente, molhada e gostosa.

— Stella... — falo, segurando a sua mão que desce em direção ao cós da minha calça.

— Eu não estou bêbada. Sei exatamente o que quero e o que estou fazendo — diz, olhando nos meus olhos.

— Então me mostre o quanto você quer ser fodida com força.

Ela leva as mãos ao primeiro botão do vestido.

— Aqui não, eu não sou um homem que compartilha.

Arrasto-a para o interior da lancha, no caminho pego a garrafa de vinho. Sento-me no sofá, deixo a garrafa ao lado e observo Stella desabotoar lentamente os botões sem tirar os olhos dos meus. A peça cai aos seus pés e admiro o seu corpo delicado coberto apenas por uma pequena calcinha.

Capítulo 15

Stella Garfield

Meu corpo inteiro parece estar pegando fogo, cada centímetro de pele arde de desejo diante do olhar faminto do Christian. Minha boceta pulsa enquanto caminho a passos lento em sua direção, munida de uma confiança que só o vinho pode ter me proporcionado e me ajoelho entre suas pernas. Subo as mãos por suas coxas grossas, sentindo o meu corpo arrepiar pela expectativa.

Abro o seu zíper e libero o seu pau da cueca, mesmo que eu já o tenha visto fico impressionada com o tamanho. É grosso, cheio de veias e duro por mim.

Coloco a língua para fora e lambo da base até a ponta, arrancando um gemido de Christian. Circulo a cabeça com a língua e sinto sua mão firme no cabelo.

— Olhe para mim enquanto chupa o meu pau!

Balanço a cabeça concordando e tomo todo o seu comprimento até o limite da minha garganta, repito o movimento e dessa vez só paro quando sinto lágrimas se formarem. Não quero parar, ver o prazer estampado no rosto do Christian multiplica o meu tesão, fazendo a minha calcinha encharcar com a minha excitação. Sem conseguir aguentar levo a mão entre as pernas e me toco, gemo e volto a sentir o aperto no meu cabelo.

Ele impulsiona o quadril e fode a minha boca sem dó, mais lágrimas se formam e a baba escorre pelo meu queixo, mas quanto mais exigente ele se torna mais o tesão se acumula, deixando-me cada vez mais perto do orgasmo. Engasgo e ele só me dá tempo para puxar uma respiração e volta a estocar.

Com Christian é diferente de todas as vezes que eu já fiz sexo, ele não é delicado ou elegante, ele é bruto, exigente e me faz sentir tesão como nenhum outro homem já fez. Ele me leva a limites que nem eu sabia que tinha e gosto.

Aumento a fricção no meu clitóris, sentindo o orgasmo se formar e me dedico ao meu próprio prazer, mas quando estou quase gozando Christian me puxa abruptamente para o seu colo.

Sento de pernas abertas no seu colo e ele abocanha meu seio.

— Eu... por que fez isso? — pergunto atordoada, pelo orgasmo interrompido.

— Você irá me agradecer depois.

Mesmo sem entender como ficar sem gozar será motivo de agradecer, me distraio com o seu pau roçando na minha entrada. Rebolo e Christian segura a minha cintura com força me impedindo, gemo frustrada e sou jogada no sofá. Ele se levanta e com uma lentidão torturante tira a roupa. Apoio-me nos cotovelos para admirar o seu corpo nu, meu olhar desce por seu corpo e se detém no seu pau, minha boceta pulsa ao vê-lo ereto.

— Chris... — gemo, e ele sorri acabando de vez com o meu juízo.

Acho que a coisa mais sexy que ele pode fazer é sorrir, seu sorriso é enigmático, sedutor e extremamente raro, o que o torna ainda melhor.

Ele se debruça sobre o meu corpo e lambe o meu mamilo, fazendo-me arquear as costas e fechar os olhos, aproveitando o seu toque. Seus beijos sobem por meu pescoço, deixando uma trilha de arrepios.

— Vamos ver se esse vinho é realmente bom — sussurra, e abro os olhos.

Christian despeja o líquido frio sobre o meu mamilo, um pequeno fio vermelho rubro escorre, mas é capturado por sua língua experiente. Solto um suspiro trêmulo e ele repete o ato com o outro mamilo.

— Chris... — gemo, sentindo os meus mamilos doendo de tão rijos.

— Você tinha razão, esse vinho é muito bom. Delicioso.

Ele continua por minha barriga, a cada contato frio do vinho contra a minha pele em chamas, arrepio e sou retribuída com a sua língua quente. Seus dedos enroscam nas laterais da minha calcinha, o som da renda rasgando faz a minha boceta pulsar, desejando o que vem a seguir. Minhas pernas são abertas, solto um gritinho ao sentir o líquido frio na minha carne quente e pulsante, não tenho tempo de me recuperar do breve susto, a boca habilidosa cobre o meu sexo com voracidade, fazendo-me arranhar o couro do sofá.

— Por favor, não para — peço desesperada, e ele não para.

Dois dedos me penetraram lentamente aumentando a minha agonia, sem conseguir me controlar rebolo contra sua boca, isso parece atiçá-lo, Christian praticamente me devora. Ofego, sentindo-me mais úmida e sensível, prazer começa a se acumular em mim, deixando-me próxima do orgasmo, mas de repente Christian se afasta.

Frustração líquida corre por minhas veias.

— Christian, eu estava... — falo irritada, mas sou silenciada.

— Cala boca, ou eu vou dar a você o que fazer com ela!

Sou penetrada em um único movimento, estou tão excitada que quase gozo com a invasão.

— Enquanto eu te fodo... — uma estocada — ...com minha boca ou meu pau... — outra estocada — ...você só abre a boca para chupar e meu pau, ou pedir por mais! — Uma estocada forte me faz agarrar-me a ele e quase implorar para continuar.

Sua mão grande envolve o meu pescoço e me afasta o suficiente para me fazer encará-lo.

— Você entendeu?

Balanço a cabeça.

— Por favor, mais! Eu preciso de mais — rebolo em busca de mais contato.

Christian me faz deitar no sofá e sem soltar o meu pescoço começa a me foder com força, seu olhar intenso não desgruda do meu em nenhum momento. Suas arremetidas são firmes e vigorosas, me fazem arfar e volto a sentir o prazer se formando lentamente dentro de mim, mas dessa vez é mais poderoso, sinto-me febril. Uma sensação irrefreável, não é como qualquer outro orgasmo, é maior, mais forte, potente.

Levo as mãos ao pescoço do Christian e o puxo para mim, sua boca cobre a minha e me beija castigando o meu lábio, isso é o suficiente para eu sentir como se pequenos fogos de artifício explodissem por toda parte até finalmente haver a explosão. Todo o meu corpo convulsiona em um orgasmo avassalador.

— Porra! — xinga, dando uma estocada e mergulha a cabeça no vão do meu pescoço.

Ficamos parados e ainda posso sentir a minha boceta se contraindo em torno do seu pau, causando-me arrepios. Meu suor e respiração acelerada se misturam com a do Christian. Ele sai de cima de mim, senta-se no sofá e encara o teto. Desço o meu olhar por seu corpo, suor brilha na sua pele e seu peito sobe e desce em um ritmo acelerado, meu olhar continua admirando o seu corpo e me detenho no seu pau semiereto.

Sua mão circula meu tornozelo e em alguns movimentos ágeis, estou sentada em seu colo. Ele afasta o cabelo grudado no meu rosto e me beija, mesmo não tendo me recuperado completamente do orgasmo, aprecio o beijo e sinto o meu corpo voltar a esquentar, mas quando sua mão alcança o meu sexo, interrompo o beijo.

— Eu não aguento mais. Mal sinto as minhas pernas.

O canto da sua boca se repuxa e seus dedos me penetram, arfo.

— Aguenta! Sua boceta foi para mim e ela me aguenta a noite inteira.

E ele tinha razão, aguentei por mais duas rodadas de sexo intenso antes de apagar completamente.

Christian West-Buchmann

Acordo e a primeira coisa que sinto é o perfume da Stella, meu pau reage imediatamente, levo a mão para puxá-la para mim, mas não a encontro. Abro os olhos e vejo a cama vazia.

— Stella? — chamo, mas não obtenho resposta.

Procuro meu celular e vejo que já está quase na hora de ir trabalhar.

— Stella?

Visto a minha roupa e ligo para ela que demora para atender.

— Alô? — atende com a voz ofegante.

— Onde você está?

— Christian, bom dia! Estou saindo da academia.

Penso ter ouvido errado, mas a voz masculina ao fundo me confirma que ela realmente acordou e foi embora.

— A reunião com o Sebastian é em uma hora precisa que eu adie?

— Não!

Desligo o celular, sentindo uma irritação profunda, e volto para o hotel.

As portas do elevador da empresa se abrem e avisto Stella sentada à sua mesa, ela parece concentrada em algo, mas assim que dou o primeiro passo para fora do elevador, levanta a cabeça e seu olhar cruza com o meu. Minha vontade é arrastá-la para a sala mais próxima e fodê-la até aprender a não me deixar sozinho na cama, acordei louco para me esbaldar em seu corpo, mas encontrei apenas uma cama vazia.

— Bom dia! O Sebastian chega em...

— Por que você foi embora?

Seus olhos se arregalam levemente, mas logo ela se recompõe.

— Me desculpe por ontem à noite, prometo que não vai se repetir. Hoje de manhã percebi o meu erro, você já havia dito que gostaria de manter as coisas...

— Stella...

Sou interrompido pelo som das portas do elevador se abrindo. A equipe do Sebastian chega para a reunião, e estranho a ausência dele, isso não é um bom sinal.

— Depois conversamos — falo para Stella antes de entrar na sala de reuniões.

— Sua proposta é ótima, mas devido às últimas polêmicas e a falta de um posicionamento mais firme da Lebensmittel, infelizmente não iremos fechar um acordo — diz o advogado da S.Mart.

Ele e sua equipe se despedem e assim que saem dou um soco na mesa fazendo os objetos em cima dela tremerem. Esse contrato era muito importante para a empresa, perdê-lo não era uma opção, agora voltamos à estaca zero e ficamos pelo menos dois anos atrás da concorrência. Tenho vontade de estrangular Russell por prejudicar um contrato tão importante.

Pego meu celular para ligar para o Thomas, mas Dom me liga, desligo e ele volta a ligar.

— Não estou com tempo agora, Dom! — Desligo a ligação, mas Dom parece disposto a falar comigo. — Mas que porra...

Atendo puto.

— *Não desliga essa merda, caralho!* — explode. — *Acha que estou achando divertido ficar ligando para você, porra?*

Dom é sempre zen, mas às vezes tem explosões de raiva.

— O que foi?

— *Você e a Stella tendo uma noite romântica, estão na internet.*

— O quê?!

— *Essa merda vai se espalhar em minutos, já tentei os meus contatos, mas ninguém quer tirar isso do ar. Olha o link que te mandei* — diz e desliga.

Verifico o link que ele me mandou e uma foto minha e da Stella se beijando na lancha preenche a tela do meu celular.

*"**O poderoso Christian West-Buchmann está finalmente com um amor!***

Discreto com a vida pessoal, o CEO da gigantesca Lebensmittel aparece em passeio romântico nas águas de Sydney com sua até então secretária. O casal está hospedado na cidade..."

— Porra, porra, porra! — Raiva borbulha, minha vontade é matar quem tirou essas fotos, mas ligo para Thomas que atende imediatamente. — Thomas, preciso que tire um site do ar.

— *Desculpa, mas se for sobre você e a Stella já é tarde demais. Já estão perguntando há quanto tempo a relação de vocês existe.*

Mil vezes merda.

— Marque uma reunião com o pessoal de relações públicas, estou indo para Nova Iorque imediatamente. Assim que reunir todos me ligue — falo e desligo.

Vou atrás da Stella e a encontro em sua mesa, ela está pálida e parece prestes a desmaiar.

— Stella, o que houve? — pergunto, indo até ela.

— C-chris...

Sigo o seu olhar e vejo outro site com uma foto nossa, nesse há uma foto nossa dela com a mão deslizando em direção ao meu pau e outra em frente a ópera. A pessoa que nos fotografou provavelmente nos seguiu, o que me faz ficar com mais raiva desses malditos abutres.

— Eu juro... meu Deus, eu sinto muito — fala desesperada.

— Vamos embora, o Thomas está marcando uma reunião para resolver isso. Ligue para o piloto e mande ele ficar pronto em uma hora.

Ainda em estado alterado ela me segue, e no caminho do hotel liga para o piloto.

Capítulo 16

Stella Garfield

Minhas mãos tremem enquanto encaro o Thomas e o Hunter, gerente de relações públicas, pela tela do computador. Juro pela milésima vez que nunca mais beberei uma gota de álcool, eu estava 100% consciente, mas o álcool me faz perder qualquer inibição e aquilo não deveria ter acontecido. Misericórdia, por culpa minha ele perdeu o contrato com a S. Mart, o pensamento me causa ânsia, mas me obrigo a prestar atenção na reunião.

— O assunto tomou proporção mundial, não há como parar ou dizer que foi um engano. Já devem ter jornalistas colhendo informações no hotel que vocês ficaram.

Meu olhar assustado vai para o Christian, ele parece prestes a explodir.

— Essa merda eu já sei! Eu quero saber qual atitude vocês vão tomar para minimizar os danos.

— Diante do escândalo recente envolvendo Russel, a melhor alternativa é vocês assumirem um romance...

— O quê!? — pergunto, pensando ter ouvido errado.

— Como assumir a porra de um romance com a minha secretária me ajuda se é exatamente isso que está causando esse pandemônio. — A voz cortante do Christian me faz prender a respiração.

— Especulações serão feitas, se não assumirem um relacionamento a imprensa pode dizer que a sua falta de posicionamento sobre o ocorrido com o Russell foi porque você estava fazendo a mesma coisa.

— Falta de posicionamento? O que isso quer dizer, porra?! Eu coloquei aquele merda para fora da minha empresa e garanti que ele não arrume um emprego decente. E eu não estava fazendo a mesma coisa, não assediei a minha secretária!

— Misericórdia! Em nenhum momento fui assediada. Juro! Foi mais o contrário, eu que fiz o Chr...

— Stella! — Christian me corta, e noto que estava falando demais.

Desvio o olhar para a tela e vejo Thomas contendo o riso.

— Eles esperavam que você fosse dar entrevistas sobre...

— Eu nunca dou entrevistas!

— Esse é mais um motivo para a imprensa estar enfurecida — Há uma pausa tensa e Hunter volta a falar —, lamento, mas a melhor solução é vocês assumirem o relacionamento de voc...

— Não existe um relacionamento, porra! — Christian exaspera, assustando-me.

Ele se levanta furioso.

— Se vira, te pago muito bem, então se vira!

A culpa me corrói, se eu não tivesse praticamente me jogado em cima dele não teriam tirado essas malditas fotos e nada disso estaria acontecendo.

— O que a gente precisa fazer? — pergunto, e Christian me encara como se eu fosse louca.

— Isso não vai acontecer!

— É tudo culpa minha, Christian. Eu não quero te prejudicar mais...

— Não existe a menor possibilidade disso acontecer! — Seu tom não deixa brechas para argumentações.

Entro no meu apartamento, sentindo todo o meu corpo dolorido, nunca tive um voo tão tenso, Christian foi inflexível quanto à questão de fingirmos um relacionamento e exigiu que arrumassem outra solução. A preocupação estampada no rosto do Hunter só não era pior que o meu desespero, pois a culpa estava me enlouquecendo.

Meu celular toca novamente e cogito não atender ao ver o número do meu pai, ele está há horas me ligando sem parar.

— Pai?

— *Stella Garfield Howking, me diz que esse filho da puta não abusou de você, ou eu juro que mato ele!* — A voz do meu pai é quase sombria. — *Vou para Nova Iorque e eu juro...*

— O quê?! Pai, pelo amor de Deus! Não é nada diss...

— *Filha...* — A voz da minha mãe soa chorosa. — *Meu bebê, o que aquele homem fez com você?*

— *Haja paciência. Ela não é criança!* — escuto meu avô resmungar.

— *Eu vou matar...* — diz meu pai.

— Gente, para! — praticamente grito. — Ele não abusou de mim, quem vocês pensam que ele é?

Há um silêncio, escuto meu pai bufar e minha mãe volta a falar.

— *Filha, sabemos que você odeia esse homem e jamais teria nada com ele.* — Meu rosto esquenta e tento me lembrar o que já disse para minha família a respeito do Christian. — *Ent...*

— *Onde está a chave do carro? Vou agora mesmo para Nova Iorque quebrar a cara desse homem!* — meu pai declara.

— *Eu também vou* — diz minha mãe.

— Parem! Ele não fez nada, eu que praticamente me joguei em cima dele!

Novamente silêncio, mas dessa vez é quebrado pela risada alta do meu avô.

— *Eu disse que ela não é criança!*

Meus pais voltam a falar ao mesmo tempo, desligo na cara deles, mas não tenho tempo de entender o tamanho da confusão que me enfiei, pois meu telefone volta a tocar, dessa vez é a Anne.

— *VOCÊ É A PORRA DA PIOR AMIGA DO MUNDO!* — grita, assustando-me. — *Preciso descobrir pelo meu assistente que a minha melhor amiga está vivendo um romance tórrido com o chefe...*

— Anne, eu te contei...

— *Você contou que transou com ele, mas não contou que agora ele te leva a passeios românticos de lancha!*

— Não foi um passeio romântico.

— *Sério? As fotos dizem o contrário!*

— Amiga — resmungo, jogando-me no sofá. — Eu bebi e você sabe que eu perco completamente a vergonha quando bebo, daí fiz confusão, praticamente me joguei em cima dele e agora a minha família ameaçou vir para Nova Iorque, porque eles acham que o Christian abusou de mim. A minha vida está um caos e eu nem sei o que está passando na cabeça do Christian, porque a última vez que o vi, ele estava parecendo um pitbull com raiva — desabafo.

Anne gargalha, irritando-me.

— Sério?! — pergunto, querendo desligar na cara dela.

— *Desculpa, amiga, mas ninguém conseguiria se enfiar em tanta confusão.* — Reprime a risada. — *Você já está Nova Iorque?*

— Sim, acabei de chegar, mas daqui a pouco o motorista do Christian vem me busc... — Minha campainha toca. — Preciso desligar, o motorista chegou.

— *Vai lá, mas depois quero saber tudo.*

Desligo e vou atender a porta, mas assim que abro penso que só pode ser um pesadelo, ninguém pode ser tão azarado quanto eu.

— O que você quer aqui, Jordan?

— O que eu quero?! — pergunta, entrando no meu apartamento sem ser convidado.

— Isso! E o como você descobriu que estou em casa?

— Ah, eu descobri porque está em todos os jornais você e o seu chefe descendo em Nova Iorque, juntinhos no jatinho dele. Chefe esse que você sempre disse odiar!

Ignoro-o e pesquiso o nome do Christian no Google e vejo várias fotos nossas com títulos do tipo: O mais novo casal desembarca em Nova Iorque.

— Isso é um pesadelo — resmungo, rolando pelas matérias.

— Você estava me traindo com esse cara, Stella?! — inquire, segurando o meu braço com mais força que o necessário.

— Vai se foder, Jordan! E me solta que está me machucando!

Tento puxar o braço, mas ele aperta mais.

— Eu estava achando que fiz algo errado — ele segura os meus dois braços e me chacoalha fazendo o meu celular cair no chão. Seus olhos brilham de raiva, deixando-me assustada —, mas você é só mais uma vagabunda qualquer e esteve esse tempo todo me traindo.

— Jordan... — falo, sentindo lágrimas se formarem.

— Você era uma boa transa, só não esperava que além de desajeitada também fosse uma vagabunda.

— Você está me machucando. — Minha voz sai trêmula, não sei o que me machuca mais, o seu aperto, ou suas palavras cruéis.

— Estou te machucando? — Solta uma risada estranha.

Sou empurrada contra a parede, minhas costas doem com o impacto, começo a entrar em pânico, mas o interfone toca, e ele finalmente me solta.

— Você não vale a pena. Nunca valeu. — Sai do meu apartamento batendo a porta com força.

Tremendo, atendo o interfone, meu coração bate acelerado e por mais que eu não deva me importar as palavras do Jordan, elas ecoam na minha cabeça: "Você não vale a pena. Nunca valeu".

— Estou indo! — falo, sentindo um nó na garganta.

Desligo e jogo uma água no rosto para disfarçar o choro.

Passei o caminho todo repetindo as palavras do Jordan em looping na minha cabeça, mas me obriguei a colocar uma expressão neutra no rosto e subi para a sala de reuniões.

Dou três batidas à porta e entro, encontro todos me esperando.

— Sente-se, Stella — diz Thomas, levanta e com toda a sua elegância inglesa puxa uma cadeira para mim.

— Obrigada — agradeço envergonhada por ser o centro das atenções.

Sinto os olhos de Christian sobre mim e ao olhar em sua direção sou impactada pelo seu olhar penetrante, engulo em seco sem conseguir desviar.

— Podemos começar? — Hunter pergunta, e Christian quebra nosso contato visual.

— Qual é a solução que você encontrou?

— Não existe outra solução, pelo menos não uma que gere menos escândalo do que vocês estarem apaixonados.

Christian abre a boca para falar, mas a porta é aberta e para a minha surpresa Regina entra com um pequeno sorriso.

— Regina? — pergunto.

— Oi, Stel...

— Nunca mais entre sem bater! — exclama Christian.

— Desculp...

— Saia!

— Mas...

— Saia agora, ou vá direto para o RH!

Ela sorri sem graça e pede mil desculpas antes de sair, não tenho tempo de pensar o que ela está fazendo aqui, Hunter volta a falar.

— De onde você e a Regina se conhecem? — Thomas pergunta baixo o suficiente para apenas eu ouvir.

— Espera, você conhece ela?

— Sim, ela é minha secretária.

Então ela conseguiu mesmo a vaga aqui, havia me esquecido disso.

— Ela é minha prima.

Ele sorri e volta sua atenção para o Hunter. Ergo o olhar e vejo o Christian me observando com uma expressão estranha.

— Vamos ter que fazer isso por quanto tempo? — Christian pergunta sem desviar o olhar.

— Apenas alguns meses...

— Meses?! — pergunto, encarando o Hunter.

— Se vocês terminarem logo, vão levantar suspeitas que tudo não passou de uma farsa.

— Mas... — tento, mas Christian me interrompe.

— Providencie tudo para avisar a imprensa sobre o nosso... relacionamento.

Hunter concorda e se levanta.

— Ah! Nenhum de vocês podem ser vistos com outras pessoas — diz antes de sair.

Concordo, entendendo o tamanho da confusão que eu me enfiei, não posso sair com ninguém e vou passar os próximos meses fingindo amar o Christian. Isso definitivamente vai dar muito errado!

Todos levantam e nos deixam a sós.

— Parece que estamos amarrados um ao outro pelos próximos meses — falo para cortar o silêncio.

— Isso é um problema para você?

Não deveria, mas é um problema gigante, de aproximadamente dois metros de altura, muitos músculos, cabelo quase ruivo e que me faz ter orgasmos múltiplos.

— Não, nenhum problema.

Christian levanta e abre a porta para mim.

— Vem, vou te levar em casa.

— Não precisa.

— Não deixaria minha namorada andar de metrô.

— Não sou sua namorada de verdade e eu ando todos os dias.

— Andava, Charles vai buscar você a partir de agora. E os sites de fofoca discordam de você, agora anda logo.

Respiro fundo, isso nem começou e já está dando errado.

Olho para o meu prédio pensando que isso está dando mais errado do que eu imaginei.

— Tenho certeza de que isso é um pesadelo, não tem outra explicação — falo, vendo os bombeiros apagarem as chamas.

Houve um vazamento de gás na cobertura que resultou em uma explosão, agora todo o prédio está interditado, ninguém pode entrar até o engenheiro dizer que é seguro.

— Vamos embora, não há o que fazer — Christian comenta, pegando no meu braço e gemo de dor, isso chama a sua atenção. — Que roxo é esse?

Christian West-Buchmann

Ao ver o roxo no braço da Stella uma raiva sobrenatural se apossa de mim.

— Isso não é nada. — Puxa o braço.

— Não é nada? Seu braço está roxo e dolorido, porra! — falo sem conseguir controlar a minha raiva.

— Foi só o jeito que você pegou.

Tenho vontade de rir da sua fala, eu só toquei o seu braço e ela gemeu de dor.

— Quem fez isso com você?

— Ninguém, eu só bati o braço.

Ela pode negar o quanto quiser, mas eu sei que alguém fez isso, o seu outro braço roxo é um sinal disso. Quando chegamos a Nova Iorque ela não tinha nenhum roxo, o único momento que ficou sozinha foi quando veio deixar as malas no seu apartamento e tomar banho, mas continua com a mesma roupa. Pego o meu celular e mando mensagem para o Charles descobrir quem esteve no apartamento da Stella.

— Já que você está sem teto, vai ficar na minha casa.

— Como!?

— Você está sem teto e seria estranho ficar em um hotel já que todos acham que estamos juntos.

Parecendo contrariada e desconfortável ela entra no carro.

Observo Stella parada no meio da minha sala, é estranho ver uma mulher além da Donna aqui em casa, mas é menos estranho do que eu imaginei que poderia ser.

— Fique à vontade, vou precisar dar uma saída.

Viro as costas, mas ela me chama.

— Eu não tenho nada, nenhuma roupa... ficou tudo no meu apartamento.

— Vista algo meu, mas não tire nada do lugar!

— Eu não sou criança!

— Mas é bagunceira e não sei se você reparou, gosto de tudo organizado. Amanhã resolvemos esse problema da roupa.

Desço e Charles já me espera na garagem.

Capítulo 17

Stella Garfield

Observo o apartamento que pertenceu ao ex-presidente Nelson Rockefeller admirada, o apartamento é lindo e ainda tem uma vista incrível do Central Park. Dá para entender porque foi vendida por mais de 11 milhões de dólares.

Paro de admirar o apartamento e vou procurar o seu closet, apesar de ser lindo e extremamente luxuoso parece um showroom, não há objetos pessoais e tudo está organizado milimetricamente.

Finalmente acho seu quarto e entro, nem aqui tem fotos ou algo que indique que ele ou qualquer outra pessoa more aqui. A única coisa que denuncia que ele vive aqui é o seu cheiro único impregnado por todo o apartamento.

Seu closet é assustadoramente organizado, parece uma loja. Pego uma camiseta que ficará parecendo um vestido em mim, paro de bisbilhotar e vou tomar banho.

Meu estômago ronca, decido ver se tem algo para comer, mas não encontro nada além de pão, geleia e pasta de amendoim. Leio a quantidade de calorias e me assusto, mas minha barriga volta a roncar.

Passo uma camada fina de pasta de amendoim na fatia de pão e finalizo com geleia de morango.

A primeira mordida me faz gemer, faz tanto tempo que não como algo tão doce e calórico que havia esquecido como isso é bom. Devoro a fatia e pego outra, mas dessa vez passo bastante pasta de amendoim e geleia.

Mordo a fatia, mas a geleia escorre e acaba sujando a minha roupa e a bancada. Tento alcançar o guardanapo para limpar e esbarro no pote de pasta de amendoim.

— Droga! — falo ao ver o vidro se chocar contra o chão e sujar todo o piso da cozinha.

— Eu te deixo sozinha por alguns minutos e você faz essa bagunça?

Assusto com a voz do Christian e por pouco não derrubo o pão também.

— Misericórdia, que susto! — Levo a mão ao coração. — Não se preocupe eu vou limpar tudo.

— Nem pensar! É tarde e o chão está cheio de vidro, não vou arriscar e acabar te levando ao hospital.

— Eu não vou me machucar.

— Prefiro não arriscar.

Reviro os olhos e mordo o meu pão.

Christian me observa, seus olhos vagam pelo meu corpo lentamente causando arrepios em mim. Ele passa o polegar no canto da boca e franzo a testa.

— O que houve com a sua mão? — pergunto de boca cheia ao ver os nós dos seus dedos machucados.

— Nada demais. — Seu tom diz que ele não quer perguntas, então esqueço o assunto.

— Onde eu vou dormir? Só vi uma cama.

— Nessa que você viu — diz, encarando-me com os olhos famintos.

Engulo o pão com dificuldade.

— Vamos dormir na mesma cama? — pergunto surpresa com a informação, uma coisa é sermos praticamente obrigados a dividir uma cama de hotel, dividir a cama dele é totalmente diferente.

— Dormir não é bem a minha intenção — afirma, descendo o olhar pelo meu corpo.

— Mas eu pensei...

— A única coisa que me impedia de ter você era a imprensa — dá um passo na minha direção —, e amanhã estará em todas as manchetes o nosso *relacionamento.* Então eu vou ter o que eu quero.

A forma que ele diz relacionamento deixa bem claro que isso é apenas o que é, uma farsa, e nada mais. Repito isso enquanto Christian abre as minhas pernas e se encaixa entre ela. Eu não deveria simplesmente ceder, mas pela primeira vez na minha vida estou vivendo algo realmente novo, emocionante e extremamente delicioso.

Sua mão segura minhas coxas e me puxa, fazendo o meu corpo colar ao seu, segura o meu rosto e me encara intensamente, como se quisesse desvendar os meus segredos mais profundos.

— O que foi? — pergunto, sentindo-me tímida de repente.

Ele não responde à minha pergunta, seus lábios cobrem os meus e sou presenteada com um beijo lento. Sua língua explora a minha boca lentamente, sem pressa. Aperta a minha cintura e me puxa mais para si como se quisesse fundir os nossos corpos, me sinto sem ar, febril.

Suas mãos vão para a barra da camiseta que estou usando e sobem lentamente, ergo os braços, a peça retirada e os olhos famintos do

Christian varrem o meu corpo. Seu olhar quente e faminto faz o meu corpo esquentar e minha boceta contrair.

Suas mãos seguram os meus pulsos e os colocam para trás, apoiando as palmas das minhas mãos na bancada, deixando os meus seios empinados para ele. Engulo em seco ao vê-lo enfiar uma colher no pote de geleia.

— Adoro essa geleia, mas acho que ela se tornará a minha preferida.

Sem desviar o olhar, ele espalha a geleia no meu mamilo, contenho um gemido. Segurando firme o meu seio ele lambe toda a geleia, meu mamilo enrijece dolorosamente e sinto a minha boceta encharcar. Ele lambe e mordisca sem pressa, aumentando o meu tesão e vontade de tê-lo dentro de mim. Passa os dentes no mamilo sensível e não consigo conter o gemido, Christian sorri ao me ver perder o controle.

— Misericórdia! — exclamo com o coração acelerado, ele fica a oitava maravilha do mundo sorrindo.

Christian me encara e lambe a colher, quase gemo com inveja dela. Ele larga a colher e puxa minha nuca, o sabor do doce se mistura em um beijo molhado, circulo sua cintura com as pernas e me esfrego nele.

— Chris, por favor, eu preciso de você dentro de mim — imploro necessitada e sou retirada da bancada. — O qu...

— Eu quero ter você na minha cama. — Sua voz rouca de tesão envia uma descarga elétrica para o meu sexo, fazendo-me contrair.

Entramos no quarto e penso que ele vai me jogar na cama, mas sou deitada delicadamente, ele volta a me beijar e começo a desfazer o nó da sua gravata, logo me desfaço dela e do resto da sua roupa. Seu corpo forte paira sobre o meu e sorrio adorando sentir o seu peso me pressionando contra a cama. Seus olhos fixam nos meus e ele me penetra, centímetro por centímetro alargando-me deliciosamente, quando entra completamente sai todo e entra novamente numa lentidão agonizante.

— Mais — peço, rebolando.

Ele segura a minha cintura e aumenta a velocidade das arremetidas. Rapidamente o sexo se torna mais selvagem e mudamos de posição, seguro firme a cabeceira da sua cama e rebolo, sentindo-o mais fundo nessa posição. Não consigo desviar o olhar do seu, ele parece diferente, mais intenso e relaxado ao mesmo tempo.

— Chris — gemo, rebolando mais rápido.

— Adoro quando você diz o meu nome assim — fala, segurando a minha cintura e dando uma estocada firme que parece acertar o lugar certo.

Minha boceta contrai e sou acometida por deliciosos espasmos, Christian não para de me foder, o barulho dos nossos corpos se chocando ecoam pelo quarto. Agarrando um punhado do meu cabelo e grudando nossas bocas, ele me fode duramente, meu corpo ainda sensível pelos orgasmos recentes se excita novamente.

— Goza para mim de novo, *mein stern!* Goza no meu pau!

— Não fala assim — choramingo.

— Assim como, *mein stern?* — pergunta, provocando-me. — A sua boceta parece adorar.

Solto a cabeceira e envolvo o seu pescoço, isso parece incentivar o Christian a me foder com mais força, não demora muito e gozamos, chamando o nome um do outro.

Descanso a minha testa na sua, sentindo o suor escorrer pelas minhas costas.

— Foi... incrível — falo, me sentindo assim.

Ficamos assim até nossas respirações voltarem ao normal, e posso estar louca, mas dessa vez foi diferente, meu coração se aperta ao pensar que foi coisa da minha cabeça.

Acordo com um sorriso no rosto ao lembrar de ontem à noite, mas meu sorriso se desfaz ao ver a cama vazia. Não sei bem como serão as coisas daqui para frente, a única coisa que sei é que meu chefe é meu namorado. Forço-me a lembrar que isso é apenas uma farsa com prazo de validade.

Levanto-me e vejo várias sacolas de grifes famosas na entrada do closet do Christian. Abro-as e me assusto ao ver que tem até calcinhas.

— Misericórdia, quem comprou calcinhas para mim?

Levanto a micropeça de renda constrangida ao imaginar alguém escolhendo isso para mim. Não sei quem foi, mas não esqueceu de nada, comprou até sapatos. Minha mãe diria que não é elegante aceitar tantos presentes caros, mas eu não sou ela, e ela só diz isso porque não precisa aturar o Christian.

Entro na cozinha e vejo uma senhora que imagino ser a governanta do Christian. Apesar de ter entrado em contato com ela diversas vezes, nunca a vi pessoalmente.

— Bom dia — cumprimento.

Ela se vira e sorri ao me ver.

— É um prazer finalmente te conhecer, senhorita Garfield. — Abraça-me.

— Por favor, me chame de Stella.

— É que o senhor West...

— Esquece o que ele disse, me chame de Stella. Aliás, onde ele está? — pergunto, estranhando não o ver em nenhum lugar.

— Ele foi para a empresa cedo. Com o namoro de vocês saindo em todos os lugares ele quis ir cedo para empresa.

— Ah!

Ela sorri e me oferece bacon, ovos e panquecas que parecem deliciosos, mas recuso.

— Desculpe, não estou acostumada a comer tanto pela manhã. Tem suco de laranja?

— Tem, mas vai tomar só isso?

— Estou acostumada a tomar apenas vitamina de manhã.

— Então eu preparo para você — diz, abrindo o armário e pegando o liquidificador.

— Não precisa, só o suco está bom.

Ela me ignora e faz a vitamina, sirvo em um copo que eu posso levar e desço pensando que preciso comprar roupa para malhar, no meu horário de almoço.

Assim que atravesso as portas do prédio sou abordada por Charles.

— Bom dia, senhorita Gar...

— Stella, por favor. — Ele abre a boca para dizer algo, mas continuo: — Eu sei o Christian falou, mas meu nome é Stella e quero ser chamada assim.

Ele concorda e sem alternativa entro no carro, mas peço para me levar à Starbucks perto da empresa.

Assim que Charles abre a porta do carro para mim um flash dispara, sendo seguido por outros dois fotógrafos. Meu corpo enrijece e sou salva por Charles que toca o alto das minhas costas e me guia até a entrada da empresa.

Atravesso as portas, sentindo-me imediatamente segura, respiro fundo e ando até Logan.

— Bom dia. — Estendo o seu copo de café, mas ele não pega.

— Muito obrigado, senhorita Garfield, mas não precisa.

Franzo a testa.

— Você nunca recusou um Frappucino. Está geladinho! — Ofereço novamente e ele pega parecendo sem graça. — O que houve?

— É que agora a senhora é namorada do todo-poderoso e não quero arranjar problemas.

Contenho uma risada.

— Isso não muda o fato que você é meu amigo. Como eu vou manter a minha rotina rígida de passar na cafeteria e pedir um Frappucino gelado, para o único homem que conheço que não tem vergonha de tomar uma bebida tão fresca?

Ele sorri.

— É bom saber que a senhorita é a mesma.

— Para com essa coisa de senhorita! Eu não aguento mais as pessoas falando isso.

Sorrio e ao me virar noto várias pessoas me encarando, algumas cochichando. Tento pensar em qualquer outra coisa que não seja as pessoas com quem trabalho me encarando e cochichando, mas a cada passo que dou em direção ao elevador mais fica difícil, meu coração acelera e minhas mãos começam a suar com a atenção excessiva.

Quando aceitei fazer parte disso não imaginei que isso poderia acontecer. Sinto-me como no dia em que saí correndo do meu baile formatura.

Aperto o botão do elevador inúmeras vezes na esperança que ele abra mais rápido.

— Stella, bom dia! — A voz da Regina chega aos meus ouvidos, causando mais tensão no corpo.

Não respondo e pela visão periférica, vejo-a me encarando.

— O elevador não vai chegar mais rápido se continuar apertando.

Recolho a mão e encaro o painel do elevador que desce lentamente.

— Sei que você não gosta de ter tanta atenção, mas não precisa ficar nervosa, daqui a pouco as pessoas esquecem isso e param de te chamar de golpista.

Sua fala me faz encará-la.

— As pessoas estão me chamando de golpista?

— Sabe como é esse povo — diz, revirando os olhos e sorri.

Olho ao redor e vejo que as pessoas ainda estão me encarando, sem conseguir passar mais um minuto sendo observada, decido subir de escadas.

Passo pela porta que dá acesso às escadas e assim que a porta se fecha atrás de mim puxo uma longa respiração e me sento nos degraus, minhas mãos tremem e coloco o café no chão antes que derrube tudo em mim.

Christian West-Buchmann

Eu só sabia que precisava sair do meu apartamento hoje de manhã, acordar com a Stella sobre o meu peito me fez ver que aquilo realmente estava acontecendo, minha secretária agora é minha namorada. O que me assustou não foi a situação, foi o fato dela mexer tanto comigo, ontem à noite quando cheguei em casa e a vi com a minha camiseta em cima da bancada meu peito se agitou, ela parecia uma menina. Uma menina desastrada que fez uma verdadeira bagunça em poucos minutos sozinha.

Batidas à porta me tiram dos pensamentos, mando entrar.

— Senhor West, Thomas precisa que o senhor assine esses documentos — diz uma loira.

Ela coloca os papéis sobre a mesa, curvando-se mais que o necessário, seus peitos ficam na altura dos meus olhos, encaro a mulher.

— Quem é você? E cadê a Stella?

— Sou a Regina, a gente se conheceu...

— Eu quis saber por que você está aqui!

— Ah! Eu sou a nova secretária do Thomas.

— E cadê a Stella? — pergunto, verificando o horário e me assusto com as horas, estava tão imerso em pensamentos que nem vi o tempo passar.

— A minha prima ainda não chegou.

— Prima?

— Sim, a gente se conheceu...

Paro de ouvir o que a mulher diz e vejo minhas mensagens, Charles mandou mensagem há 35 minutos avisando que a Stella chegou.

— ... meu aniversário de...

— O que ainda está fazendo aqui? Deixe os papéis aí e saia.

Ela balança a cabeça e sai.

Ligo para Stella, mas ela não atende, então ligo para a recepção e sou avisado que Stella subiu de escadas, mas mesmo de escadas já era para ela estar aqui.

— Mande um segurança procurar por ela e me ligar assim que encontrá-la.

Ligo para Charles e ele me confirma que ela entrou na empresa, o que me deixa mais preocupado.

Estou quase levantando para ir pessoalmente atrás da Stella quando o meu celular toca.

— Senhor West, aqui é Logan, o segurança. Estou subindo com a senhorita Garfield.

— Subindo com ela? O que houve?

Pensar que tenha acontecido algo com ela traz um sentimento ruim.

— Ela está bem, mas quer subir pelas escadas.

Desligo e vou para as escadas, após incontáveis lances de escadas encontro os dois subindo.

— Christian? — Stella arregala os olhos.

Dispenso o segurança.

— O que houve?

— Nada — diz com um sorriso falso.

— Você sumiu e o segurança te encontrou nas escadas.

— Eu... eu só não estava esperando pelos fotógrafos, os olhares, a atenção — Respira fundo. — Eu não sirvo para isso... para ser sua namorada falsa, desculpa.

A fragilidade na sua voz me deixa sem reação, puxo-a para o meu peito. Stella sempre me pareceu uma pessoa forte, mas desde que comecei a conhecê-la vejo que isso é apenas o que ela mostra para as pessoas.

— É claro que você serve.

Seguro sua nuca e a beijo, seu corpo está rígido, mas conforme o beijo se intensifica ela vai relaxando. Circulo sua cintura fina e a puxo para mim, ela fica na ponta dos pés e envolve o meu pescoço com os braços. Aperto sua cintura e ela solta um gemido baixo, interrompo o beijo antes que eu não consiga parar.

Faz quase uma semana que saiu nas manchetes sobre o meu "relacionamento" com a Stella e sempre que um fotógrafo se aproxima ela enrijece, mas o Hunter tinha razão, os ânimos se acalmaram, as coisas começaram a voltar ao normal.

Ajusto a minha gravata e Stella entra no quarto ofegante, é estranho como parece tão natural tê-la aqui. Seu prédio ainda está interditado, cheguei a pensar em alugar um apartamento para ela, Stella está sempre quebrando algo, deixa tudo fora do lugar e é barulhenta, mas isso me irrita menos do que imaginei, então esqueci a ideia que pareceu absurda quando pensei que não a teria por perto.

— Desculpa, acabei perdendo a noção do tempo. Prometo que não vou me atrasar. — diz, tirando o tênis e largando onde tirou e vai para o banheiro cantarolando.

Entro no banheiro e vejo as roupas jogadas no chão.

— Como consegue ser a secretária mais organizada que eu já tive, mas é a pessoa mais desorganizada que eu já conheci?

— Porque eu gasto toda a minha paciência com você! — responde com um sorriso e tenta entrar no box, mas agarro sua cintura e a pressiono contra a parede.

— Você anda muito abusada, senhorita Garfield — falo, segurando o seu pescoço com uma mão e descendo com a outra por sua barriga lisa. — Meça as suas palavras para falar com o seu chefe.

— Vai fazer o que a respeito disso, senhor West?

Meu pau enrijece ao ouvi-la falar assim.

— Vou te dar o que fazer com essa boca atrevida!

Faço Stella se ajoelhar, ela abre a minha calça e envolve o meu pau com os seus dedos delicados.

— Chupa!

— Vamos atrasar, senhor West.

— Eu sou o chefe, quem manda sou, e estou mandando você me chupar — falo, enfiando o pau em sua boca.

Os músculos das minhas coxas se contraem quando sinto o fundo da sua garganta. Stella me chupa com vontade, levando-me cada vez mais fundo, usando a sua língua macia para circular a cabeça do meu pau, provando-me. Ela aumenta os movimentos e me vejo prestes a gozar, me retiro da sua boca e a levanto. Viro-a de costas para mim, pressiono o seu rosto contra a parede, e Stella empina a bunda.

Passo a cabeça do pau na sua boceta quente encharcada.

— Essa bocetinha gostosa está tão molhadinha para mim.

Espalho a sua lubrificação por seu cuzinho apertado, e ela enrijece.

— Relaxa, não vou comer esse cuzinho hoje. Quero comer ele sem pressa e hoje será rápido.

Penetro-a em um único movimento, sentindo as suas paredes estrangularem o meu pau, o gemido da Stella ecoa pelo banheiro. Levo minha mão até sua boceta e os meus dedos deslizam pelos seus lábios molhados, pressiono seu clitóris e sua boceta contrai.

— Por favor, não para — pede, e a fodo com mais força.

Não demora muito e Stella goza, levando-me junto.

— Misericórdia, eu não consigo ficar em pé — fala, fazendo-me sorrir.

— Consegue — comento, saindo de dentro dela e vendo o meu gozo escorrer por sua coxa. — Não demora no banho, não tolero atrasos!

Saio do banheiro, ouvindo-a me xingar.

Antes de entrar na sala de reuniões paro Stella para perguntar algo que fiquei sabendo por Hunter assim que cheguei à empresa.

— Quando ia me contar que seus pais são milionários?

Os pais dela são donos da Construtora Field, a maior construtora do estado de Nova Iorque. Meu apartamento e a mansão que minha família tem nos Hamptons foi reformada por eles.

— Como você sabe sobre os meus pais?

— Hunter me contou hoje cedo, parece que está nas manchetes essa informação.

Ela solta uma exclamação surpresa.

— Não estava planejando contar, não pensei que fosse importante.

— Não é, mas por que você mora em um apartamento minúsculo e trabalha para mim se é milionária?

— Meus pais são, não eu. Sobre meu apartamento minúsculo, eu gosto dele, é meu e conquistei ele sozinha — diz orgulhosa. — E trabalho para você porque preciso de experiência para assumir os negócios da família.

A informação me deixa pensativo, em algum momento Stella irá trabalhar com a família. Ela vai me deixar.

Stella vira as costas e entra na sala, sigo-a e nos acomodamos.

— Algum problema? — pergunto para Hunter já que ele marcou a reunião.

— Nenhum, a imprensa ama a Stella e a foto dela dando café para o segurança está rodando por todos os lugares. — Hunter se vira para Stella e ela parece desconfortável. — As pessoas te adoram, Stella, e adoram vocês como casal.

Nos últimos dias percebi que ela tem um problema sério em ser o centro das atenções, não sei se o seu excesso de treinos e alimentação regrada tem a ver com isso, mas ela não leva uma vida muito saudável. Ela malha quase uma hora todos os dias de manhã e só toma suco ou vitamina no café da manhã e apesar do corpo lindo que ela tem, sempre fica desconfortável nua, depois do sexo ela sempre dá um jeito de se cobrir.

— As matérias negativas sumiram e a única coisa que se fala é sobre alguém ter finalmente entrado no seu coração — diz Hunter para mim.

Tenho vontade de revirar os olhos.

— O namoro de vocês refletiu positivamente na empresa — comenta Lara. — O pessoal da S. Mart entrou em contato com...

— Não importa o que eles digam não vamos fechar com eles.

— Mas...

— Se eles estão nos procurando, outros vão procurar também.

Apesar de agora eu ter um relacionamento falso com a minha secretária que mora na minha casa e acabei de descobrir ser milionária, as coisas finalmente voltaram ao normal.

Capítulo 18

Stella Garfield

Charles, que virou minha sombra, abre a porta do carro para mim.

— Obrigada — agradeço e entro no restaurante.

Avisto Anne sentada na mesma mesa de sempre e sorrio. Vai fazer duas semanas que voltei de Sydney e só agora consegui me encontrar com ela, mas não tenho do que reclamar, passei os últimos dias tendo o melhor sexo da minha vida.

— Pensei que o alien gostoso/chefe/namorado iria te prender na torre dele para sempre.

Reviro os olhos e a abraço.

— Não seja idiota, Anne — falo, desfazendo o abraço com um sorriso.

— Amiga, era uma preocupação real. Primeiro ele te levou para o outro lado do oceano e agora te mantém 24 horas por dia sob a vista dele.

— Só não consegui te encontrar antes porque tinha muita coisa acontecendo.

— Aham — debocha, tomando um gole de vinho. — Mas me diz, como é namorar e morar com aquele monumento?

Meu rosto esquenta e contenho um sorriso.

— Nossa, Stella! Tira esse sorriso idiota do rosto!

Sua fala só me faz sorrir mais.

— É sério amiga — aperta a minha mão que descansa sobre a mesa —, não vai se apaixonar de verdade por aquele alemão filho da puta. Eu não quero ser a amiga idiota, mas lembre-se que é temporário.

Meu sorriso morre um pouco, ela tem razão.

Anne é minha melhor amiga e contei toda a verdade para ela.

— Eu não vou me apaixonar, só não quero deixar de viver isso porque vai acabar.

Anne fica alguns segundos me encarando antes de pedir seu almoço.

Terminamos de almoçar e vamos ao banheiro, quando estamos saindo esbarro em alguém.

— Desculp... — Calo-me ao ver o Jordan e meus olhos se arregalam, seu olho está bastante roxo e seu lábio cortado. — O que houve com o seu rosto?

— Você deve ter irritado alguém para caralho! — diz Anne, contendo o riso.

— Espero que esteja gostando do que vê — fala Jordan, encarando-me com raiva.

— Ah, eu estou adorando! — exclama Anne.

— Por que eu ficaria feliz em te ver assim?

— Não se faça de idiota, aquele seu namoradinho deixou o recado bem dado.

— O quê?!

Ele não responde, vira as costas e me deixa de boca aberta.

— Esquece o que eu disse, amiga! Se apaixone perdidamente, aquele alemão filho da puta é incrível!

As palavras da Anne me despertam. *Por que o Christian fez isso?*

As portas do elevador se abrem e marcho em direção à sala do Christian, entro sem bater e ele me encara com a testa franzida.

— Por que você bateu no Jordan?

— Ele foi chorar para você?

— Meu Deus, você nem tenta negar! Christian, você praticamente o desfigurou.

— Não tenho culpa se ele não aguenta dois socos. — Ele escora na mesa de braços cruzados e me encara. — Se ele gosta de bater em mulher tem que aprender a apanhar.

Arregalo os olhos.

— Como você...

— Ninguém encosta no que é meu e sai ileso.

— Eu não sou sua — falo apesar da sua frase me afetar.

Christian desencosta da mesa e anda até mim lentamente, engulo em seco quando ele invade meu espaço pessoal.

Desde que eu me mudei para o seu apartamento o sexo foi de maravilho para espetacular. Sempre que ele me toca meu corpo se torna febril, Chris venera o meu corpo todas as noites, dando-me orgasmos múltiplos. O desejo que sinto por ele é algo que me assusta.

— Repete o que disse e eu te provo o contrário.

— Eu não sou sua, Christian — respondo em um fio de voz e ele sorri, é um sorriso capaz de umedecer todas as calcinhas do prédio.

Ele circula o meu corpo e para atrás de mim, uma corrente elétrica percorre o meu corpo ao sentir os seus dedos traçarem uma linha da base da minha coluna até a minha nuca. Meu cabelo é afastado e um beijo é depositado no meu pescoço, causando arrepios.

— Chris — praticamente gemo.

— Você não faz ideia de como estou ansioso para ver essa boquinha atrevida repetindo que é minha.

— Isso não vai acontecer — falo sem nenhuma convicção, mas é tão difícil me concentrar quando ele mordisca a minha orelha e seu hálito quente arrepia a minha pele.

Ele envolve o meu pescoço com sua mão grande e me puxa, fazendo as minhas costas baterem no seu peito.

— Você vai dizer isso com o meu pau enterrado nessa boceta gostosa — declara, fazendo um calor se espalhar pelo meu corpo.

Sua mão sobe pela lateral da minha coxa, levantando o tecido delicado do meu vestido. Minha calcinha é afastada e seus dedos brincam com a minha boceta sem nunca me dar o que quero.

— Chris, por favor — peço, movimentando o quadril em busca de alívio.

— Eu nem comecei e você já está implorando.

Minha vontade é estapeá-lo, mas ele finalmente me toca onde desejo e esqueço a minha irritação. Ele conhece o meu corpo e sabe exatamente onde e como me tocar. Meus gemidos vão ficando mais altos conforme ele intensifica o movimento dos seus dedos, praticamente grito quando ele me penetra e começa a me foder com sua mão. Jogo a cabeça para trás, descansando em seu peito, ele mordisca minha orelha, aumentando a minha excitação.

— Chris... — gemo, agarrando-me ao seu braço e sinto o seu sorriso contra o meu pescoço, quase gozo imaginando como ele deve estar fodidamente delicioso sorrindo.

Chris tira os seus dedos de mim e protesto, mas não sou ouvida, ele afasta as coisas da sua mesa e no processo derruba várias no chão, mas não parece se importar. Sou debruçada sobre a mesa com a bunda empinada, recebo um tapa forte que faz a minha boceta latejar. Sinto o meu cabelo ser agarrado firmemente, seu peso me mantém no lugar, rebolo contra o volume já rígido e Chris solta um som gutural que envia arrepios por todo o meu corpo.

— Tão gostosa — sussurra no meu ouvido.

Seus dedos dedilham a parte posterior da minha coxa, eriçando os meus pelos, Chris levanta e recebo outro tapa na bunda. Meu vestido é levantado e o ar frio da sala se choca contra a minha pele, causando mais arrepios.

— Chris, por favor, anda logo.

— Eu não estou com pressa, *mein stern.*

Aperta as duas polpas da minha bunda e sinto sua língua quente lamber o local dos tapas, tento levantar, mas ele me pressiona contra a mesa novamente.

— Quietinha! — ordena.

Minha calcinha é retirada numa lentidão agonizante, mas antes que eu reclame sinto sua língua contra minha boceta, arfo. Um dedo me penetra e sinto sua língua contra o meu cuzinho, travo, ninguém nunca me tocou ali.

— Relaxa, *mein stern.*

Droga! Eu fico toda mole quando ele fala alemão, relaxo e me entrego à nova sensação.

Estou quase implorando para ser fodida quando ele levanta e me penetra lentamente, preenchendo-me, segura a minha cintura e dá arremetidas fortes. Quero ver o prazer estampado em seu rosto, tocá-lo, mas me contento com os seus gemidos que causam um reboliço em mim.

Um dedo me penetra por trás, tento não travar como antes e me concentro no prazer que estou sentindo.

— Isso! — sussurra no meu ouvido, fazendo-me relaxar completamente.

Ele não deixa de me foder enquanto me penetra com o seu dedo e logo outro me penetra, é bom, parece intensificar o prazer que estou sentindo. Christian aumenta as suas estocadas me deixando mais e mais perto do orgasmo. Começo a rebolar e escuto Chris xingar o que só me faz rebolar mais, sou levantada e as minhas costas batem no seu peito.

— Rebola no meu pau, minha gostosa.

Ouvi-lo me chamando de minha parece enviar sinais direto para minha boceta que começa a se contrair em um orgasmo delicioso.

— A sua boceta já sabe que é minha, você só precisa admitir — fala, estocando fundo, prolongando o meu orgasmo.

Não tenho tempo de me recuperar, em movimentos rápidos, Chris tira o meu vestido, me debruça novamente na mesa e me penetra de uma vez. Ele pressiona a minha cintura, obrigando-me a ficar mais empinada, sai completamente de mim e entra de uma vez.

— De quem você é, *mein stern?* — Não respondo e recebo um tapa forte na bunda. — De quem você é? — Outro tapa e minha excitação escorre pelo interior da minha coxa. — Então a minha *stern* gosta de apanhar?

Sua voz parece satisfeita, penso que vai me bater novamente, mas sinto-o começando a me penetrar com seu dedo novamente por trás, sem deixar de estocar ele acrescenta outro dedo. Os seus dedos combinados com as suas estocadas me fazem gozar novamente, suor cobre o meu corpo, mas não me sinto satisfeita, meu tesão parece só aumentar, como se dois orgasmos seguidos não fossem nada.

Ele sai de dentro de mim e sinto o seu pau no meu cuzinho.

— Chris...

Tento levantar, mas ele pressiona o meu ombro mantendo o meu rosto contra a mesa.

— Eu vou comer esse cuzinho gostoso e você vai gostar. — Pressiona mais um pouco o seu pau e sinto uma leve ardência, mas suportável. — Vai implorar para eu não parar enquanto grita para a empresa inteira ouvir de quem você é!

Pouco a pouco ele vai me alargando e quando está completamente dentro de mim, sai e entra lentamente. É uma sensação nova, me sinto completamente alargada, preenchida... dele.

Quando me acostumo, começo a rebolar e ele entende como um sinal positivo, aumenta as estocadas até a uma velocidade alucinante, é tão ou mais prazeroso assim. Meus gemidos se tornam mais e mais altos, e a necessidade de tocá-lo, beijá-lo se torna insuportável.

— Eu preciso de você — falo com sofreguidão.

Ele me entende, sai de mim, me vira e me beija avidamente. Afoita, tiro sua gravata, terno e camisa em segundos, tateio todo o seu peito adorando sentir os seus músculos e calor.

Subo na mesa e deito, Chris se coloca entre as minhas pernas e me penetra, nessa posição é muito melhor, posso ver o prazer estampado em seu rosto. Puxo-o para um beijo enquanto ele dá estocadas firmes, até não conseguir mais me controlar, jogo a cabeça para trás sentindo o orgasmo se formar, dessa vez mais forte.

Meu pescoço é envolvido por sua mão forte e o encaro.

— A quem você pertence? Quem é o dono dessa bocetinha e cuzinho gostoso? — Uma estocada firme que me faz arfar. — Quem é o seu homem?

Meto com força em seu cuzinho e seus seios balançam, agarro um deles e belisco o mamilo.

— Você! Você é o meu homem, Chris! — diz e gosto mais do que deveria.

Uma possessividade avassaladora enche meu peito.

— Isso! Você é minha, só minha! — falo querendo marcar o seu corpo como meu, apenas meu.

Não quero o nome de nenhum outro homem em sua boca, ela só falará o meu e gemendo, delirando em um orgasmo mais forte que o anterior.

— Eu sou sua, toda sua.

Aperto sua cintura com força para deixar marcas e a fodo sem dó, o ranger dos pés da mesa se confundem com o barulho dos nossos corpos e gemidos. Stella goza, chamando o meu nome, dizendo ser toda minha e é o meu fim. Os músculos das minhas pernas se contraem e gozo em seu cuzinho.

Descanso o meu peso sobre o seu e espero que o meu coração, que parece querer sair do peito, se acalmar. Acho que nunca gozei assim, tenho certeza, nunca gozei assim e a constatação me assusta. Com a Stella é tudo tão intenso que ultimamente pareço ter perdido o controle do meu corpo.

Saio de dentro dela e recolho nossas roupas, entrego o seu vestido e começo a me vestir.

— Vista-se — verifico as horas —, temos uma reunião em 5 minutos.

Ela me encara com a testa franzida, mas pega o vestido.

Terminamos de nos vestir e vamos para uma reunião, e durante todo o tempo Stella foge a todo custo do olhar, isso fode com a minha cabeça.

A reunião termina e Stella sai como um foguete da sala.

— Senhor West. — A loira que se diz prima da Stella entra na minha frente. — O senhor poderia...

— Veja isso com outra pessoa.

— Mas o senhor nem sabe o que é...

Finalmente encaro a mulher.

— Eu não me importo com o que é. Veja com outra pessoa!

Deixo-a e vou na direção que Stella foi, ao passar pela copa a vejo, entro e fecho a porta.

— Precisa de alguma coisa? — pergunta sem olhar na minha direção.

— O que aconteceu?

Ela finalmente me encara.

— Eu que te pergunto, parecia estar tudo bem enquanto você me fodia igual uma vagabunda, mas assim que terminou você virou a porra de um robô. Não precisamos mais fazer isso... eu finjo estar com você pelo tempo que precisar, mas não precisamos...

Calo-a com um beijo, ela soca o meu peito tentando me afastar, mas conforme intensifico o beijo ela se acalma e envolve o meu pescoço com os braços. Seguro sua cintura e ela cruza as pernas nas minhas costas, prenso-a contra o armário, desço beijando seu pescoço.

— Porra! Quer dizer, interditado, a copa está interditada, pessoal. — Escuto Thomas.

— O quê?! — perguntam alguns funcionários, mas Thomas os manda embora.

Stella tenta descer, mas não permito, seguro o seu rosto entre as mãos e dou um beijo rápido em seus lábios. Vejo o seu olhar confuso, mas não sei o que dizer, apenas continuo encarando-a.

— Eu te odeio — diz seria e sinto um aperto estranho no peito. — Você não deveria me fazer ir ao céu e 5 segundos depois ao inferno.

— Não sou apenas um chefe péssimo — falo, lembrando das suas palavras quando se demitiu e ela dá um pequeno sorriso.

— Eu tenho um péssimo gosto para homem — diz, dando-me um beijo.

Capítulo 19

Christian West-Buchmann

Os dias vão passando e parece cada vez mais natural ter Stella no meu apartamento, na empresa, na minha vida. Ela se adapta perfeitamente à minha rotina e até a sua desorganização parou de incomodar tanto, seus sapatos espalhados por todos os cantos e perfume nos lençóis já fazem parte da decoração.

— Christian, podemos conversar? — pergunta, entrando no escritório do meu apartamento.

— Sim — respondo, vendo-a entrar e mexer nos livros da estante.

— Acho a sua coleção de livros tão linda.

Ela começa a tirar alguns exemplares e guardá-los fora do lugar.

Levanto-me, tiro o livro da sua mão e coloco no lugar.

— E fica ainda mais bonito no lugar certo.

Ela gargalha emitindo um som parecido com um ronco de porquinho, sorrio, se cala ao perceber.

— Não fala nada!

— Não ia falar, mas é engraçado... um pouco fofo. Combina com você.

Ela me encara por um tempo, sorri e abraça o meu pescoço.

— Não sou criança — beija meu queixo —, e você é muito organizado, precisa relaxar e deixar algumas coisas fora do lugar. — Outro beijo. — Vai ver como é revigorante não colocar cada coisinha no lugar.

— Duvido muito — falo, beijando seu ombro e sinto sua pele arrepiar.

Ela encara a janela e franze a testa.

— Agora que percebi, você não tem nenhuma cortina no apartamento. Você não gosta mesmo de janelas fechadas.

— Não — digo não querendo falar sobre isso, mas Stella me conhece.

— O que foi? Por que você não gosta de cortinas?

— É idiotice. — Beijo sua testa e ela sorri.

Sento-me e Stella senta no meu colo.

— Isso só me deixou mais curiosa.

— Por que você quer saber sobre isso? — pergunto, afastando o seu cabelo.

— Porque eu quero saber algo sobre você.

— Você sabe mais sobre mim do que qualquer outra pessoa, *mein stern.*

— Adoro quando você diz isso, é sexy. — Sorri e me beija. — Sabe por que eu queria tanto ir ao aquário? — Nego. — É idiota, mas é porque meu filme favorito foi ambientado lá.

— Não é idiota.

Seu rosto cora.

— É quando o filme em questão é Procurando Nemo.

Dou risada, Stella deve ser o único adulto que conheço que tem um filme infantil como favorito.

— Não ri de mim!

Seguro seu rosto e a beijo adorando como o seu corpo se encaixa perfeitamente ao meu e corresponde a cada toque sutil.

— Eu só não gosto de cortina porque quando era criança passava horas estudando numa biblioteca escura enquanto os meus irmãos brincavam na piscina. Daí quando fui tentar entrar em Harvard estudei na mesma maldita biblioteca, acho que é o lugar que mais odeio no mundo. Se os meus pais deixarem aquela casa para mim, vou mandar incinerar — falo, percebendo ser primeira vez que falo isso em voz alta.

Eu me sentia claustrofóbico, não importava quantas lâmpadas fossem colocadas naquela maldita biblioteca e a cada segundo que eu passava lá dentro mais eu odiava o fato de ter que assumir a empresa.

— Bom agora me senti idiota por contar do meu filme, deveria ter dito que tenho medo de agulha.

Dou risada.

— Pode rir, pelo menos eu entrei em Harvard — debocha, e a seguro pela cintura fazendo-a se sentar na mesa.

— Você anda muito atrevida.

— Ah, você precisa fazer algo a respeito disso — comenta, envolvendo o meu pescoço com os braços.

O brilho nos seus olhos me diz que ela lembra do nosso dia no banheiro, o pensamento me deixa de pau duro.

Começo a beijá-la, mas alguém bate à porta, sem me afastar de Stella, mando Donna entrar.

— Desculpe incomodá-los, só vim avisar que estou indo embora, mas sua mala está pronta — diz para Stella.

— Mala? — pergunto.

Stella agradece Donna, e escuto os passos da minha governanta se afastando.

— Eu vou para Middlebury amanhã.

A informação me pega desprevenido, afasto-me dela sentindo um gosto amargo.

— Devo voltar no domingo, no máximo segunda de manhã, então não vou te deixar na mão.

Encaro-a, a empresa nem passou pela minha cabeça, isso é preocupante.

— Você só vai passar o fim de semana na casa dos seus pais? — indago, sentindo um estranho alívio.

— Sim, é aniversário do meu avô.

— Tudo bem, o Charles te leva.

— Não precisa, eu vou de...

— Isso não está em discussão.

Stella respira fundo e fica inquieta de repente.

— Eu não quero que o Charles me acompanhe. — Franzo a testa. — Não somos realmente um casal e não quero mentir ainda mais para a minha família. Se o Charles for comigo eles vão pensar que isso é mais que um namoro bobo e vão fazer perguntas que não saberei como responder.

Essa situação é uma merda, ela é inteiramente minha, mas também não é.

— Vai com o meu carro, ele é blindado.

Ela cora.

— Eu não sei dirigir.

Aperto o espaço do nariz, entre os olhos.

— E como você pretende viajar mais de 270 milhas[14]?

— De ônibus — responde tranquilamente.

— Nem pensar!

— Eu sempre fui de ônibus.

— Mas seu rosto não estava estampado em todos os jornais do país e do mundo. Stella, você não percebe como pode ser perigoso? Ou os seus pais mandam alguém para te buscar, ou o Charles vai.

Mesmo a contragosto ela aceita ir com Charles e respiro aliviado.

— Senhor West, desculpa me intrometer, mas onde está a senhorita Stella? Ela foi embora? — Donna pergunta.

É sábado de manhã e tive uma noite péssima, minha cabeça parece que vai explodir e a voz da Donna parece mais alta que o normal.

— Ela viajou para casa, é aniversário do avô.

---

14 270 milhas: equivalente a mais de 430 quilômetros.

— E o senhor não foi?

Largo a xícara desistindo de terminar o meu café.

— Por que eu iria?

— Ora, vocês estão namorando, estão até morando juntos. Daqui a pouco dá em casamento e as famílias nem se conhecem direito.

Tenho vontade de rir da sua fala, casamento está totalmente fora de cogitação, nem esse namoro é real. Ela ainda está na minha casa só porque o seu prédio entrou em reforma estrutural que poderá levar meses. Eu disse que ela só sairia daqui se conseguisse outro apartamento, estamos em Nova Iorque, isso pode levar meses.

— Eu não vou nem no aniversário dos meus pais, Donna!

Levanto-me, mas ela ainda não terminou.

— Mas a menina é diferente. Ela ama a família e é muito apegada ao avô.

— Como você sabe disso?

— Eu gostei dela e viramos amiga.

Claro que ela e Stella ficaram amigas, as duas falam pelos cotovelos.

Phil acerta outro soco em mim, aumentando a minha raiva.

— Você está lento hoje! — diz meu treinador, tento acertar um soco nele, mas erro.

Ele levanta as mãos e para o treino.

— Não dá, cara, você está distraído demais. Minha mulher vai achar que estou traindo ela, sai de casa falando que treinaria com você e vou voltar sem nenhum roxo — fala brincando, mas ele tem razão, por algum motivo não estou conseguindo me concentrar direito.

Tiro as minhas luvas e tomo um longo gole de água.

— O que está rolando? — pergunta, sentando-se no banco à minha frente e pegando uma garrafa de água.

— Perdi um contrato importante e até agora não apareceu nenhuma proposta tão boa.

Phil me encara por um tempo e sorri.

— É, meu amigo, você está fodido. Se você não percebeu, eu é que não vou te falar.

— Do que você está falando?

— Nada. Já que você não está bem hoje, vou embora. Até segunda!

Observo Phil sair da academia com um sorriso idiota no rosto e fico sem entender, nunca vi esse filho da puta sorrir tanto. No próximo treino vou acabar com esse sorriso dele no soco.

O domingo está quase no final, o Central Park está lotado, da minha varanda consigo ouvir as risadas das pessoas e alguns casais passeando de mãos dadas ou se beijando. Meu foco vai para uma família fazendo piquenique com os filhos, meus pais adoravam que eu e meus irmãos fizéssemos esse tipo de programa, diziam que era saudável ter contato com a natureza, mas era sempre um empregado que nos levava. Nosso pai não tinha tempo e nossa mãe ia, mas ficava andando pelas lojas.

Meu interfone me desperta, atendo e Thomas diz estar com o Hunter e precisam falar comigo imediatamente. Mando-os subirem estranhando me procurarem em casa em pleno domingo.

— Não era mais fácil me ligar? — pergunto ao abrir a porta.

— Desculpa, mas precisamos falar pessoalmente com você — diz Hunter, agitado.

— Diz logo o que houve!

— Um conhecido meu me informou que alguém próximo de você e da Stella deu declarações afirmando que o namoro de vocês é falso. Vão soltar amanhã cedo com a manchete que você pagou ela para esconder um suposto abuso sexual.

Meu cérebro mal consegue processar a informação e Thomas emenda.

— Os europeus entraram em contato comigo, eles querem fechar conosco. Se essa manchete rodar vamos perder de vez chance de entrar no mercado europeu.

— Mas que porra! — é a única coisa que consigo dizer.

É a minha chance de fechar um contrato melhor do que com o da S.Mart, e pode estar ameaçado antes mesmo das negociações por causa de malditos jornalistas. Esses europeus não poderiam ter aparecido algumas semanas atrás?

— Quem?

— Quem o quê? — Thomas pergunta sem entender.

— Quem foi o filho da puta que passou essa informação para esses abutres?

— Não sabemos, mas...

— Descubram quem foi e se estiver na minha empresa, deem um jeito da pessoa não conseguir nem um emprego lavando banheiros em Nova Iorque.

O fim de semana que já estava uma merda, piorou em níveis astronômicos em questão de segundos.

— Espero que tenham uma alternativa para isso.

— Até temos, mas acho que você e a Stella não vão gostar nem um pouco. — Encaro Hunter esperando uma resposta. — Vocês precisam se casar.

Capítulo 20

Stella Garfield

Eu detestava admitir, mas estava sentindo falta daquele ranzinza. Não via a hora de chegar segunda-feira para ir embora e o ter implicando com os meus sapatos espalhados pelo seu apartamento, ou me chamando por aquelas palavras em alemão que fazem o meu coração bater mais acelerado e um calor se espalhar pelo meu corpo.

— Para mim já deu — falo, entrando em um carrinho de golfe. — Vou esperar vocês no bar.

Os meus pais tentam me fazer ficar, mas parece que vou desmaiar a qualquer momento.

Peço um sanduíche natural na esperança que ele pare no estômago. Desde que cheguei a Middelbury comecei a passar mal, e ontem, durante o aniversário do meu avô, nada parou no meu estômago, tudo que comi voltou.

Não consigo comer nem metade do sanduíche, meu avô e Regina chegam animados e se sentam.

— Trevor e Brittany estão vindo jogar, já que você não quer jogar e pela sua cara péssima não vai tão cedo.

Meu estômago parece piorar instantaneamente.

— É uma pena eu não ficar para encontrá-los, mas preciso ir embora.

— Seu estômago não melhorou, minha estrelinha?

— Não, parece que piorou. — E continuará piorando se eu tiver que aguentar a Regina, Trevor e Brittany ao mesmo tempo.

— Vou ligar para o médico da família. — Abro a boca para dizer que não precisa, mas meu avô faz uma careta. — Capaz que vou deixar você voltar para Nova Iorque sem saber o que tem. E se você estiver esperando um netinho meu?

Sua voz é risonha, mas um arrepio frio atravessa o meu corpo, só de pensar na mínima possibilidade disso acontecer. Ele vê meu olhar apavorado e seu sorriso é substituído por um vinco acentuado na sua testa.

— Não se anima, vovô, filhos não estão nos planos dos pombinhos — diz Regina.

— Como você pode afirmar isso? — vovô pergunta.

— O namoro deles ainda não é tão sério. — Dá de ombros. — Se fosse o Chris, estaria aqui, né?

Não sei o que me irrita mais, sua fala ou ela chamar o Christian de Chris, como se fossem íntimos.

— Você não sabe nada do meu relacionamento com o *Christian* — dou ênfase no nome dele —, então não fale o que não sabe.

— Não está mais aqui quem falou. — Levanta as duas mãos. — É você tem razão, prima, não sei nada sobre o relacionamento de vocês. Só estou dizendo o que escuto na empresa.

Não sei por que, mas a Regina consegue me tirar do sério a ponto de eu querer pular na sua garganta.

— Vamos, vou te levar para casa — diz meu avô, levantando-se.

— Fica vovô, Stella vai embora e o senhor pode finalmente se divertir sem preocupação. — Regina puxa o braço dele.

— Sua prima está até pálida, não posso deixá-la sozinha. — Beija a testa dela amorosamente como sempre faz conosco, mas diferente de mim que ama esse gesto, Regina limpa com as costas da mão.

A tristeza no rosto do vovô é visível, desde que os pais de Regina morreram no acidente, o vovô tenta resgatar a garotinha doce que só ele lembra. Minhas memórias com minha prima são todas ruins, não lembro quando ela foi legal comigo, ou alguém próximo.

Assim que entramos no carro o olhar do meu avô recai sobre mim.

— O que foi? Estou encrencada? — pergunto, fazendo graça e sinto o sanduíche que comi minutos atrás querendo voltar.

— Quero a verdade. — Meu coração acelera. — É a primeira vez que te vejo com essa cara de apaixonada, mas não estou vendo uma aliança no seu dedo.

— Ah! — Olho para o meu dedo vazio. — As coisas aconteceram tão rápido...

— Corta esse papo, você adora essas convenções idiotas. Aos 5 anos fez o filho dos Morgan roubar um anel da mãe deles para te dar.

Sorrio ao lembrar disso, eu disse para o filho dos Morgan que só namoraria se ele me desse um anel, então ele roubou o da mãe dele. Quando a minha mãe descobriu me fez devolver, eu chorei por dias.

— Então o que eu quero saber é por que minha neta preferida não tem o maior diamante do mundo.

— Neta preferida? A Regina sabe disso?

— Também falo isso para ela. — Pisca, fazendo-me sorrir.

Não consigo e nem quero continuar mentindo para ele. Conto toda a verdade sobre o falso namoro e seu olhar entristece.

— Você sempre foi ótima em se meter em confusão, minha estrelinha.

— Anne vive dizendo isso — falo, encarando a paisagem.

— E quando acabar? — pergunta sério, há preocupação em sua voz.

Suspiro não querendo pensar nisso, mas é impossível, é inevitável.

— Eu volto para casa e choro no seu ombro tomando as suas garrafas de whisky.

— Não me importo que chore no meu ombro, mas eu vou pagar alguém para arrancar as bolas dele — diz sério, e dou risada, ele jamais faria nada assim, pelo menos espero que não.

Chego em casa e vou correndo para o banheiro, mal tenho tempo de abrir a tampa do vaso e todo o conteúdo do meu estômago é despejado ralo abaixo.

As mãos do meu avô seguram os meus cabelos.

— Sai, por favor! — peço, ele resmunga, mas acaba saindo.

— Vou ligar agora mesmo para um médico, não é normal colocar as tripas para fora.

Nem presto atenção na sua fala, volto a me debruçar sobre o vaso.

Não sei quanto tempo passo sentindo os calafrios tomando conta do meu corpo e fazendo um estrago no meu estômago, mas quando sinto as mãos do meu avô na minha cabeça sinto vontade de chorar.

— Vô, por favor... eu não quero o senhor me vendo assim — peço com a voz embargada.

— Sou eu, *mein stern.*

Ouvir a voz do Chris é meu fim, choro me sentindo fraca.

Christian West-Buchmann

Horas antes...

Esperei Thomas e Hunter saírem e liguei para um velho amigo que me atendeu no segundo toque.

— É domingo e estou com a minha família, então espero que não seja sobre trabalho — disse Ryan Gallagher do outro lado da linha.

— Preciso do seu melhor anel de noivado.

A linha ficou muda e pensei que ele desligou, mas voltou a falar.

— Anel para quem?

— Para a Stella.

Não importava se seria falso, eu queria o melhor anel para ela, queria a prova de que ela é minha em seu dedo para quem quisesse ver.

— Espera, você vai se casar com a sua acompanhante do Valentine's Day que, na verdade, é a secretária com quem você está tendo um caso.

— Não estou tendo um caso com ela — falei meio irritado sem entender o porquê.

— Ok, nada de caso. Então é sério. Me conta como...

— Não lembrava que você era uma velha fofoqueira e me arrume o seu melhor anel.

— Ok, em alguns minutos mando um funcionário na sua casa. É, boa sorte, pode ser que ela se dê conta do pé no saco que você e diga não!

O desgraçado desligou gargalhando e fiquei pensando em sua fala, Stella realmente poderia dizer não, mesmo sendo uma farsa o seu não me incomodava.

Parei de pensar naquilo e liguei para o meu piloto, ele avisou que estaria pronto para decolar em uma hora.

Terminei de arrumar a minha mala e estava prestes a ligar para o Ryan novamente quando o meu interfone tocou. Uma funcionária e um segurança uniformizado da Gallagher & Co. distribuíram algumas caixas de couro azul royal sobre a minha mesa.

— O senhor tem algo em mente, senhor West? — perguntou a funcionária e neguei.

Não fazia a mínima ideia de que anel dar para Stella, minha única certeza era que ele teria que ser grande para qualquer um ver de longe o diamante em sua mão.

— Temos os clássicos que podem agradá-lo, como esse Lady Louise com um diamante de 12 quilates — disse, entregando-me um anel.

Era um anel bonito, mas não consegui ver Stella usando-o, era normal demais, tedioso.

Olhei uma meia dúzia de anéis, mas nenhum chamou a minha atenção, pareciam todos iguais.

— Eu quis arriscar e trouxe uma seleção mais moderna, talvez algum lhe agrade.

Ela abriu um estojo e meus olhos foram direto para um que lembrava uma estrela, com uma pedra central azul e diamantes em volta, a peça lembrava a *mien stern.*

Peguei o anel e o estudei contra a luz.

— É uma bela peça, a gema azul central é de diamante.

— Vou ficar com esse.

Ela preparou os papéis rapidamente e em menos de 20 minutos fui para o aeroporto.

Quando toquei a campainha da mansão dos pais da Stella um senhor com uma cara nada boa me atendeu, ao me ver sua expressão piorou.

— O que você quer aqui? — perguntou, olhando-me de cima a baixo.

— Sou Chris...

— Eu sei quem você é, o alemão que anda se engraçando com minha estrelinha.

— E o senhor, quem é?

— O avô dela.

Agora entendi quem a Stella puxou.

— Onde ela... — Um barulho vindo de dentro da casa chamou a minha atenção. — O que foi isso?

— Minha neta está quase morrendo lá no banheiro.

Mal o esperei terminar de falar, entrei na casa sem ser convidado e segui o barulho até encontrar uma imagem que eu não esqueceria facilmente. Stella nunca pareceu tão frágil quanto naquele momento debruçada sobre a privada, seu corpo tremia convulsivamente enquanto uma nova onda de ânsia acometia seu corpo delicado.

Entrei no banheiro e puxei os seus cabelos úmidos pelo suor.

— Vô, por favor... eu não quero o senhor me vendo assim — pediu com a voz fraca e me preocupei.

— Sou eu, *mein stern.*

Seu corpo relaxou instantaneamente e junto veio uma onda de choro. Aquilo de alguma forma me fez querer segurá-la contra o peito e só soltá-la quando ela voltasse a ser a Stella que eu conhecia, sorridente, desorganizada e desastrada.

Fiquei ali com ela, segurando seu cabelo e acariciando sua nuca até o médico chegar.

O médico saiu do quarto e Stella continuou com uma feição de extremo espanto.

— Eu não posso de jeito nenhum estar grávida.

Então é real, o médico realmente acredita que seu mal-estar é devido a uma gestação. Antes dela falar em voz alta não pareceu tão real. Onde uma criança se encaixa na minha vida? Nem me acostumei direito com a desorganização da Stella e pode haver uma criança mil vezes pior que ela para acabar de destruir o meu apartamento. Será que uma criança pode morar no meu apartamento?

Minha cabeça vai explodir a qualquer momento.

— Misericórdia, e se a criança puxar você? — O desespero em sua voz me faz franzir a testa. — Vão excluir ele por ser insuportável... ou ele vai ser gordo e cheio de espinhas igual eu...

O vinco no meu cenho acentua, a Stella já se olhou no espelho? A mulher não tem um grama sobrando e não há uma única espinha na sua pele.

— Isso é péssimo — continua —, meu filho vai sofrer mais bullying que eu. Não, eu não posso ter um filho seu — fala, balançando a cabeça.

Ela fala tantas coisas ao mesmo tempo que mal consigo processar todas as informações, mas uma coisa é certa ter um filho meu não parece ser de forma alguma uma opção para ela. Mesmo não querendo ser pai sua fala me deixa um pouco ofendido.

— O que você quer dizer com isso? Se estiver grávida vai abortar?

A ideia parece extremamente absurda até para mim que nunca parei para pensar em um filho. Uma antiga namorada tentou engravidar sem o meu consentimento, eu fiquei possesso de raiva, mas agora com Stella estou irritado por ela não querer de forma nenhuma um filho meu.

— O quê?! Eu jamais faria algo assim! — Fico estranhamente aliviado com a informação.

Ficamos em silêncio nos encarando, a cor voltou para o seu rosto e ela parece menos doente.

— O que você está fazendo aqui? — pergunta.

Olho para o meu terno descansando sobre a poltrona e o anel de noivado no bolso, pedi-la em casamento parecia estranho antes, agora com ela doente parece ainda pior. A empresa não vai falir por causa da perda deste contrato, o máximo que pode acontecer é não entrarmos no mercado europeu pelos próximos anos e uma pequena crise quando a manchete sair amanhã.

— Agora não é o momento para isso.

Alguém bate à porta e o avô dela entra, sua cara para mim não é das melhores.

— Seus pais chegaram e querem te ver.

— Eu vou ligar para o Thomas — falo, querendo deixá-los a sós, mas realmente preciso falar com ele e o Hunter para arrumar outra solução. Casar com Stella está fora de cogitação.

Capítulo 21

Stella Garfield

Christian sai e meus pais entram em seguida, sorrio me sentindo um pouco melhor só por ele estar aqui.

A preocupação estampada no rosto da minha mãe me faz pensar que estou com uma péssima aparência. Ajeito o cabelo como posso, para parecer apresentável quando o Christian voltar.

— Como a minha menininha está? — papai pergunta.

— Não sinto mais como se meu corpo me odiasse.

Recebo um beijo na testa.

— Deveria ter falado que estava tão mal, se soubéssemos teríamos voltado antes do campo — diz mamãe.

— Vocês estavam se divertindo, não quis estragar a tarde de vocês.

Ela solta um resmungo.

— Conversei com o médico e quero que você saiba que eu te apoio totalmente e não estou bravo... — afirma meu pai.

— Misericórdia! — Cubro a cabeça com o travesseiro prevendo o que vem a seguir, a última coisa que quero é participar dessa conversa.

— O bebê...

— Andrew, para com isso! — pede minha mãe.

— Beth, só quero que ela saiba que não estou bravo por ela engravid...

— Querido, ela tem 26 anos, não é como se você não soubesse que ela transa...

— Gente, por favor! — exclamo desesperada, meus pais sabem ser as pessoas mais inconvenientes do mundo mesmo sem tentarem.

Já não basta eu estar apavorada com uma possível gravidez, agora tenho que ouvi-los falandoda minha vida sexual. Isso é a droga de um pesadelo.

— Viu, você deixou ela nervosa! — diz mamãe. — Se ela estiver esperando o nosso neto, isso pode fazer mal.

Levo a mão à cabeça sentindo que vou desmaiar a qualquer momento se essa conversa não terminar.

— A Stella precisa descansar. — A voz poderosa do Christian chega aos meus ouvidos causando um alívio instantâneo.

Ignorando a presença dos meus pais, ele anda até mim e coloca a mão na minha testa, nossos olhares se encontram e sorrio fraco.

— Como está se sent... — meu pai começa, mas Christian o interrompe.

— Pode deixar que eu fico com ela. — Sua fala é claramente uma ordem para eles saírem.

Minha mãe segura o braço do meu pai e o puxa para fora, deixando-nos a sós.

— Agora entendi por que você é assim, sua família não muito normal — diz sério, e solto uma risada fraca.

— Eles melhoraram bastante depois que fui para a faculdade.

Alguém bate à porta e Christian manda entrar, a empregada entra com uma bandeja com um sanduíche natural e suco de laranja, e coloca no meu colo.

— Obrigada, mas não estou com fome — falo, e ela encara Christian.

— Pode sair.

A mulher acata a sua ordem e sai do quarto como se eu não tivesse dito nada.

— O que foi isso? Agora você manda nos empregados dos meus pais?

— Stella, você passou o dia sem se alimentar e o pouco que comeu vomitou.

— Eu não estou com fome.

— Não tem problema.

Sabendo que ele não desistirá começo a comer. Ele se senta na poltrona e começa a mexer no seu celular, ele fica bonito até fazendo uma coisa simples como mexer no celular.

— Você não está comendo! — diz sem tirar os olhos do celular, e volto a comer.

Christian parece agitado, mas não como um homem deveria ficar com um possível bebê não planejado. Eu posso estar tentando dar o golpe da barriga nele.

— Por que você não está surtando? — Ele desvia o olhar do celular e me encara sem entender a minha pergunta. — Eu posso estar grávida.

— Porque não tem motivo.

— Mas...

— Quando você terminar a gente conversa. — Dá o assunto por encerrado.

Após comer metade do sanduíche, todo o suco e um longo banho, me sinto bem melhor.

Saio do banheiro enrolada em um roupão e ando até a varanda, onde o Christian está encarando a paisagem. Abraço-o por trás e ele se vira, segura o meu rosto entre as mãos e me estuda por um tempo.

— Você parece melhor, *mein stern.*

— Me sinto melhor — falo, encarando-o com um sorriso e meu coração acelera como todas as vezes que estou com ele.

Christian West-Buchmann

O olhar e sorriso da Stella me fazem desejar que ela me olhe e sorria assim para sempre. Parece que sou a única pessoa no mundo que importa para ela, e me pego querendo ser.

Ela parece ficar sem jeito com a minha atenção excessiva e esconde a cabeça no meu peito. Stella não é baixa, mas comparada comigo ela parece minúscula, chega a sumir entre os meus braços.

Beijo o topo da sua cabeça e sinto-a sorrir contra o meu peito.

— Preciso arrumar a minha mala, não quero acordar mais cedo que o necessário amanhã.

— Você está doente ou grávida, nos dois casos é melhor você não ir trabalhar.

Ela se afasta piscando várias vezes e me encara como se eu tivesse duas cabeças.

— Você está me dando folga?

— O que tem demais nisso?

— Um ano atrás eu tive 39°C de febre, mas tive que ir trabalhar. E agora você está me dando folga quando eu claramente posso trabalhar?!

— Eu não sabia que você ficou doente.

— Eu te falei: Christian, preciso ir embora, estou com 39°C. Você respondeu: Passe na enfermaria.

Sinto uma pontada de culpa.

— Agora é diferente, você é minha namorada e pode estar esperando um filho meu..

— Eu não sou sua namorada de verdade e posso não estar grávida.

Aproximo-me, fazendo-a bater as costas no parapeito e apoio as duas mãos ao lado do seu corpo, deixando os nossos rostos a centímetros.

— O namoro pode ser falso, mas o que fazemos é muito real e essa gravidez e a prova disso. — Ela engole em seco sem desviar o olhar. — Então sim, a minha mulher é diferente de um empregado qualquer.

— Não sou sua mulher. — Nem ela acredita no que diz.

— Se quiser posso te fazer repetir que é toda minha e vou adorar.

Ela parece atordoada, adoro saber que causo nela o mesmo efeito que ela causa em mim.

Somos interrompidos por uma batida à porta, a empregada avisa sobre o jantar.

— Vou esperar você se vestir — falo.

— Se quiser pode ir descendo, não estou com fome.

— Você vai sentar lá e comer o que conseguir.

Ela tenta argumentar, mas se cala ao ver o meu olhar.

Descemos e percebo que o jantar será um pequeno evento, a mesa está posta e há três pessoas além dos pais e avô da Stella, todos conversam animados, mas calam ao nos ver. Stella parece tensa de repente.

— Sentem-se, já vou pedir para servirem o jantar — diz a mãe da Stella.

Puxo uma cadeira para Stella e me sento ao seu lado.

— Chris, acho que vo... — diz a loira que trabalha para o Thomas.

— Me chame de Christian, apenas minha família me chama assim.

A loira cora e escuto alguém tossir.

— Bom, pensei não haver problema já que a Stella...

Em breve ela será parte da minha família, mas isso é apenas um detalhe.

— Como eu disse, apenas a minha família me chama assim.

Ela dá um sorriso sem graça e volta a falar.

— Claro, desculpa — pede envergonhada — Você deve se lembrar da Brittany e do Trevor.

Dou um aceno de cabeça sem fazer ideia quem são essas pessoas.

— Sabe o que eu descobri — diz o tal Trevor. — Sua empresa patrocina o meu time.

— Você é dono de um time? Qual?

Pela visão periférica, vejo o Stella morder o lábio para conter a risada.

— O Trevor é jogador do Jets — responde a mulher que imagino ser a namorada dele. — Ele é o quarterback. Esse rostinho bonito ajudou a garantir a última vitória do Jets. — Beija o namorado que parece orgulhoso com o elogio.

Uma empregada surge da cozinha e serve a mesma coisa para todos, mas para Stella um prato diferente.

— Por que eu vou comer sopa enquanto todo mundo está comendo comida de verdade? — pergunta à empregada.

— Desculpa, menina, mas o seu namorado deu ordens para preparar algo leve para você.

Ela me encara brava, o que só me faz ficar com tesão, ela faz um biquinho delicioso quando está brava. Ela pode ficar furiosa, mas ela precisa se alimentar com algo que vá parar no seu estômago, o meio sanduíche que comeu não é suficiente.

— Para quem toma suco todo dia de café da manhã, uma sopa não deve ser tão ruim.

Se ela pudesse arrancar minha cabeça com o olhar certamente faria.

O jantar transcorre bem, apesar de Stella estar tão tensa que mal se mexe. Como sempre, ela não comeu toda a sua comida. Eu já havia percebido que ela tem algum problema, mas só agora me dei conta que isso pode fazer mal para a sua saúde, ela se alimenta muito mal.

— Faz tempo que você não fica tantos dias em Middlebury, pensando em ficar, Stellinha? — Trevor pergunta, e não gosto nem um pouco do seu sorrisinho cheio de dentes, muito menos da forma como ele se refere a ela.

— Só volto quando tiver que assumir a construtora.

Sua resposta me faz lembrar que muito em breve ela pode ir embora, com essa certeza vem um sentimento que não me agrada, mas se estivermos casados ela não poderá ir.

— Stella nunca quis assumir a empresa, por isso estudei tanto, se minha prima der para trás alguém tem que assumir — a loira diz rindo.

— Minha herdeira é a minha filha, ela vai assumir — diz Andrew, pai da Stella.

— Eu sei tio, só estou falando...

— Vamos comer a sobremesa? — Elizabeth, mãe da Stella, pergunta se levantando.

— Obrigada, mãe, mas prefiro dar uma volta — Stella não espera uma resposta, levanta e sai em direção ao jardim.

Penso em ir até Stella, mas meu telefone começa a tocar e saio para atender.

Capítulo 22

Stella Garfield

É incrível como todo jantar de família termina com um dos Garfield fugindo, na maioria das vezes eu. Ter que estar no mesmo ambiente que o Trevor, Brittany e principalmente Regina me deixa nervosa, meus ombros chegam a doer pela tensão. Regina ou Brittany sempre soltam algo cruel, então prefiro sair antes que se torne vergonhoso.

Escuto a voz do Christian e ao me virar o vejo falando ao telefone, ele parece sentir o meu olhar e me encara. Sorrindo feito boba dou tchau para ele e começo a andar pelo jardim.

Penso em tudo o que aconteceu desde que ele chegou, de como cuidou de mim e meu sorriso parece aumentar. Lembro-me dele falando que apenas a família o chama de Chris, isso faz borboletas dançarem na minha barriga, significa que ele me considera como parte da sua família. Com certeza é algo importante.

Escuto passos e sorrio sabendo ser o Christian, mas quando viro meu sorriso morre.

— Nossa, meu ego não vai aguentar essa cara de decepção — Trevor brinca.

— Achei que era o Christian.

Sento-me no banco em frente à fonte e Trevor senta ao meu lado, afasto-me não gostando da sua proximidade.

— Desculpa por aquilo, não imaginei que terminaria em uma briga.

— Você não tinha como saber, e aquilo não foi uma briga.

Abraço meu próprio corpo quando um vento gelado me faz arrepiar.

— Você passou muitos anos longe, como é estar em casa?

— Eu nunca fui realmente embora, sempre voltei em datas especiais.

— Não é a mesma coisa.

Espero que ele vá embora e me deixe aproveitar a calma do jardim, mas ele não se move.

— Trevor, eu vou entrar, estou com frio.

Levantamo-nos ao mesmo tempo e acabamos nos esbarrando.

— Desculpa — peço e tento dar um passo para trás, mas seu braço circula a minha cintura.

— Quis fazer isso desde o dia que te vi no Valentine's Day.

— O qu...

Sou beijada contra a minha vontade e tento empurrá-lo, mas Trevor é muito maior e mais forte que eu. De repente ele é arrancado de mim e no processo caio de bunda no chão, vejo Christian desferir socos contra ele.

— Seu filho da puta! — Outro soco. — Encosta nela mais uma vez e eu acabo com você!

Fico em choque no chão, Trevor não teve nem tempo de reagir e se tivesse não sei se conseguiria, Christian é enorme.

Ele solta Trevor e ao me encarar, seu olhar muda de raivoso para preocupado. Vem até mim e se ajoelha ao meu lado.

— Se machucou? — Nego.

— Isso não vai ficar assim — diz Trevor, cuspindo sangue e se levanta.

— Não vai mesmo. — Christian o encara. — Considere o seu contrato com o Jets encerrado.

— Você não pode fazer isso!

— Eu posso e vou.

— Sua namorada que me provocou!

Abro a boca sem acreditar nisso, ele só pode ser louco.

— O que está aconte... Meu Deus! O que houve com o seu rosto? — Brittany pergunta, e vejo que minha família está com ela.

— Nada, porra! — diz Trevor, desviando da namorada, ela o segue.

Christian me ajuda a levantar.

— O que houve aqui, minha filha? — minha mãe pergunta, mas antes que eu possa dizer qualquer coisa, Regina se intromete.

— Não é óbvio? Stella deu em cima do Trevor e causou essa confusão.

— Eu não...

— Meça a merda das suas palavras para falar da Stella!

O olhar de Regina brilha de raiva, mas ela não diz nada.

Sem dizer mais uma palavra, Christian coloca a mão na base da minha cintura e me guia para dentro de casa.

Assim que entramos no quarto ele parece relaxar.

— Deixa eu ver a sua mão — falo, pegando-a, mas ele não parece preocupado com isso.

Segura meu rosto entre as mãos e me beija, tirando todo o meu fôlego e deixando as minhas pernas bambas. É intenso, voraz, faminto, e sinto todo o seu desejo por mim nesse beijo, é como se ele falasse que eu sou dele, apenas dele.

— O que você está fazendo comigo, *mein stern?*

O jeito que ele me olha ao perguntar isso termina de roubar todo o meu fôlego. Também quero saber o que ele está fazendo comigo, esse desejo que sinto por ele não pode ser normal, nunca foi assim.

— O que essas palavras significam?

Ele sorri acabando comigo de vez.

— Minha estrela — diz, acariciando a minha bochecha. — *Mein stern* significa minha estrela. Igual o seu nome.

Sorrio igual boba por ser a estrela dele.

— É lindo — falo emocionada e percebo nesse momento que não consegui evitar me apaixonar por ele.

As batidas descompassadas do meu coração confirmam o que eu temi desde o beijo na boate, eu me apaixonei pelo meu chefe ranzinza. Como não me apaixonaria pelo homem que segurou o meu cabelo enquanto eu vomitava, bateu no meu ex e no idiota do Trevor, e me chama de Minha Estrela em alemão.

Ele faz eu me sentir a única mulher do mundo quando me olha. Quando sou desastrada ou desorganizada, ele não me encara com cara de reprovação ou vergonha, bom às vezes ele desaprova, mas não é como as outras pessoas. Não sinto como se precisasse me esforçar o tempo todo para agradar ou ser amada. Como eu não percebi isso antes? Eu nunca senti isso por nenhum namorado, essa urgência que sinto por ele, esse desejo quase insaciável e esse medo de perdê-lo a qualquer momento. Seu beijo parece incendiar todo o meu corpo e causa uma necessidade quase física pelo seu toque.

— Chris...

— Casa comigo?

Pisco várias vezes pensando ter ouvido errado, meu coração acelera.

— Tipo de mentira? Estamos longe de Vegas e os casamentos lá são de verdade — brinco para aliviar o impacto das suas palavras sobre mim.

— Não, de verdade — responde sério.

— De verdade mesmo? Na igreja e tudo? — pergunto com um sorriso tão grande que faz minhas bochechas doerem.

Christian West-Buchmann está me pedindo em casamento dois segundos após eu descobrir que estou apaixonada por ele, devo ser a mulher mais sortuda do mundo.

— Sim, você pode estar grávida e se a imprensa descobrir...

Meu sorriso morre.

— Você quer casar por causa da imprensa? — inquiro, saindo do seu abraço e ele franze a testa parecendo confuso com a minha atitude.

Ele quer casar só para manter a sua maldita imagem. É óbvio que não é pelo bebê, ou por ele estar apaixonado, seria exigir demais que ele sentisse mais do que tesão, já é impressionante ele sentir tesão por mim. A idiota aqui sentindo borboletas na barriga por ele me deixar chamá-lo de Chris, mas a culpa é minha, me contentei com tão pouco, apaixonei-me quando não deveria.

— Vazaram informações falsas, um noivado seria suficiente para silenciar, mas se vazar sobre a gravidez...

O quão idiota eu sou? Por um momento acreditei que isso era sobre nós, mas é apenas sobre ele. Não é nem sobre o possível bebê, é só sobre ele e a imagem dele

— Então foi por isso que você veio para Middlebury? Por que houve um problema com a imprensa? — Minha voz demonstra uma calma e tranquilidade que não estou sentindo.

— Sim, alguém que convive com a gente disse para um site que eu abusei de você e estou te pagando para ficar quieta. Hunter acha que se ficarmos noivos antes da matéria sair é a melhor solução, mas Stella, eu...

Ele veio até aqui e passou as últimas horas fingindo se preocupar comigo, brincando com os meus sentimentos, só para eu poder fazer parte dessa merda de farsa. Ele só precisava pedir, eu faria, não precisava desse teatro todo.

— O que o Hunter disse? Precisamos fazer uma festa? Podemos usar a história do Trevor me assediando e que naquele momento você percebeu que me ama e me pediu em casamento — falo, segurando as lágrimas. — E sobre a gravidez, vamos rezar para dar negativo o resultado, assim não seremos obrigados a ir tão longe com essa farsa — falo, tentando me controlar o máximo que posso para não chorar. — Talvez seja hora de parar com isso.

— Parar com isso?

— Isso que está rolando entre a gente... antes que seja tarde demais — Já é tarde demais para mim.

Vejo o momento exato em que o olhar do Christian muda de confuso para gélido e sinto uma pontada dolorosa no peito.

— Ok — concorda tão facilmente que faz eu me sentir a pessoa mais idiota do mundo. — Não precisamos fazer uma festa, apenas uma foto basta. Tenho um anel, espero que goste ou podemos comprar outro que te agrade. Vou ligar para o Hunter, ele vai providenciar tudo.

— Qualquer anel serve é só uma farsa.

Viro as costas para ele e sinto uma lágrima escorrer.

— Ainda hoje resolvo tudo e volto para Nova Iorque.

— Ok.

Saio do quarto e praticamente corro em direção à biblioteca, assim que tranco a porta, lágrimas incontroláveis molham o meu rosto. Meu peito parece queimar e não importa o que eu faça a sensação só aumenta, mas não posso culpar ninguém, eu me meti nessa, eu aceitei fingir e aceitei novamente, mesmo assim, dói pra caramba. Dói como nunca doeu, a dor que sinto supera qualquer uma que eu já tenha sentido e isso me faz ver que não estou apaixonada pelo Christian, eu o amo, mas do que pensei ser capaz de amar uma pessoa.

Choro até a dor se tornar suportável, limpo as lágrimas e vou até o banheiro para lavar o rosto. Lavo na água fria para tentar desinchar o rosto, passo uma maquiagem leve, respiro fundo e coloco o melhor sorriso que consigo no rosto.

Volto para o quarto e mesmo tentando com muito esforço meu coração acelera ao ver o Christian, seu cabelo está bagunçado como se ele tivesse passado as mãos várias vezes nele e alguns botões da sua camisa abertos.

Ele ergue o olhar e me encara profundamente como se tentasse ver além.

— Falou com Thomas e Hunter? — pergunto, tentando não me afetar com o seu olhar e ele confirma. — Acho melhor você dormir aqui, seria estranho um noivo apaixonado ir embora após o pedido. — Novamente ele concorda.

— Eu preciso falar com os seus pais?

— Não, prefiro deixá-los de fora disso. Quero guardar a bênção deles para quando eu for me casar de verdade com o amor da minha vida.

Algo que não compreendo passa pelo seu rosto, mas é tão rápido que penso ter visto coisas.

Christian se levanta e anda até mim, a cada passo que ele dá meu coração parece bater mais forte. Prendo a respiração quando ele finalmente invade o meu espaço pessoal e a solto lentamente, tentando controlar os meus batimentos.

Os meus olhos vão para a caixa azul da Gallagher & Co. na sua mão e fica difícil respirar ao ver o anel. Ele segura a minha mão e sem dizer uma única palavra desliza o anel no meu dedo. Encaro a joia e nesse momento eu o odeio por estragar a aliança mais perfeita que eu já vi com uma farsa.

— Quem escolheu tem bom gosto — falo, admirando os diamantes que formam um desenho semelhante a uma estrela.

Christian não diz nada e se afasta.

— Só precisamos tirar uma foto e mandar para o Hunter.

Tiramos apenas uma foto da aliança na minha mão e um clima estranho toma conta do quarto.

— Acho que vou contar para a minha família.

Viro-me e Christian segura o meu braço, uma corrente elétrica percorre o meu corpo.

— Stella...

— Precisa de mais alguma coisa? — pergunto em um tom profissional.

Ele balança a cabeça e solta o meu braço.

— Não — pigarreia —, vou mandar a foto.

Vou para o quarto do meu avô e assim que me vê ele sabe que algo está errado, pois abre os braços para mim.

Choro igual uma menina assustada, pois é assim que me sinto, meu coração será partido em algumas semanas ou meses, e eu não posso fazer nada a respeito porque é tarde demais.

Em algum momento pego no sono.

Christian West-Buchmann

Eu deveria estar feliz, aconteceu o que eu vim aqui para fazer, mas de alguma forma parece que tudo deu errado. Estou irritado comigo, com Stella e com todo mundo.

Lembro-me do sorriso dela quando eu pedi para ela se casar comigo e da sua piada sobre Vegas, e começo a duvidar da minha sanidade, ninguém mudaria de humor tão rápido. A Stella que terminou tudo e saiu daqui quase me chamando de senhor West não pode ter me olhando daquele jeito que eu poderia jurar ser apaixonado.

Aquele olhar... Droga! Eu me casaria com ela se me olhasse daquele jeito novamente. Alguém bate à porta e percebo que está tarde, era para Stella ter voltado. Atendo e o avô dela entra e fecha a porta atrás de si.

— Eu sei da farsa de vocês e vou pedir uma coisa, assim que você não precisar mais da ajuda dela, deixe-a em paz.

— Cadê a Stella? — pergunto, ignorando o seu pedido.

— Está dormindo no meu quarto...

Deixo-o falando sozinho e saio do quarto.

— Onde você pensa que vai?

— Buscar a minha mulher.

Stella pode ter terminado tudo, mas ela é minha, isso não está em discussão.

Penso que ele vai tentar me impedir, mas ele apenas mostra o caminho para mim.

Vejo Stella dormindo, ela não parece tranquila como normalmente fica dormindo, seu rosto parece tenso e ela está encolhida no meio da cama. Meu peito dói ao ver a cena, ando até ela e a pego no colo, assim que aninha a cabeça no meu peito seu rosto relaxa.

Desvio o olhar dela para a porta e seu avô tem um sorriso enigmático no rosto, passo por ele e a levo para a nossa cama.

O sol entra pelas cortinas e eu ainda não dormi, Hunter postou no meu Instagram, que eu nem sabia ter, a foto e já recusei uma dezena de ligações dos meus pais e do Dom. Tristan foi o único que não ligou, mas não porque tem bom senso, é porque não se importa com o que fazemos da vida desde que não o afete.

Olho para Stella que passou a noite abraçada a mim e agora está tranquila como sempre, acaricio seu cabelo. Sua mão descansa no meu peito e o anel se destaca como um lembrete de que ela é minha, mas com data de validade. Só de saber que em algumas horas vou para Nova Iorque e ela ficará aqui meu peito se agita, não quero deixá-la. Definitivamente não quero me afastar dela, mas me levanto e me arrumo para ir embora.

Chego à empresa e a primeira coisa que faço é ligar para o Jets e mando afastarem o Trevor, nem preciso ameaçar cortar o patrocínio, imediatamente eles avisam que vão providenciar o mais rápido possível o seu desligamento.

Antes de entrar em uma reunião recebo uma ligação da Stella.

— Você já pode respirar aliviado, não estou grávida.

Não me sinto aliviado, filho não estava nos meus planos, mas não estava preocupado com a gravidez. Saber que ela não está grávida serve apenas como lembrete que a qualquer momento a Stella vai embora, nada a prende a mim.

— E o que você tem?

— Nada demais, — Sua resposta vaga me intriga. — É... não quero abusar, mas você havia me dado uma semana de folga e gostaria de ficar com a minha família.

Vejo todos na sala de reunião, apenas me esperando.

— Ok, vou entrar em reunião.

Passo a próxima hora em reunião e emendo outra com o Thomas e Hunter. A notícia do noivado repercutiu e fez o site de fofoca não soltar a manchete sobre o falso namoro e abuso sexual.

Saindo da reunião, esbarro na prima da Stella.

— Desculpa, estava distraída. — Sorri.

— Olhe por onde anda.

— Claro. — Tento voltar ao meu caminho, mas ela dá um passo para o lado, bloqueando a minha passagem. — Quero pedir desculpas por ontem, falei aquilo porque achei que Stella ainda era apaixonada pelo Trevor e fiquei irritada, por ela estar fazendo aquilo com você e a Brittany. Sabe, ela é apaixonada por ele desde a época de escola, então achei que ainda estivesse tentando seduzi-lo com sempre fez...

Sinto uma agitação estranha no peito. Stella é apaixonada pelo jogador desde a adolescência? Ela não parecia querer ser beijada por ele, mas lembro das palavras dele, *"Sua namorada que me provocou!"*. Pensar na Stella apaixonada por ele é mais incômodo do que deveria, na verdade, é extremamente incômodo, talvez por isso ela não quer continuar com o que temos. O simples pensamento me faz desejar ter socado ele mais vezes e com mais força.

— ... mas eu sei que ela não o ama mais. Fiquei sabendo que você e a Stella ficaram noivos e quero que você saiba que estou feliz por vocês.

Um noivado falso, ela não tem nenhum um compromisso comigo de verdade.

Balanço a cabeça, não querendo prolongar essa conversa e finalmente me livro da mulher, mas o meu dia parece que não vai melhorar tão cedo, vejo o Dom sentado na cadeira da Stella com os pés em cima da mesa.

— Nossa mãe acha que invadiram a sua conta no Instagram — fala rindo. — E já que você não atende as ligações da família vim buscar notícias para tranquilizar o péssimo estado emocional que seu noivado a deixou.

— Corta esse papo zen, já cansou!

— Pelo seu péssimo humor acho que hackearam mesmo — diz, seguindo-me.

— Não hackearam meu Instagram.

— Espera! Você e a Stellinha estão mesmo noivos?

— Stellinha é o caralho! — Dom sorri, e quero quebrar a sua maldita cara de buda. — É complicado, mas a resposta é sim.

— Nossa, você está fodido. — Seu semblante muda completamente e consigo ver o meu irmão de verdade, sem a máscara ele usa. — Eu já estive no seu lugar e sabemos que não termina bem.

Capítulo 23

Christian West-Buchmann

Apesar de o dia ter se arrastado lentamente finalmente terminou, entro no meu apartamento, porém algo parece fora de lugar. Observo e noto tudo no seu devido lugar, como eu gosto, mas ainda parece ter algo errado, como se estivesse faltando algo.

Ignoro isso e decido tomar uma taça de vinho antes de treinar, mas vejo a garrafa de whisky e sirvo uma dose. O líquido desce queimando, causando um relaxamento quase instantâneo nos meus músculos, sirvo outra dose e viro.

— Calma, porra! — Phil reclama, pedindo um tempo, mas não dou.

— Sem tempo hoje! — falo, dando outro soco, mas ele consegue desviar.

Quase posso sentir o sangue correndo pelas minhas veias. Suor escorre pelo meu corpo e rosto, e preciso piscar com mais frequência para continuar enxergando. Fazia tempo que eu não me sentia tão bem em um treino, talvez eu deva beber duas doses de whisky antes de todos os treinos.

— Você reclamou do treino... — desvio de um soco — ... de sexta... — acerto um de raspão nele — ... então aguenta!

Consigo acertar um soco e Phil se curva gesticulando o encerramento do treino.

— Chega! Eu não aguento mais.

Ele se joga no chão e vou para o saco de pancadas, desfiro socos sem dó. O impacto faz o saco balançar e Phil levanta, se posiciona atrás do saco e o segura.

— Qual é o seu problema hoje?

Ignoro sua pergunta e continuo socando o saco, meus músculos começam a tremer pelo esforço repetitivo, mas não paro.

— West, para!

Ao ouvi-lo, paro sentindo o meu peito queimar. Até respirar parece difícil, tiro as luvas e vejo que os nós dos meus dedos estão feridos.

Abro uma garrafa de água e tomo deixando boa parte cair no meu peito.

— É melhor você tomar alguma coisa, ou amanhã você não vai levantar — fala, encarando-me com a testa franzida. — Não sei o que houve com você para treinar assim, mas esfria a cabeça e se quiser contar...

— Não houve nada, Phil. Só tomei algumas doses antes do treino.

— Doses do quê? Adrenalina pura? — debocha, recolhendo as suas coisas. — A porra da minha costela está doendo, então não importa o que rolou, não venha mais para o treino assim — diz, fazendo uma careta de dor.

Milhares de dólares gastos nos melhores lençóis e um colchão importado que prometia ser como dormir nas nuvens, e acordei como se tivesse dormido em um hotel barato de beira de estrada. Meu corpo parece que foi pisoteado e meus braços doem até para digitar, Phil tinha razão, eu deveria ter tomado um remédio.

Escuto três batidas à porta e mando entrar.

— Bom dia.

Uma voz que não é da Stella me faz levantar o olhar e vejo e sua prima parada no meio da minha sala, fazendo-me lembrar que Stella está na cidade dos pais. Mandei entrar no automático, apenas Stella bate assim.

— O que você quer?

— Sei que a minha prima não está essa semana e como o Thomas está em reunião externa...

— Seja rápida.

— Precisa de algo?

— Não, e odeio ser incomodado. Se era só isso pode se retirar.

Volto a minha atenção para o computador e sinto meus músculos protestarem.

Disco o ramal da Lara e sua secretária atende.

— Providencie qualquer coisa para dor muscular. — Desligo e volto ao trabalho.

É sábado e me assusto ao ver que já passa das 23h. Essa semana foi cansativa, parece que todo mundo resolveu se tornar incompetente, tive que repetir tudo e por muito pouco não demiti Thomas e de brinde sua secretária.

Desço para a garagem e encontro Charles dormindo no carro. Bato no vidro e ele se assusta.

— Desculpa, senhor West, eu...

— Pode ir para casa, já deu seu horário há muito tempo.

Ele me encara surpreso, mas se despede. Faz bastante tempo que não dirijo, então aproveito e faço o caminho mais longo para casa.

Péssima ideia, ideia de merda, o trânsito está infernal e a única coisa que eu queria era poder pisar o pé no acelerador e sair desse inferno. Paro num sinal e respiro fundo ao ver o sinal abrir e fechar, e os carros continuam praticamente parados.

Um grupo de pessoas passa do lado do meu carro rindo alto.

— Olha o tamanho dessa fila! — diz uma voz fina e irritante.

Olho para a tal fila que ela falou, pelo menos umas cinquenta pessoas estão esperando para entrar numa boate. Olho para placa e sinto vontade de rir ao ver o nome Empire Pleasure[15], mas minha vontade de rir passa ao ver cabelos castanhos caindo em cascata por costas nuas e uma bunda que conheço muito bem, mal sendo coberta por um vestido que nem deveria ser chamado assim de tão pequeno. Desço meu olhar por seu corpo e porra, ela está linda, não, ela está gostosa, gostosa pra caralho, meu pau reage na hora.

O que a Stella está fazendo em Nova Iorque?

Meus olhos estão fixos na sua bunda quando vejo o cara de Sydney, Paul eu acho, chegar e abraçá-la. Uma raiva surreal toma conta de mim quando ele a gira no ar e ela sorri.

Desço do carro sem desligá-lo.

— Tire as mãos da minha noiva!

Ele a coloca no chão e Stella me encara de olhos arregalados.

— Pode ficar tranquilo, eu sou g... AI!

Recebe uma cotovelada de uma mulher negra que está com eles.

— Não se intromete, Paul.

— Mas...

— É melhor a gente entrar, o casal precisa conversar. Foi um prazer te conhecer, alien, cuida bem dela. — Pisca e sai arrastando o folgado com ela.

Ela me chamou de alien? Que porra é essa?

Escuto algumas buzinas.

— Oh, babaca, tira esse carro do meio do caminho! — alguém grita.

— É melhor você liberar a passagem — diz Stella, encarando-me.

— Está atrapalhando o trânsito, otário! — alguém xinga, buzinando.

---

15 Empire Pleasure: Império do Prazer, nome fictício de uma rede de boates de livros que serão lançados em breve com a autora Alicia Bianchi.

— Vamos — falo, tocando a cintura dela e sinto sua pele arrepiar sob o meu toque.

Seu perfume delicioso me invade e tem ligação direta com o meu pau que fica duro como pedra.

Ela se desvencilha do meu toque.

— Eu vou ficar.

— Stella, entra nesse carro agora e vamos embora.

Não vou deixá-la gostosa desse jeito sozinha nesse lugar, sou capaz de cometer um crime se esse idiota, ou qualquer outro homem ousar tocar nela.

Alguém começa a buzinar sem parar, e Stella se estressa.

— Que merda! Passa por cima!

— Tira a porra do seu carro do caminho, sua louca! — grita antes de manobrar e sair cantando pneu.

Stella Garfield

Eu não estava preparada para vê-lo agora, quando Paul disse que estava em Nova Iorque para uma apresentação de um script inédito na Broadway, eu vim decidida a não ver o Chris antes de segunda, quando eu fosse trabalhar. Assim que pisei os pés na cidade, me arrependi da minha decisão idiota. Quem sabe que o homem que ama está a minutos de distância e prefere ficar com os amigos em um programa que você não queria fazer? Aparentemente eu.

Eu sou louca, agora ele está me mandando entrar no carro, daquele jeito mandão que faz as minhas pernas amolecerem e minha boceta ficar encharcada, mas eu faço a idiotice de falar que quero ficar aqui quando a única coisa que quero é ir embora com ele.

Lembro-me que coloquei um ponto final nisso, mas... Mando o meu orgulho ferido para o espaço e entro no seu carro, ele entra em seguida e seu perfume me faz querer sentar no seu colo e inspirar diretamente do seu pescoço, provavelmente não iria parar só nisso. Droga! Uma semana sem vê-lo teve efeito direto no meu tesão por ele, desde que o vi eu só quero voar nele e não parar nunca mais.

Christian me encara e meus olhos vão para a sua boca.

— Desde quando está em Nova Iorque?

— O quê? — Eu o encaro, o que ele disse? Alguém buzina. — Estão buzinando.

— Me responde primeiro. Desde quando está em Nova Iorque?

— Cheguei hoje de manhã — respondo, desviando a atenção para a sua mão segurando o volante com força, suas veias estão saltadas.

Desde quando eu gosto de mãos?

— Por que não me disse?

— O quê? Disse o quê?

— Porra, Stella! — xinga, arrancando com o carro.

Passo todo o caminho encarando o Christian dirigindo e ignorando o seu estado de humor. Ele fica sexy dirigindo, deveria fazer mais vezes. Imagino os seus músculos bem definidos por baixo do terno, meus mamilos enrijecem e fico mais úmida a cada segundo. Eu só quero fazê-lo parar esse carro, me sentar em seu colo e beijá-lo até esse desejo que estou sentindo passar.

Como ele pode ficar ainda mais sexy dirigindo? Imagino os seus músculos bem definidos por baixo do terno e aperto as coxas para aliviar o latejar.

Quase suspiro aliviada quando ele entra na garagem. Saio do carro e me encaminho para o elevador ouvindo os seus passos, entro e assim que as portas se fecham sou prensada contra a parede e beijada. É tão rápido que demoro alguns segundos para reagir, mas quando ele segura o meu cabelo e força a sua língua, circulo o seu pescoço com os braços e retribuo o beijo na mesma intensidade.

Nosso beijo é selvagem, necessitado, como se estivéssemos nos privando disso e agora quiséssemos recuperar o tempo perdido em um único beijo. Suas mãos passeiam pelo meu corpo, aperta a minha bunda e gemo pela dor e desejo que ela causa.

Sem fôlego interrompo o beijo, Chris segura o meu pescoço e me encara com tanta intensidade que me sinto presa no seu olhar.

— Você é minha! Apenas minha, *mein stern.*

Ao ouvir as palavras em alemão meu coração dispara e o puxo para outro beijo, tento dizer com o beijo que sou dele e de mais ninguém. Ele me estragou para qualquer outro homem no momento que aceitou fingir ser o meu namorado e me beijou contra a parede daquela boate.

Cada centímetro do meu corpo parece necessitar dele, o beijo parece não ser suficiente, eu quero mais, quero todo ele. Chris parece pensar igual a mim, me levanta e me faz cruzar as pernas na sua cintura, fazendo o meu vestido subir e minha bunda ficar exposta. Chris a aperta e gemo em sua boca, isso parece excitá-lo e em movimentos rápidos minha calcinha cai em frangalhos no chão e sou penetrada, meu tesão é tão grande que eu já estava completamente encharcada, sedenta por ele. Meu gemido é abafado pela boca do Chris que me beija como se quisesse castigar os meus lábios.

— Você... é... minha... porra... — Cada palavra é dita com uma estocada forte que me deixa perto de um orgasmo. — Ninguém toca em você! — diz, olhando-me nos olhos.

— Eu sou sua — afirmo mesmo sem entender seu surto possessivo e esquecendo completamente que passei a semana me preparando para ignorá-lo quando o reencontrasse. — Apenas sua, Chris... — gemo.

Minha fala o deixa ensandecido, suas arremetidas se tornam mais fortes, me agarro com força nele, deixo-o me foder sem dó.

Chris puxa o meu cabelo, mergulha sua cabeça na curva do meu pescoço e me dá um chupão, isso é o suficiente para fazer todo o meu corpo ondular em um orgasmo, gozo chamando o seu nome e ele me acompanha chamando o meu.

— O que você está fazendo comigo? — pergunta sem tirar a cabeça do meu pescoço.

Sua voz parece aflita, confusa, assim como eu me sinto agora desde o dia do pedido. Olho para o lindo anel na minha mão e jogo a cabeça para trás, descansando na parede do elevador, meus olhos se arregalam ao ver a câmera e luzinha piscando, engulo em seco.

— Chris? — chamo seu nome desesperada e ele me encara com a testa franzida. — Tem... tem uma câmera aqui.

Ele gira a cabeça e solta um palavrão.

— A porra da câmera! — xinga, colocando-me no chão e faço o possível para me manter em pé.

Arrumo o meu vestido de qualquer jeito, Chris recolhe a minha calcinha e a coloca no bolso.

— O que vamos fazer? — pergunto, temendo que alguém tenha visto... misericórdia! E se isso vazar? O simples pensamento me faz enjoar.

Ele aperta o botão do elevador e ele entra em movimento, nem havia visto que ele o travou.

O elevador abre na portaria e Chris desce.

— O qu...

— Sobe, daqui a pouco subo — diz, apertando o botão da cobertura.

Enquanto as portas se fecham, vejo-o ir até à recepção, meu rosto cora, eu nunca mais vou conseguir olhar na cara do porteiro.

Capítulo 24

Christian West-Buchmann

Enquanto espero o porteiro apagar as gravações do meu elevador, fico tentando entender como eu vim parar nessa situação, eu não sou impulsivo, mas acabei de foder a Stella como um animal no elevador, sem nem me preocupar se havia câmera. Não consegui pensar quando a vi gostosa naquele elevador e lembrei que ela se arrumou daquele jeito para sair com aquele desgraçado, eu só quis lembrá-la a quem ela pertence, é a porra do meu nome que ela geme ao gozar.

Essa porra de loucura que tomou conta de mim e me deixou ensandecido não pode mais acontecer, , não sou assim.

— Senhor West, todas as gravações de hoje foram apagadas — diz o porteiro, mostrando-me a tela.

Balanço a cabeça e ando em direção ao elevador para subir, mas vejo a academia e me encaminho para lá.

Quase uma hora depois entro no meu apartamento com meu terno e camisa nas mãos, e tropeço nos malditos sapatos que Stella deixou no caminho, mas acabo rindo ao perceber que era exatamente isso que senti falta essa semana. Seu perfume já tomou conta do apartamento, todas as luzes estão acesas e a televisão está ligada na porcaria de uma série policial, não faz nem uma hora que ela voltou e já tomou conta da casa.

Escuto um palavrão vindo da cozinha e ao entrar vejo Stella limpando o chão com um roupão, mas a melhor parte é que numa mão ela segura um copo com aquele suco verde estranho que ela toma de manhã e está usando apenas calcinha e sutiã.

— O que você aprontou dessa vez?

Minha pergunta a faz se assustar e acaba derrubando mais suco.

— Misericórdia! O que você está fazendo aqui?

— Eu moro aqui.

Desistindo de limpar o chão, ela se levanta e franzo a testa, ela emagreceu, muito.

— Desculpa pelo roupão, não achei nenhum pano para...

— Você emagreceu — falo, encarando seu corpo.

Só agora ela parece se dar conta que está apenas de lingerie e tenta se cobrir com os braços enquanto equilibra o suco.

— O que você tem? — Ela parece confusa com a minha pergunta. — Você disse que não tinha nada demais, mas está mais magra.

— E não tenho, devo ter emagrecido porque passei mal.

Não sei por que, mas não consigo acreditar nela.

Ela deixa o suco na bancada e tenta passar por mim, mas a seguro.

— O que você tem? — pergunto sério.

— Nada, Christian.

— Se você não me disser o que tem vou ligar para o seu médico!

— Você não pode fazer isso, é... é antiético.

— Eu não me importo. Você só passou uma semana fora e deve ter emagrecido o quê? Uns 5 quilos?

Ela me encara e parece se dar por vencida ao ver que vou desistir.

— Estou com anemia. Satisfeito?

É claro que ela está anêmica, faz exercícios demais e se alimenta de menos.

— Por que eu estaria satisfeito com isso, porra? Amanhã mesmo você vai ao médico — ordeno irritado por ela agir como se a saúde dela não fosse nada demais.

— Christian, eu já sou grandinha e sei me cuidar — diz, tentando se livrar do meu aperto.

— Sabe mesmo? Porque você tem um corpo perfeito, mas se exercita e come como se precisasse desesperadamente perder peso.

Ela parece irritada, mas respira fundo.

— Segunda, no meu horário de almoço eu vou ao médico.

Solto o seu braço.

— Você ainda não me disse porque não me falou que estava em Nova Iorque.

— Sei lá, achei desnecessário.

— Nosso noivado é falso, mas você não pode sair com outras pessoas.

Ela me encara por um tempo e balança a cabeça.

— Não se preocupe com isso, você não corria o risco de amanhã sair nas manchetes fotos minhas com outro homem. — Seu tom parece dividido entre mágoa e irritação.

Sai da cozinha me deixando sozinho, olho para chão que continua sujo e passo as mãos no cabelo. Desde a mudança da Stella para cá, não é só a minha casa que está uma bagunça, mas a última coisa que quero é que ela vá embora.

Stella Garfield

Entro no quarto mesmo a minha vontade sendo voltar na cozinha e enfiar na cabeça dura daquele alemão que não existem outros homens para mim, muito menos o Paul, ele é gay.

O Christian me confunde, uma hora me joga contra a parede do elevador e depois desaparece por uma hora e volta sem camisa e suado, preocupado e todo mandão. Onde ele estava? Quer saber? Que se dane!

Isso que eu ganho por não conseguir ignorá-lo

— Alemão idiota! — resmungo, pegando uma camiseta sua para dormir.

Irritada com ele bagunço suas camisetas me sentindo infantil, mas sinto um pequeno prazer só de saber o quanto ele ficará irritado ao ver.

Tiro o sutiã, visto a camisa e vou me deitar, em questão de minutos, caio em um sono profundo. Sonho com Christian me abraçando e me puxando para ele, sussurrando no meu ouvido aquelas palavras em alemão.

Acordo com a cama vazia e tenho certeza de que foi apenas um sonho, me arrasto até o banheiro, eu só queria dormir mais cinco minutinhos.

Passo a pasta na escova e ao encarar o meu reflexo meus olhos arregalam, há um chupão enorme no meu pescoço. Senti quando ele deu o chupão, mas na hora não pensei que deixaria marcas, na verdade, não pensei em nada, apenas no quanto estava bom.

— Filho da...

Respiro fundo, ele não fez isso de propósito, ele não faria...

— Filho da puta! — Ele faria.

Termino de me arrumar e coloco uma blusa de gola alta, ignorando o clima.

Chego à cozinha e assim que avisto as costas do Christian me imagino usando o garfo em sua mão para apunhalá-lo pelas costas.

— Bom dia, Stella.

Retribuo o cumprimento da Donna e procuro a minha vitamina ou suco, mas não encontro.

— Donna, a minha vitam...

— Eu fiz um café da manhã para você. Sei que ficou doente e precisa se alimentar direito.

Encaro Christian para saber se ele tem algo a ver com isso, mas seu olhar não diz nada.

Sem querer ser indelicada com ela, me sento à mesa para tomar café e Donna me serve um copo de suco de laranja.

— Está quente lá fora — diz Christian, encarando o meu pescoço.

Controlo-me para não voar no seu pescoço bonito, pois sei que não me controlaria, acabaria esquecendo que quero matá-lo por causa do chupão e acabaria ganhando outro.

— Ah, eu sei, mas graças a você, não posso sair na rua com o pescoço de fora.

Seus olhos brilham e raiva borbulha em mim. O tanto que quero bater e beijar esse homem na mesma proporção me assusta.

Volto a minha atenção para o café da manhã e me sirvo de frutas, ovos e uma fatia de pão, sentindo o olhar do Christian sobre mim.

Christian passou o dia trancado no escritório trabalhando, enquanto eu passei o dia assistindo séries, só parei quando recebi uma mensagem do Paul falando para eu não esquecer a sua peça, e eu havia esquecido, então fui correndo me arrumar.

Tento calçar o sapato enquanto coloco os brincos e penso que vou cair quando braços fortes seguram a minha cintura causando arrepios.

— Aonde você vai?

Ele está tão perto que sinto o seu hálito quente contra o meu pescoço.

— Bro... — Afasto-me para conseguir pensar racionalmente. — Broadway, Paul tem um script inédit...

— Em 20 minutos a gente sai — diz, desfazendo o nó da gravata.

— O quê? — pergunto, pensando ter ouvido errado.

— Em 20 minutos saímos, só preciso tomar um banho.

Não consigo nem negar, ele entra no banheiro e fico parada no meio do quarto tentando entender o que acabou de acontecer. Ele vai me levar, ou vai assistir também? Ele não vai assistir balé, só vai me dar uma carona, balé não faz o estilo dele.

Confusa, termino de me arrumar e vou para a sala, ver o Christian sair do banheiro apenas com uma toalha na cintura é algo que não preciso antes de sair, sou capaz de me jogar em cima dele.

Chegamos ao teatro e estou pronta para agradecer ao Christian por me trazer, mas ele desce do carro e dá a volta para abrir a minha porta.

— Você vai ficar?

Ele não tem tempo de responder, Anne surge linda como sempre e me abraça.

— Me diz que esse alemão te pegou de jeito ontem e que sua noite foi mil vezes melhor que a minha — sussurra, fazendo-me engasgar.

— Que droga, Anne! — falo sem querer olhar na direção do Christian com medo dele ter ouvido.

Anne dá de ombros.

— Paul deixou as nossas cadeiras reservadas, mas não sei se tem para...

— Não vamos ficar em cadeiras — diz, tocando a minha cintura e me guiando para a entrada, Anne nos segue me encarando com uma interrogação estampada no rosto.

Assim que entramos, Christian se encaminha para a bilheteria e fico com Anne aguardando.

— Me conta tudo.

— Não, Anne, para de ser enxerida!

— Me deixa viver essa fanfic através de você! — fala, fazendo-me rir.

— Que bom, que já estão se divertindo — diz Paul, abraçando-nos.

— Desculpe por ontem — peço envergonhada.

— Sem desculpas, você pode me abandonar mil vezes pelo alemão gostoso e eu vou te entender as mil vezes. E também conheci um semideus americano. — Aponta para um homem alto que parece um modelo de capa de revista.

— Quem é?

— Um modelo que trabalha para revista — responde Anne. — E desde ontem namorado do Paul.

— Namorado? — pergunto impressionada e vejo o tal namorado andar em nossa direção.

— Sou um homem intenso e vou levá-lo comigo para a Itália na próxima semana — responde Paul.

— Você deve ser a famosa Stella — diz o modelo, parando na minha frente, e confirmo. — Prazer, sou Steve.

Ele me dá um abraço e se afasta sem tirar as mãos da minha cintura.

— Anne e Paul não mentiram quando disseram que você é linda, mas preciso dizer que linda não faz jus à sua beleza, você é espetacular.

Coro com o elogio no mínimo inédito.

— Obriga...

— Tire as suas mãos da minha mulher, se quiser continuar com elas.

Steve se afasta, e encaro Christian com os olhos arregalados. Qual é o problema desse homem?

— Meu Deus, eu me casaria com o alien agora! — escuto Anne resmungar e sinto uma pontada de ciúme.

— Não fomos apresentados, sou Steve. — Estende a mão, mas Christian não pega. — Não se preocupe comigo, tenho namorado — diz, levantando as mãos.

O rosto do Christian parece relaxar, mas ele circula a minha cintura e me puxa para si.

— Christian, esse é Steve, meu namorado — diz Paul e a mão do Christian que está na minha cintura relaxa.

O clima estranho é interrompido por uma funcionária.

— Senhor West, me acompanhe, por favor. Vou acompanhá-los até o seu camarote.

— Espera, camarote? A Anne...

— Eu vou ficar com o Steve, prefiro ficar perto do palco vendo de perto o collant agarrado no corpo dos homens — Anne responde, enlaçando o braço no do Steve que sorri e vejo Paul semicerrar os olhos com ciúme.

Misericórdia, será que sou igual aos meus amigos? Eles não parecem normais.

Seguimos a funcionária para um camarote com lugar para umas 10 pessoas, mas apenas Christian e eu o ocupamos, ela nos entrega panfletos sobre a peça e avisa que qualquer coisa é só chamá-la.

Enquanto leio o panfleto Christian nos serve champanhe que eu nem havia percebido ter.

"Noite Estrelada - Amor Eterno", leio o nome da peça, embaixo há algumas informações sobre o elenco.

Aceito a taça e as luzes do teatro se apagam, Christian começa a mexer no celular e foco a minha atenção no palco.

A peça é sobre famílias rivais, os filhos acabam se apaixonando e se entregam a esse amor numa noite estrelada, e fazem juras de amor sob as estrelas. Ela descobre que está grávida, mas não tem tempo de contar para o seu amado, sua família a obriga a se casar e ele vai embora por não aguentar ver sua amada se casando com outro. Todas as noites ela encara as estrelas jurando amor eterno para seu amado. Anos se passam, o marido dela morre e agora ela está sozinha apenas com o filho, seu amado volta e descobre que tiveram um filho. Eles se reconciliam e para pedi-la em casamento ele a presenteia com uma estrela, pois durante todos esses anos a única coisa que não o deixou acreditar que aquele amor era apenas um delírio era olhar para o céu e admirar as estrelas que brilhavam como o olhar do seu grande amor.

Sinto os olhos do Christian a todo momento sobre mim.

A peça termina e estou aos prantos, por um momento sinto inveja da protagonista, mesmo acreditando ter sido trocado, seu amado não deixou de amá-la e apesar dos anos separados o amor deles não diminuiu, só aumentou.

Limpo as lágrimas rapidamente torcendo para o Christian não ter me visto chorar, mas sinto seu o olhar intenso.

— Vamos? — chamo, e ele concorda.

Na saída encontramos Paul, Steve e Anne, minha amiga parece ter chorado tanto quanto.

— O que achou? — Paul pergunta parece nervoso.

— Eu amei, Paul. Foi lindo, agora só aceito me casar se ganhar uma estrela também.

— Você já está noiva — fala rindo e me abraçando.

Estou noiva, mas não de verdade, penso com tristeza.

Paul é engolido por pessoas o parabenizando, me despeço de Anne e Steve.

— Não sabia que gostava tanto de romance — diz assim que entramos no carro.

— Toda mulher gosta de romance.

Durante o caminho o olhar do Christian é quase incômodo de tão intenso.

A semana já está terminando e o clima entre mim e o Christian está estranho, ele anda trabalhando até tarde e quando chega em casa já estou dormindo, às vezes sinto a cama afundar e ele me abraçar, mas o nosso contato além do profissional não passa disso.

Hoje decidi não ser mais um clichê triste e ambulante que fica esperando o homem chegar do trabalho, e o Christian chegou cedo.

— Vai sair? — pergunta, comendo-me com os olhos e se fixam na minha bota.

Lembro-me de Sydney e meus mamilos enrijecem. Penso em desistir de sair com Anne, mas lembro que ele passou a semana trabalhando até tarde e eu esperando, então coloco um sorriso no rosto.

— Sim, vou sair para jantar com a Anne.

Ele não diz nada e vejo que tomei a decisão certa.

Ando em direção à porta e algo passa pela minha cabeça.

— Christian? — Ele se vira e me encara. — Você quer que saia daqui? Porque se eu estiver atrapalhando posso ficar na Anne sem probl...

— Não fale besteira, Stella. Apesar de você deixar tudo de cabeça para baixo pode ficar o tempo que precisar.

Mordo o lábio para conter a vontade de sorrir, sei o quanto a minha desorganização o tira do sério, mas ele nunca reclamou.

Cansada de esperar pela Anne que está quase uma hora atrasada, peço para o garçom trazer um Cosmopolitan, ignorando a recomendação médica de não ingerir bebidas alcoólicas.

Felizmente, não vou precisar de tratamentos mais invasivos como transfusão de sangue, mas preciso seguir uma dieta e tomar vitaminas, contei sobre meu medo de ganhar peso e ela disse que não preciso me preocupar, pois com a quantidade de exercícios que faço não irei engordar, posso ganhar alguns quilos, mas obesidade não é uma preocupação. Só de lembrar-me como sofri na adolescência por causa do meu peso sinto calafrios, eu era feliz com o meu corpo, mas apontavam tanto o dedo para mim que se tornou algo que odiei em mim por anos.

Não quero descuidar da minha saúde, mas ficar plantada no bar do restaurante sem tomar um único drink é demais para mim, será apenas um.

Anne sempre se atrasa, mas hoje ela se superou.

— Stella?

Ao ouvir a voz um calafrio atravessa a minha espinha.

— Não sei por que você está falando comigo, mas sugiro que vá embora.

Trevor ignora a minha fala, senta-se no banco ao meu lado e descansa o braço no encosto do meu, deixando-me desconfortável por estar tão próximo.

— Sei que não quer falar comigo, mas eu só quero pedir desculpa por te beijar. Sei lá, entendi errado os seus sinais.

— Meus sinais? — Eu o encaro. — Eu não te dei sinais e mesmo que tivesse dado, você tem namorada!

— Eu sei, eu sei! — diz, tocando meu ombro e me esquivo. — Eu errei e estou pagando por isso. A Bri me deixou, perdi meu contrato com Jets... eu só quero recomeçar sem esse peso. Preciso que você me perdoe, não só pelo beijo, quero que me perdoe pela escola também.

A menção ao tempo de escola traz sentimentos que não gosto.

— Fui um canalha, não deveria ter exposto aquilo na frente de toda a escola.

Fico em silêncio, Trevor levanta e sorri de um jeito estranho, como se estivesse forçando.

— Espero que um dia possa me perdoar.

Vejo-o sair do restaurante e decido ligar para Anne, que me atende no segundo toque.

— *Oi...*

— Cadê você?

— *Desculpa, estou chegando. Você não sabe o que aconteceu.* — Respira fundo. — *Recebi uma mensagem do meu chefe dizendo que precisava conversar comigo e era urgente, daí tive que ir à revista, mas cheguei lá e ele não estava. Liguei para ele e aquele cretino disse que nunca me mandou mensagem. Algum idiota me passou trote, ou aquele cretino de merda está me testando.*

— Relaxa, estou te esperando.

Capítulo 25

Stella Garfield

Anne finalmente chega e pede mil desculpas. Tentamos entender o que aconteceu e acabamos descobrindo que o número que mandou mensagem não é o do chefe dela. Provavelmente algum engraçadinho achou divertido passar trote e na hora ela nem percebeu.

— Como eu não percebi isso?

— Sei lá, essas coisas acontecem. — Dou de ombros e começo a comer, estou com tanta fome após esperar por ela que poderia comer um boi.

Enquanto janto conto para ela sobre o Trevor.

— Não acredito que ele esteja arrependido. É tudo fingimento.

— Por que ele fingiria? — pergunto, tentando entender sua lógica.

— O alien gostoso fez ele ser demitido e ele quer o emprego de volta.

A conversa toma outro rumo e acaba se estendendo.

— Amiga, preciso ir, já são onze horas e diferente de você não transo com meu chefe, então não posso atrasar.

— Anne! — repreendo e ela ri.

Chego ao apartamento e Chris já está dormindo, mesmo sendo uma verdadeira tortura dormir com esse homem, me arrasto pela cama e me acomodo em seus braços, tentando não o acordar. Mesmo dormindo, ele me puxa para si e sinto sua respiração no meu pescoço, meu corpo inteiro arrepia. Meu coração acelera tanto que chega a doer com o gesto inconsciente, uma lágrima escorre e admito pela primeira vez em voz alta o que meu coração grita.

— Eu te amo.

Durmo me sentindo mais leve e com um pequeno sorriso.

Acordo sentindo algo duro contra a minha bunda e rebolo, a camiseta do Christian que estou usando sobe conforme rebolo, deixando-me sentir apenas o tecido fino da sua cueca contra a minha bunda mal coberta pela renda. Gemo quando o quadril do Christian impulsiona, sou virada de barriga para cima e as minhas mãos são presas acima da cabeça, Chris fica entre as minhas pernas pairando a centímetros da minha boca.

— Não me provoque, não vou parar.

— Não quero que pare.

Seu celular começa a tocar, mas ele ignora.

Travo as pernas na cintura e rebolo vendo os seus brilharem, mas ele não faz nada, fica parado vendo até onde vou.

Mordo o lábio e seus olhos se fixam na minha boca, observo suas expressões enquanto rebolo descaradamente, ficando mais molhada. Sinto minha umidade deixando o tecido da sua boxer também molhado, gemo rebolando mais rápido e vejo o maxilar do Christian travar.

— Stella! — fala, impulsionando o quadril, e solto gemido alto.

Tento beijá-lo, mas ele não deixa.

— Por favor, me fode — imploro. — Eu preciso do seu pau dentro de mim, me preenchendo, me fodendo do jeito que só você sabe.

Ao ouvir minha fala ele rasga a minha calcinha e prende os meus braços com o que sobrou dela.

— Quietinha, ou eu paro.

Balanço a cabeça concordando, louca de tesão. Chris sobe a minha camiseta e desce lambendo a minha barriga, mas antes que sua língua experiente encontre a minha boceta alguém bate à porta.

— O que foi, porra? — pergunta sem se mover e elevo o quadril, ganho um tapa e coro ao pensar que Donna escutou.

— Senhor West, desculpe incomodá-los — diz Donna sem graça —, mas o senhor LeBlanc implorou que pedisse para o senhor retornar as ligações dele. Ele disse ser urgente.

— Já vou!

Christian sai de cima de mim e lamento. Atordoada pelo tesão fico imóvel na cama e o Christian liga para Thomas sem tirar os olhos de mim, eles vagam pelo meu corpo e se detém no meio das minhas pernas, completamente abertas para ele, tento fechar, mas ele me impede com um gesto.

— Seja rápido, estou ocupado!

Desço meu olhar por seu peito largo e forte, me detenho no volume da sua cueca.

Algo que o Thomas diz faz sua expressão mudar para algo sombrio, ele tira o celular do ouvido e encara a tela, sua expressão piora a cada segundo, algo aconteceu.

— O que ho...

— O que foi fazer ontem à noite?

— Jantar com a Anne — respondo confusa o que parece irritá-lo.

— Se saiu com sua amiga, o que isso significa?

Joga o celular no meu colo, solto os meus braços e meus olhos devem dobrar de tamanho ao ver uma foto minha e do Trevor ontem, o ângulo faz parecer que estávamos bebendo no bar do restaurante e o sorriso dele só piora a situação, mas fica ainda pior ao ler a manchete.

"Problemas no paraíso?

Noiva de Christian West-Buchmann flagrada com jogador.

A mais nova noiva de Nova Iorque, e talvez futura senhora West-Buchmann, foi flagrada com o jogador do Jets, Trevor Fillmore, namorado de escola..."

— Chris, não é o que parece... — Levanto-me.

— Não? Porque parece que você estava bebendo com o jogadorzinho! — diz, avançando na minha direção e caio sentada na cama.

— Não foi isso que aconteceu! Por que eu faria isso? — pergunto, olhando nos seus olhos e a incredulidade no seu olhar me machuca.

Como ele não vê o quanto isso é absurdo?

— Eu sei que você é apaixonada por ele, porra!

Quase dou risada da sua fala.

— De onde você tirou que eu sou apaixonada por ele?

— Sua prima me contou tudo, mas escuta o que estou falando. — Claro que ela contou, o problema é que ela provavelmente distorceu tudo e ela não sabe que sou apaixonada é por esse babaca bem na minha frente. — Você está comigo e enquanto essa farsa durar você vai ficar longe desse jogadorzinho!

Lágrimas inundam os meus olhos e esmurro o seu peito, ele só se importa com essa merda de farsa e com a imagem dele. O que as pessoas vão pensar? Christian West-Buchmann está sendo traído.

— Seu babaca!

Tento empurrá-lo para longe de mim, mas ele nem se move, o que só me deixa com mais raiva.

— Saiu ontem com ele e minutos atrás estava implorando pelo meu pau.

Ele mal termina a frase e acerto um tapa no seu rosto, ele segura as minhas mãos e as prende acima da minha cabeça. Seu corpo prende o meu contra a cama, tento me soltar, mas é em vão e começo a chorar de raiva.

— Nunca mais faça isso!

— Vai se foder, seu idiota! Eu te odeio! E vou passar cada porra de minuto da minha vida tentando, mas eu vou matar essa droga de amor que sinto por você!

Todo o meu corpo treme de raiva.

Ele pisca algumas vezes e alivia o seu aperto, consigo me soltar e esmurro o seu peito na esperança de que o ferir faça o meu amor diminuir, ou pelo menos a dor no meu peito passar.

— O que você disse? — pergunta, ignorando completamente os meus empurrões como se eles não fossem nada e para ele, provavelmente não são, o que só me deixa mais irritada, nem o ferir fisicamente consigo.

— Eu disse vai se foder, seu idiota! Você e a sua merda de empresa! Arrume outra idiota para brincar de casinha com você, eu cansei...

— Cala boca, sua idiota — diz, segurando o meu cabelo e me beijando.

Por um segundo aproveito o beijo, mas me afasto e Christian volta a prender os meus braços.

— Nunca mais faça isso! Nunca mais! — berro.

— Você me ama — diz, encarando cada detalhe do meu rosto e me ignorando completamente.

— Eu te amava!

Ele sorri, um sorriso que faz o meu coração amolecer e mais lágrimas molharem o meu rosto.

— Repete, eu preciso que você repita.

Dou risada.

— Pra quê? Para alimentar o seu ego e dizer que conseguiu conquistar a secretária idiota.

— Sim, você é mesmo uma idiota. — Sua fala me deixa furiosa, mas antes que eu diga qualquer coisa ele volta a falar me deixando completamente imóvel. — Só uma idiota não perceberia o quanto me afeta. Eu sou a porra de um inconsequente perto de você. Porra, Stella, você bagunça a minha cabeça. Sabe o quanto eu quis matar aquele jogador minutos atrás por ele ousar chegar perto de você?

— O que você está dizendo? — pergunto atordoada.

— Eu não sei — me solta e segura o meu rosto —, mas sou capaz de matá-lo se descobrir que você está com ele porque você é minha, *mein stern*. Eu quero que se foda essa farsa, você é minha e isso não é uma farsa, nada com você é.

Meu coração bate acelerado e abro um sorriso do tamanho do mundo, até as minhas bochechas doem. Seguro seu rosto e encontro o seu olhar intenso.

— Você me ama?

Chris acaricia a minha bochecha com o polegar.

— Não sei — Sua resposta faz meu peito doer e meu sorriso morrer um pouco —, mas você é a pessoa mais importante do mundo para mim. Eu nunca senti por ninguém o que sinto por você, *mein Stern.* — Sorri e deposita um beijo rápido nos meus lábios. — Eu sou completamente seu, não existe outra mulher para mim além você.

— Chris... — falo, voltando a chorar.

— Mas, se quer ouvir... Eu te...

Toco seus lábios com o dedo, silenciando-o e nego.

— Não. Eu quero mais que tudo ouvir isso de você, mas eu quero que você tenha certeza absoluta... assim como eu tenho que eu te amo de todo o meu coração.

Ele sorri, quebrando-me de todas as maneiras possíveis, seu sorriso é diferente. Ele ainda não sabe, mas encarando o seu lindo sorriso eu sei, esse homem está apaixonado por mim.

Ele me beija roubando o meu fôlego e não me importo, ele é completamente meu, assim como sou completamente dele.

Envolvo o seu pescoço e cintura e rebolo.

— *Mein stern* — diz, interrompendo o beijo.

Christian West-Buchmann

Em um momento eu só queria matar aquele desgraçado por ousar tocar nela e queria que ela negasse ser apaixonada por ele. No outro eu era a porra do homem mais sortudo do mundo.

— Sou sua — diz, beijando-me —, foda a sua mulher.

Tiro minha cueca e penetro-a lentamente, sentindo suas paredes me apertarem, saio completamente e dou uma estocada forte, Stella fecha os olhos com força.

— Abra os olhos. Quero a minha mulher me olhando nos olhos quando estiver gozando no meu pau.

Beijo-a sem deixar de dar estocadas firmes e ela geme gostoso na minha boca. Algo parece diferente, mais intenso e o impossível acontece, o sexo com Stella fica ainda melhor.

— Diz — ordeno, dando estocadas lentas.

Seus olhos brilham.

— Eu te amo, Christian West.

A porra do prazer que sinto ao ouvi-la pronunciar essas palavras é inexplicável.

Saio de dentro dela e não dou tempo para ela protestar, troco nossas posições e ele fica por cima. Stella senta lentamente, torturando-me e começa a me cavalgar. Seus seios pequenos e perfeitos que cabem perfeitamente nas minhas mãos balançam para o meu deleite. Seguro um punhado do seu cabelo e a puxo para um beijo, ela não para, rebola mais rápido.

— Chris, eu...

Seguro firme na sua cintura e meto, sentindo o seu corpo ondular num delicioso orgasmo.

— Chris... — geme, gozando no meu pau.

Puxo seu cabelo e encaro seus olhos brilhantes, ela sorri.

— Te amo, seu ranzinza.

Acerto um tapa forte na sua bunda e sua boceta esmaga meu pau, gozo.

Stella cai sobre o meu peito e ficamos assim até as nossas respirações voltarem ao normal.

— Precisamos trabalhar — lamenta sem se mover.

Seguro firme sua cintura e levanto com ela.

— O que está fazendo? — pergunta rindo.

— Te levando para comer no banho antes do trabalho.

Ela gargalha emitindo aquele som engraçado meu peito se agita com o som da sua risada.

— Gosto disso — me beija.

Chegamos à empresa e damos de cara com Thomas e Hunter, eles se entreolham ao nos ver juntos e Hunter começa a coçar a cabeça.

— Bom dia — Stella cumprimenta.

Sigo em direção à minha sala, mando Stella me seguir e os dois esperarem.

Assim que entro na sala encaro Stella, apesar do que aconteceu mais cedo, ela não me disse por que tem uma foto dela com o jogador circulando.

— Por que você estava com o jogador ontem à noite?

Ela respira fundo e conta tudo o que aconteceu, ao final da sua fala mando Hunter e Thomas entrar.

— Descubra quem mandou mensagem para a amiga da Stella — falo para Hunter.

— O quê? Por quê? — Stella pergunta.

— Você não achou estranho sua amiga receber um trote bem no dia que fotografam vocês dois juntos?

— Bom, a Anne não acredita que ele esteja arrependido, mas não acho que ele tenha algo a ver com o trote, ele só quer o emprego de volta...

— Stella, ele não quer o emprego de volta, se quisesse jamais teria ido atrás de você e posaria para fotos.

— Acha que ele armou isso?

Quão inocente a Stella pode ser para não perceber isso? Aperto o nariz, sentindo vontade de socar aquele filho da puta, seja qual for a intenção dele se ele chegar perto dela mais uma vez acabo com ele.

— Vou ver se consigo descobrir quem foi o fotógrafo — diz Hunter. — E sobre o número, provavelmente usaram um descartável então não dá para contar com isso, mas já é um bom indício que foi armação, mas por qual motivo?

— Ele queria que o Christian terminasse comigo — fala para si e se dá conta que falou em voz. — A namorada dele terminou com ele depois que você bateu nele...

— Você bateu no cara? — Thomas pergunta parecendo surpreso e o ignoro.

— Saiam, preciso trabalhar.

Stella se vira para sair com eles, mas seguro seu braço impedindo a sua saída.

Fecho a porta e pressiono Stella, contra ela.

— O qu...

Beijo sua boca deliciosa, ela se derrete em meus braços, mas paro antes que o desejo se torne incontrolável.

— Você não anda mais sozinha, Charles vai te acompanhar para todos os lugares agora.

Charles tem o treinamento necessário para mantê-la segura.

— Por causa do Trevor? Christian não precisa disso, ele não vai fazer nada.

— Não vou arriscar.

Se ele foi capaz de armar essa situação ridícula pode tentar de novo ao ver que deu errado.

Os dias passam e Stella parece se infiltrar cada vez mais em mim e na minha vida. Ontem quando voltei do treino, a encontrei dançando no meio da minha cozinha enquanto comia sanduíche de pasta de amendoim e geleia. Após ir à nutricionista por causa da sua anemia ela parece ter se tornado menos obcecada com comida e parou de tomar aquele suco estranho ou vitamina no lugar do café da manhã. Ela ainda treina bastante, mas se alimenta direito e parece mais saudável.

Na empresa as coisas não poderiam estar melhores, os europeus finalmente entraram na fase de negociação, provavelmente até o fim do mês fecharemos o contrato com eles.

Tudo parece estar no seu devido lugar.

Três batidas conhecidas me fazem tirar a atenção de alguns documentos. Stella me encara da porta com um sorriso tímido.

— O que foi, *mein stern?*

Seu sorriso se torna enorme.

— Adoro quando me chama assim — admite, entrando.

Afasto minha cadeira, a puxo para o meu colo e dou um beijo rápido.

— O que veio fazer aqui?

— Estava indo embora, mas...

Subo a mão por sua coxa sentindo a sua pele arrepiar.

— Mas?

— Você não jantou, então achei que... quer jantar comigo? Tem um restaurante aqui perto que...

Nego e vejo a decepção no seu olhar.

— Vou te levar num lugar que você vai adorar.

Ela sorri e se levanta do meu colo.

Observo Stella comer o último pedaço do bife que pediu impressionado, meses atrás provavelmente ela pediria um prato de salada.

Quando ela descobriu que jantaríamos no Rainbow Room, no Rockefeller Plaza sorriu de orelha a orelha. Stella cresceu em uma família rica e mesmo assim é uma das pessoas mais humildes que conheço, é incrivelmente fácil de agradá-la, um passeio de barco e um jantar a faz sorrir como criança.

— Por que está me olhando assim?

— Estou apenas te olhando.

Minha resposta parece não a agradar, mas não diz nada.

— Vamos? — Ela concorda e a guio para o elevador.

Seguimos para o elevador, ela me encara com a testa franzida.

— Vamos subir?

— Sim, não vim aqui para te trazer ao restaurante.

— Mas... Achei que... Aonde vai me levar?

— Já vai descobrir.

As portas se abrem e descemos no Top Of The Rock, observatório do Rockefeller Center.

— Uau! Que vista maravilhosa!

Anda até o parapeito de vidro e observa a vista com um sorriso.

Aproximo-me após um tempo, ela envolve o meu pescoço e me beija.

— Obrigada por me trazer aqui. Adorei!

Seguro seu rosto e a beijo, sentindo o seu sorriso contra os meus lábios.

— O que foi? — pergunto.

— Foi aqui que te obriguei a ser meu namorado, e aqui estamos nós.

— Dessa vez eu que te obriguei.

— Porque eu perco qualquer filtro depois de uma garrafa de vinho — diz envergonhada e lhe dou um beijo rápido.

Ela descansa a cabeça no peito e fica observando a vista.

— Por que fez aquilo?

— O quê?

— Fingir ser minha namorada.

Ela fica tensa e tenta se afastar, mas não permito.

— Não foi pelo Trevor, eu não sinto nada por ele, nunca senti. Era apenas uma paixonite de adolescente. — Respira fundo.

Mesmo sabendo que ela me ama, gosto de saber que ela nunca sentiu nada por ele.

— Mas ao mesmo tempo foi por causa dele. — Tenta se afastar novamente, mas a aperto mais em meus braços e sinto o seu sorriso contra o meu peito. — Na escola eu era diferente... era gordinha e tinha espinhas... Eu não me importava, sabia que as espinhas iriam sumir e o peso eu só precisava de dieta, mas eles não deixavam esquecer como eu era feia... — Sua voz falha e afago suas costas. — No baile de formatura o Trevor me convidou, ele era o garoto mais bonito e popular da escola, todas as meninas tinham uma paixonite nele. Me senti nas nuvens com o pedido — faz uma pausa —, no dia do baile descobri que a Regina o pagou para me levar ao baile, mas ele resolveu me contar isso na frente de toda a escola...

Ela respira fundo e sinto a minha camisa molhada, ela me aperta como seu eu fosse a sua tábua de salvação. Começo a entender por que ela é tão insegura com o corpo mesmo sendo tão linda. Aquele filho da puta!

— Todos riram, me ridicularizaram... Foi o pior dia da minha vida. Depois disso a cidade toda começou a cochichar sobre a idiota que contratou um cara para sair com ela, então meu avô me tirou da cidade e ficamos viajando até minhas aulas na faculdade começarem.

— Todas as pessoas que estavam no aniversário da sua prima, estavam na formatura?

Ela balança a cabeça confirmando.

— Por isso eu precisava que você fosse comigo. Eles acreditavam que você era meu namorado e se eu aparecesse sem você...

— Iriam fazer a mesma coisa que fizeram na escola.

Idiotas! Um monte de adultos agindo como adolescentes idiotas.

Capítulo 26

Stella Garfield

Acordo com o barulho do meu celular vibrando e sorrio ao ver o braço do Christian envolvendo o meu corpo. Foi estranho contar sobre o baile, mas quando terminei percebi que me sentia mais leve.

Meu celular volta a vibrar e atendo antes que ele acorde.

— Bom dia, mãe — atendo, saindo dos braços do Christian.

— Desculpa ligar esse horário, mas... — Seu tom faz um calafrio atravessar o meu corpo.

— O que aconteceu? — pergunto apavorada.

— O seu avô sofreu um infarto.

Por alguns segundos meu coração parece parar e o ar fica escasso, um soluço irrompe de mim.

— Ele... — Não sou capaz de completar a pergunta, soluço alto com o rosto completamente úmido pelas lágrimas.

— Não! Ele está internado...

— Estou indo imediatamente.

Não termino de ouvir o que ela tem a dizer, desligo, minhas pernas parecem amolecer ao me dar conta que posso perder o meu avô a qualquer momento, braços fortes circulam o meu corpo acalmando um pouco o meu coração.

— O que aconteceu, *mein stern*? — pergunta parecendo preocupado.

— O meu avô infartou.

Ele me puxa para o seu peito e diz que vai ficar tudo, me apego às suas palavras.

— Vou mandar preparem o avião e o Charles vai te acompanhar.

Agradeço e arrumo a minha mala em tempo recorde, Christian diz que posso ficar o tempo que for preciso e mais uma vez agradeço.

Charles sobe para pegar minha mala, mas antes de ir abraço o Christian apertado já sentindo sua falta.

— Se cuida — praticamente ordena e sorrio.

— Vou me cuidar. — Fico na ponta dos pés e lhe dou um beijo rápido.

Chego ao hospital e encontro a minha mãe na recepção, seu rosto está inchado pelo choro e meu pai a abraça afagando suas costas.

— Como o vovô está?

— Ai, minha filha. — Ela me abraça chorando.

Olho apavorada para o meu pai e ele me tranquiliza com um balançar de cabeça.

Eles me atualizam sobre o estado do vovô que é delicado, mas agora está estável. Ficamos esperando notícias por horas até finalmente um médico aparecer.

— Seu pai já está fora de perigo, mas vou mantê-lo aqui para monitorá-lo de perto.

— Graças a Deus — diz minha mãe e começa a chorar.

Respiro aliviada, parece que um peso foi arrancado das minhas costas.

— Podemos vê-lo? — pergunto.

— Sim, mas um por vez e por apenas 15 minutos. Ele precisa descansar.

Falo para a minha mãe ir primeiro, mas ela prefere que eu vá, pois não quer que o vovô a veja chorando.

O caminho até o seu quarto parece maior do que realmente é, quando finalmente encontro o seu quarto respiro fundo antes de entrar, mas nada pode preparar uma neta para ver o seu avô em uma cama de hospital. Ele sempre foi um homem tão ativo, nunca imaginei vê-lo nessa situação.

Eu me aproximo dele e toco sua mão, ele dorme tão tranquilo que nem parece ter sofrido um infarto e quase nos infartou junto.

— Você precisa sair logo daqui, tenho novidades vovô. — Tiro o seu cabelo da testa. — Não vou mais precisar chorar no seu colo, o Christian está apaixonado por mim, ele ainda não disse, mas eu sei que está, vejo nos olhos dele. Ele me chama de Minha Estrela...

Continuo contando para ele até uma enfermeira me chamar.

Acordo de um cochilo com todo o meu corpo dolorido por dormir sentada e percebo que Charles me cobriu com o seu terno. Tiro o terno e o ar frio do hospital me faz arrepiar.

Levanto-me e ando até a entrada da recepção, onde Charles está parado igual a um cão de guarda.

— Onde estão os meus pais?

— Eles foram comer na cafeteria do hospital, a senhorita também deveria ir.

Nego, não consigo colocar nada no estômago agora.

— Obrigada. — Entrego seu terno. — Charles, você pode ir para a casa dos meus pais descansar, minha mãe mandou preparar um quarto para você.

— Vou ficar com a senhorita, foram ordens do senhor West.

— Então senta um pouco, não precisa varar a noite em pé. — Já é uma hora da manhã.

Ele concorda e vou buscar informações sobre o meu avô.

— Qual o nome do paciente? — pergunta a recepcionista.

— George! George Garfield — diz Regina.

Ela para do meu lado enquanto a recepcionista busca informações sobre o estado do nosso avô.

— Por que demorou tanto?

— Diferente de você, priminha, eu não dou para o chefão — diz ácida.

Respiro fundo e ignoro sua fala, nem quando o nosso avô está internado a Regina para de agir igual uma vaca.

— Ele está estável, daqui a pouco a equipe médica vai reavaliá-lo.

— Posso vê-lo? Moro em Nova Iorque e preciso voltar ainda hoje — indaga e a encaro sem acreditar que ela vai embora.

— Claro, mas apenas 15 minutos.

Nós nos afastamos da recepção e a seguro pelo braço.

— É sério que vai embora?

— Eu trabalho, Stella. — Puxa o braço.

— Dane-se, Regina! Nosso avô está numa cama de hospital.

— Dane-se? Você diz isso porque não precisa realmente trabalhar, é uma mimadinha que fica brincando de secretária. Na hora que quiser tem uma empresa multimilionária, que o seu pai arrancou do meu, te esperando. — Sua fala é repleta de ódio.

— Meu pai não arrancou a empresa do seu — defendo meu pai sem entender esse acesso de fúria dela.

O pai da Regina, irmão da minha mãe e filho do vovô George, era viciado em jogos e acabou se endividando, então o meu pai comprou a sua parte na construtora e pagou até mais do que valia, mas quando ele e a esposa morreram no acidente de helicóptero já não tinham mais um centavo e ainda estavam devendo. O vovô ficou com a guarda dela e meus pais bancaram os seus estudos até a sua formação, mesmo não tendo nenhuma obrigação.

Ela me encara como se eu fosse a pessoa mais desprezível no mundo e vira as costas para mim.

Volto para o meu lugar e Charles me encara com a testa franzida.

— Tudo bem, senhorita Garfield? — Confirmo e ele começa a digitar algo no celular.

Uns 10 minutos após entrar, Regina sai chorando do corredor que dá acesso aos quartos. Alarmada e com o coração disparado ando até ela.

— O que aconteceu?

— O vovô... ele começou a passar mal... Os médicos estão com ele.

Passo a mão no peito e começo a rezar para não ser nada grave.

Os meus pais voltam da cafeteria e dou a notícia para eles, mamãe parece prestes a desmaiar a qualquer momento. Ficamos por quase uma hora esperando notícias, mas ninguém aparece para dizer nada. Estou quase arrancando os cabelos quando o médico que está atendendo o meu avô aparece.

— Como ele está? — minha mãe pergunta desesperada.

— O quadro dele piorou, ele infartou de novo e agora está sendo levado para a sala de cirurgia.

A notícia faz a minha mãe cair aos prantos e é acolhida pelo meu pai.

— Ele vai ficar bem? — inquiro controlando a vontade de chorar.

— Vamos fazer o possível para ele ficar bem.

As próximas horas são as mais angustiantes da minha vida, acho que nunca orei tanto em toda a minha vida. Quando o médico volta e diz que a cirurgia foi um sucesso deixo as lágrimas de felicidade molharem o meu rosto. Ele avisa que as visitas estão suspensas pelas próximas 24 horas e nos orienta a voltar para casa, qualquer coisa o hospital nos avisa.

— Parece errado ir para casa enquanto o meu pai está em uma cama de hospital.

— Você precisa descansar, meu amor — diz meu pai, dando um beijo em sua testa. — Não podemos fazer nada por ele a não ser esperar notícias.

Nós nos encaminhamos para fora do hospital e Charles abre a porta do carro para mim.

— Venha no nosso carro, Regina — diz meu pai.

— Eu preciso voltar para Nova Iorque, o vovô não pode receber visita a minha presença aqui é totalmente dispensável.

Meus pais a encaram chocados, mas não fico para ouvir suas desculpas para não ficar, entro no carro e Charles arranca em direção à casa dos meus pais.

Christian West-Buchmann

Hunter sai da minha sala e mando ele avisar a prima da Stella que quero falar com ela.

Faz três dias que Stella foi para Middlebury, Charles está me mantendo informado sobre a Stella e tudo o que acontece por lá, desde o dia que ele me informou sobre a pequena discussão das duas no hospital um sinal de alerta começou a piscar na minha cabeça e eu estava certo, foi ela que vazou a notícia do nosso namoro ser falso e inventou que eu abusei da Stella.

Ela pede licença para entrar e autorizo.

— Mandou me chamar, Christian?

— Passe no RH, eles já providenciaram tudo para a sua demissão — falo sem desviar o olhar de uns papéis.

— Mas... Você não pode fazer isso, trabalho para o Thom...

Largos os papéis e a encaro.

— Eu posso tudo, a empresa é minha.

Seu rosto fica vermelho de raiva.

— Antes que eu me esqueça, os meus advogados vão entrar em contato...

— Eu que deveria colocar os meus advogados atrás de você. Está me demitindo sem motivo.

— Mensagens suas com um colunista onde você me acusa de ter abusado da Stella dizem que eu tenho motivo suficiente para te demitir, te processar e arrancar cada centavo que eu conseguir.

Seus olhos se arregalam.

— Avise aos seus amiguinhos, incluindo o jogador, que o próximo que cruzar o caminho da Stella vai se arrepender de ter nascido, o mesmo vale para você.

Bufando ela se vira para sair sai da minha sala.

— Provavelmente você vai para a casa dos pais dela, se eu descobrir que você fez qualquer coisa contra ela, vou garantir pessoalmente que você não consiga arrumar nem emprego para lavar banheiro.

Ela se vira.

— Isso tudo por causa daquela vagabunda da minha prima?

Sinto uma vontade quase assassina de enforcar essa mulher até ela engolir essas palavras.

— Não, isso é porque você mexeu com a pessoa errada, a minha mulher.

Raiva brilha no seu olhar, sai batendo a porta e volto ao trabalho.

Enquanto almoço com o europeu que quer fechar contrato com a Lebensmittel recebo uma mensagem da Stella.

"Meu avô teve alta, vamos levá-lo para casa, mas ele ainda não está 100%, então se não for abusar gostaria de ficar mais uns dias aqui."

Já faz uma semana e meia que ela foi para lá e agora ficará mais uma semana, talvez fique por lá de vez e assuma a construtora para ficar perto da família, o pensamento traz um aperto no peito.

"Fique quanto tempo precisar."

Stella tem tudo o que me estressa nas pessoas, é resmungona, tem sempre uma resposta afiada na ponta da língua, fala demais, só sabe se meter em confusão, é desastrada, desorganizada e faz barulho demais, a televisão da minha casa fica ligada praticamente o dia inteiro com aquelas séries e filmes policiais. Ela é tão desastrada quando está à vontade e pensa que ninguém está olhando que chega a ser engraçado, mas gosto da sua presença constante. Tento me imaginar sem ela e não consigo, isso é novo, eu não me importo com as pessoas entrando e saindo da minha vida, não me importo nem com as pessoas, mas me importo mais do que achei ser capaz de me importar com uma pessoa.

Solto uma risada chamando a atenção do europeu e de Thomas.

— Com licença, Thomas vai fazer companhia para você, mas agora preciso ir — falo, levantando-me e saindo do restaurante.

— Christian? — Thomas me chama quando estou prestes a entrar no carro. — O que você está fazendo? Esse homem vai fechar um contrato que você deseja há anos e você sai assim no meio do almoço sem dar explicação?

— Assuma o restante da negociação, vou ficar uns dias fora.

— O quê?!

Entro no carro e mando o piloto preparar o meu avião.

Capítulo 27

Stella Garfield

Puxo uma cadeira para o meu avô e ele faz uma careta, ele está odiando o cuidado excessivo que estamos tendo com ele.

— Eu consigo puxar uma cadeira sem morrer!

— Não tem graça essas piadas, vô.

Sento-me ao seu lado e ele aperta a minha mão.

— Minha estrelinha, não se preocupe comigo, não vou morrer antes de ver você entrando na igreja com um vestido branco.

Sorrio e o almoço é servido, mais uma vez meu avô reclama ao ver que a comida não está temperada como de costume e pela próxima hora reclama de mais meia dúzia de coisas.

Entro na biblioteca enorme dos meus pais e automaticamente lembro do Christian, a saudade aperta e sinto vontade de ligar só para ouvir sua voz, mas sei que ele está trabalhando e não quero atrapalhar, nem parecer grudenta.

Diferente da biblioteca que ele estudava, aqui é claro, janelas que vão até o teto deixam a luz natural entrar, alguns livros chegam a ficar com as lombadas desbotadas pelo sol. Meus os pais não se importam com isso, eles só querem sentar aqui e ler um livro enquanto admiram a linda vista para o lago.

Pego vários livros para ler, mas nenhum me agrada, olho em volta e vejo vários fora do lugar. Olho para as prateleiras mais altas e vejo uma edição de O Morro dos Ventos Uivantes, puxo a escada, pego o livro e quando vou descer deixo o livro cair, na tentativa de tentar pegá-lo acabo desequilibrado, mas não caio, braços conhecidos me seguram.

— Você não pode ficar sozinha — diz Christian em tom de repreensão.

— Misericórdia!

Giro nos seus braços com um sorriso enorme.

— O que está fazendo aqui? — pergunto sem acreditar que ele está aqui.

Ele não responde à minha pergunta, segura minha nuca e me beija como se estivesse precisando desse beijo, envolvo o seu pescoço e aproveito para matar a saudade que estava sentindo dele.

Sem fôlego interrompo o beijo.

— Amor, preciso respirar — falo sem conseguir parar de sorrir.

Christian me encara como se estivesse me vendo pela primeira vez.

— O que você disse?

— Que preciso respirar. — Toco sua barba por fazer e dou um beijo rápido nos seus lábios.

— Não, você me chamou de amor.

— Chamei? — Nem percebi. — Mas, você é o meu amor.

— Você nunca me chamou assim, posso me acostumar com isso.

— Pois pode se acostumar, meu amor.

Christian segura minha cintura e me faz sentar na mesa que tem no meio da biblioteca.

— O que está fazendo aqui? Pensei que estivesse trabalhando.

— Vim te levar para jantar — diz, beijando o meu pescoço.

— Você é louco? — indago com a voz trêmula, seus beijos me deixam mole.

Segura meu rosto entre as mãos e morde meu lábio inferior.

— Sim, por você.

Todo meu corpo arrepia com a sua fala e o puxo para um beijo.

Enquanto desço as escadas só consigo lembrar de mais cedo com o Christian na biblioteca, nunca mais vou conseguir entrar lá sem lembrar-me dele.

Chego ao final da escada e acabo escutando um pedaço da conversa dele com os meus pais.

— Aquela menina é uma inconsequente, o avô quase morreu, mas ela não veio visitá-lo uma única vez — diz meu pai e recebe uma bronca da minha mãe.

Suspiro triste, apesar de ter adorado não ver a Regina, sei que o meu avô gosta muito dela. Ele só perguntou dela quando acordou e falamos que ela foi embora por causa do trabalho, depois disso ele nunca mais perguntou e sempre que citamos o nome dela ele parece ficar triste.

— Meu Deus! Você está linda, minha filha — fala meu pai e mamãe confirma.

Christian se vira, seus olhos me devoram e devo corar sob seu olhar intenso.

— Está linda, *mein stern*.

Coloquei um vestido de seda vermelho frente única, ele deixa as minhas costas nuas, apesar de curto ele não chega a ser vulgar. Nos pés coloquei uma sandália preta de tiras.

— Obrigada — agradeço aos dois.

Nós nos despedimos do meu pai e saímos, Charles nos aguarda e sorri ao nos ver saindo juntos de casa.

Uns 20 minutos depois paramos no club de golfe e encaro o Christian sem entender o que estamos fazendo aqui.

— Chris, eles não servem jantar aqui. Acho até que estão fechados.

— Hoje eles estão abertos.

Desço e quase sinto falta do inverno ao sentir o vento de quase 30°C. Aproximamo-nos da entrada um funcionário aparece e nos entrega a chave de um carrinho.

— Me siga por favor, senhor West.

Encaro Christian tentando entender o que está acontecendo, mas ele não diz nada. Seguimos o funcionário por alguns minutos e um sorriso começa a brotar no meu rosto ao ver uma das árvores do clube completamente iluminada e embaixo dela uma mesa montada.

Observo Christian, mas ele continua calado. O funcionário dá meia-volta e Christian me ajuda a descer, olho em volta encantada. Luzes amarelas estão penduradas por toda a árvore, deixando um clima aconchegante, algumas almofadas e tapetes estão estirados e há flores por todos os lugares.

— Christian, eu... nossa, amei tanto que nem sei o que dizer.

Ele circula a minha cintura e me beija.

— Não precisa dizer nada, ainda não.

Não tenho tempo de pensar na sua frase misteriosa, ele puxa uma cadeira para mim e um garçom nos serve, o jantar é delicioso e pela primeira vez desde que cheguei em Middlebury me sinto feliz e meu peito se aperta com a constatação. Chris agora é o meu lar, é com ele que me sinto à vontade para ser eu mesma, é com ele que quero estar e construir histórias, compartilhar momentos.

— Eu te amo! — Sai naturalmente e ele sorri.

Levanta-se e estende a mão para mim.

— Vem cá.

Seguro sua mão e ele me guia até um telescópio que eu não havia notado.

— O que é isso?

— Um telescópio.

— Eu sei, mas o que isso significa.

Christian não é um homem que admira estrelas, então estranho.

— Olhe por você mesma.

Ele me dá licença e olho para onde o telescópio está mirando e não vejo nada além de uma estrela.

— Estou vendo uma estrela. Deveria ver algo específico? — pergunto, tentando ver se tem algo a mais, porém é apenas isso, uma estrela.

— Essa estrela se chama Stella.

Eu o encaro pensando que ele está brincando, mas é claro que o Christian não está brincando, seu rosto está sério.

— Como você encontrou uma estrela com meu nome? — pergunto sorrindo.

— Você disse que só aceita se casar se ganhasse uma estrela.

Fico alguns segundos o encarando e tentando processar a informação.

— Você... O que você comprou... — gaguejo.

Como ele lembrou disso?

Meu coração bate acelerado no peito e minhas mãos começam a suar, não pode ser o que estou pensando.

Christian se aproxima e segura meu rosto, obrigando-me a encará-lo.

— Eu te amo, e quero que você se torne, Stella Garfield West-Buchmann.

Pisco várias vezes, ele disse que ama, com todas as letras e comprou uma estrela para me pedir em casamento. Sinto-me como se estivesse dentro de um sonho, um maravilhoso, o mais perfeito de todos.

— Você está falando sério?

— Nunca falei tão sério em toda a minha. Aceita ser minha esposa?

Começo a chorar me sentindo a mulher mais feliz do mundo, o homem que amo acabou de me dar uma estrela e me pedir em casamento, meu coração parece que vai explodir de tanta felicidade.

— Você ainda pergunta? Eu te amo, Christian West e tudo o que mais quero é ser sua esposa. Mil vezes sim! Sim, sim, sim, si...

Sou silenciada por um beijo.

Christian West-Buchmann

Abro uma garrafa de champanhe, Stella aceita uma taça, sento-me ao seu lado nas almofadas. Brindamos, ela toma um pequeno gole e me encara.

— O que foi?

— Eu não consigo acreditar que isso é real, esse lugar, o pedido... você.

Infiltro a minha no seu cabelo e dou um beijo nela.

— Isso parece real para você? — Inquiro e ela concorda. — É tão real que quero me casar com você o mais rápido possível. — Seus olhos se arregalam. — Marque uma data e gaste milhões com flores, decoração e tudo o que você quiser, mas suba ao altar o mais rápido possível.

— Misericórdia! Quer ficar viúvo antes de casar? — pergunta sorrindo.

— Quero que você seja minha.

— Eu sou sua desde o dia que você me beijou naquela boate — diz, tocando meu rosto.

Stella me encara por um tempo e vejo seus olhos ficarem marejados.

— Repete — pede, mordendo o lábio.

— Eu te amo.

Uma lágrima escorre e limpo sua bochecha.

— Eu também te amo, meu amor.

O que sinto ao ouvi-la falar isso é algo inexplicável, beijo seus lábios deliciosos e Stella sobe em cima de mim. Minhas mãos passeiam pelo seu corpo, desço até encontrar a barra do seu vestido e subo, para minha completa surpresa ela está sem calcinha.

— Sem calcinha?

— Estava torcendo para você tirar o meu vestido nesse jantar.

Puxo sua boca gostosa para um beijo e a faço rebolar no meu colo. Enfio minha mão por baixo do seu vestido e aperto as duas polpas da sua bunda com força, Stella geme e interrompe o beijo.

— Espero que você tenha mandado os funcionários sumirem.

Leva as mãos à barra do vestido e o retira, ficando completamente nua, seus seios firmes e empinados estão cobertos pelo seu longo cabelo. Agradeço por lembrar mandar todos os funcionários sumirem depois do jantar, não quero ninguém vendo a minha mulher... A minha noiva assim, só eu vou vê-la assim daqui para frente, nua, deliciosa e completamente minha.

Ela fica de joelhos, sem pressa tira minha calça e cueca. Stella se encaixa entre as minhas pernas e segura meu pau, seus dedos delicados mal dão a volta nele. Sua língua quente e úmida lambe da base até ponta, sem aviso ela o leva inteiro na boca, puxo o ar com força e impulsiono o quadril. Suas unhas cravam na minha coxa e ela me leva fundo na sua garganta até engasgar.Faz isso repetidas vezes, lágrimas se formam nos seus olhos.

— *Mein stern,* se continuar eu vou...

Não consigo terminar a minha frase, ela me leva até o fundo da garganta e segura, suas unhas cravam nas minhas coxas, e é o meu fim, gozo sentindo os músculos das minhas coxas se contraírem. Stella não desperdiça uma gota, toma tudo.

Seguro seu cabelo e a puxo para um beijo, Stella se segura nos meus ombros e senta lentamente, sua boceta está encharcada e aperta o meu pau. Apoia as mãos no meu peito e começa a me cavalgar sem desviar o olhar, gostosa, sexy pra caralho. Ela aumenta o ritmo e não aguento mais, em movimentos rápidos a faço ficar de quatro e a penetro, ela arfa, seguro seu cabelo e meto em sua boceta deliciosa sentindo-a pingando de excitação.

Puxo-a até suas costas baterem no meu peito.

— Se toque enquanto fodo essa bocetinha deliciosa.

Ela geme alto e começa a se tocar.

— Amor, por favor... não para.

Ouvi-la me chamando assim me enlouquece, aumento o ritmo das minhas arremetidas, sentindo Stella contrair em volta do meu pau. Beijo e lambo a pele sensível do seu pescoço, sentindo o gosto salgado do seu suor, seu corpo começa a convulsionar.

— Chris... — Goza gemendo o meu nome.

Não a deixo se recuperar, eu a faço se deitar com o rosto colado nas almofadas e a bunda empinada para mim, admiro-a toda abertinha e sedenta por mim.

Abaixo na altura do seu ouvido.

— Tão gostosa.

Espalho sua lubrificação e penetro um dedo no seu cuzinho, ela contrai.

— Chris...

— Relaxa, vou comer esse cuzinho gostoso e você vai implorar por mais como da última vez.

— Misericórdia! Vou casar com um tarado pervertido — fala, empurrando o quadril contra meu dedo, sorrio.

Sua fala me faz ver que realmente vamos nos casar, de verdade. Nada de farsas. Meu peito se agita com o tanto que amo essa mulher, não pensei que fosse capaz de um dia amar alguém desse jeito, porra, abandonei uma reunião superimportante e nem me importei, só queria vir aqui e ter certeza de que ela será minha para sempre.

— E eu vou me casar com a secretária mais safada e gostosa.

Levanto-me e pressiono meu pau no seu cuzinho, ela protesta, uso mais da sua lubrificação e volto a penetrá-la lentamente. Quando estou completamente dentro, deixo-a se acostumar com o meu tamanho enquanto dou atenção ao seu clitóris, ao poucos ela vai relaxando e sua excitação aumenta, molhando os meus dedos. Começo com arremetidas lentas e conforme aumento o ritmo os seus gemidos vão ficando mais altos, mais ensandecidos. Dou um tapa forte na sua bunda e seu cuzinho contrai, quase gozo.

— Mais — pede rebolando —, bate, mais.

Acerto outro tapa forte e ela solta uma série de palavras incompreensíveis.

A visão dela toda empinadinha com o meu pau enterrado no seu cuzinho e ela gemendo por mais me deixam maluco, quando noto que ela está quase gozando seguro sua cintura com força, minhas estocadas se tornam mais fortes e rápidas. Stella praticamente grita ao gozar, e gozo sentindo meu gozo preencher o seu cuzinho.

Saio lentamente dela, Stella cai exausta sobre as almofadas e meus olhos vão para a minha porra escorrendo de dentro dela, meu peito se agita com a possessividade.

Deito-me ao seu lado e a puxo para um beijo.

— Eu te amo — diz sem desgrudar os lábios dos meus.

Afasto-me e a encaro.

— Te amo, futura senhora West-Buchmann.

— Misericórdia, eu amo ouvir isso. — Seu sorriso ao dizer isso é imenso. — Repete.

Repito e ela me enche de beijos, sobe em cima de mim e me encara com um sorriso.

— Não estou reclamando desse pedido de casamento perfeito, mas senhor West você esqueceu a aliança.

— Não esqueci. — Pego sua mão. — Você já está usando a aliança.

— Mas essa aliança...

— Eu escolhi essa aliança pensando em você, minha estrela.

Ela desvia o olhar do meu e encara a aliança, seus olhos começam a ficar marejados.

— Estrela... — diz, encarando a aliança. — Por que não me disse?

— Não sei.

Ela me beija e pela primeira vez me sinto feliz, completo.

Stella Garfield

A primeira coisa que faço ao acordar é admirar o anel no meu dedo, nem acredito que o Chris que escolheu esse anel para mim, meu peito parece que vai explodir de tanta felicidade.

— Chris? — chamo ao perceber a cama vazia.

Ele surge da varanda, apenas com uma cueca branca e sorrio pensando o quão sortuda sou, esse alemão delicioso é todo meu.

— Bom dia, *mein stern* — diz, dando-me um beijo.

— Bom dia, meu amor.

Um brilho possessivo surge no seu olhar.

— Tudo bem? — pergunta, descendo a mão em direção à minha boceta.

— Ah, está começando a melho... — Calo-me ao sentir seus dedos me penetrarem.

Desço as escadas animada e sigo a voz do meu avô.

— Não a quero perto da Stella, tire isso da cabeça da Elizabeth.

Quem o meu avô não quer perto de mim?

— Eu nunca quis essa garota aqui, só a aceitei por você e pela Beth.

— O que está acontecendo? — inquiro, assustando-os.

— Bom dia, estrelinha — diz vovô e me dá um beijo na bochecha.

— É tão bom ter você em casa, minha filha. — Recebo um beijo na testa do meu pai.

— Vocês não vão falar por que querem a Regina longe de mim?

Minha pergunta parece surpreendê-los, eles se entreolham.

— Sua prima não presta — diz Christian.

Viro-me e o encaro com a testa franzida.

— Ela andou vendendo informações sobre nós para a imprensa, quando a demiti ela tentou me ameaçar.

Arregalo os olhos, nunca imaginei que fosse a Regina.

— Por isso não a quero perto de você, Stella. A Regina não é mais a menina que eu conhecia, aquela menina não tentaria prejudicar a prima. — Sua voz está embargada e os olhos rasos d'água.

— Oh, vovô! — Abraço-o apertado e o ouço começar a chorar. — O senhor não pode se alterar.

— Andrew, podemos conversar? — Chris chama o meu pai, e eles nos deixam a sós.

— Sinto muito, vovô — falo de coração.

Sinto-me um pouco culpada, se eu não tivesse insistido tanto para ir com os pais dela naquele helicóptero a mãe dela se salvaria em vez de me salvar, e talvez tendo a mãe, Regina fosse uma pessoa diferente.

Ele se afasta e limpa o rosto, não gosto da tristeza estampada nele.

— O que posso fazer para te alegrar? Não gosto de te ver triste.

— Fale que aquele alemão sem vergonha veio aqui para dizer que te ama, ou coloco ele para fora desta casa.

Sorrio.

— Ele veio, e me pediu em casamento de verdade.

Meu avô leva a mão ao peito e o amparo.

— Vô, o que o senhor está sentindo?

— Nada, menina! Só estou feliz. Não vou morrer antes de...

— Me ver entrando de branco na igreja — completo sua frase e ele sorri, a tristeza parece sumir do seu rosto.

Ele me pede para contar como foi o pedido e conto todos os detalhes, sobre a estrela, a aliança, o jantar no clube, deixando de lado que nós transamos como animais e que qualquer um poderia nos ver.

— Meu Deus! A Anne, preciso contar para ela — falo de repente, e meu avô ri.

— Vai lá, Estelinha.

Subo e do quarto ligo para Anne que atende no primeiro toque.

— *Amiga, você não faz ideia da novidade que eu tenho!*

— Não deve ser maior que a minha.

— *Nossa, vindo de você acredito.* — Ri. — *Conta a sua primeiro.*

— Christian disse que me ama e me pediu em casamento.

— *Porra!* — Ela começa a tossir sem parar.

— Anne? O que aconteceu? Você está bem? — pergunto preocupada, mas ela não para de tossir.

— *Porra, Stella! Engasguei com o meu café. Como você não me preparou antes de dar uma notícia dessas?* — Ela não me deixa responder. — *Sortuda! O Alien Gostoso te ama, porra! Detalhes, quero detalhes até do sexo depois...*

— Anne, se toca!

— *Ok, mas saiba que você é uma péssima amiga. Eu te contaria como é transar com um homem igual ele!*

Dou risada, Anne é louca.

Conto sobre o pedido, e Anne comemora comigo, meus olhos se enchem de lágrimas ao ouvir sua alegria por mim, Anne é a melhor amiga que alguém poderia ter.

— *Uau!* — diz quando termino. — *Agora me sinto até sem graça de dizer que a minha novidade é que a revista foi comprada por um italiano gostoso.*

Gargalho, Anne sempre fica super empolgada com um homem bonito.

Os últimos três dias passaram voando, me vi mergulhada em uma espécie de sonho, durmo e acordo com o Christian venerando o meu corpo, ele não fica dizendo a todo momento que me ama, cada gesto seu reafirma o seu sentimento.

Christian e meu pai se deram super bem, já desconfiava que isso aconteceria, os dois são viciados em trabalho.

— Pronta? — Christian pergunta, concordo e descemos para nos despedirmos da minha família.

Christian precisa voltar para Nova Iorque e irei acompanhá-lo, meu avô já está melhor e minha mãe disse que me liga para avisar se qualquer coisa acontecer.

Despeço-me do meu pai e avô, mas minha mãe nos enrola por quase meia hora para dizer tudo o que ela já viu para o casamento, dou risada da sua animação, não temos nem a data e ela já está vendo buffet.

Vejo Christian impaciente e me despeço dela.

Capítulo 28

Christian West-Buchmann

Uma semana depois...

Após um dia cansativo entro no meu apartamento e escuto risadas, franzo o cenho. Quem está com Stella?

Sigo as risadas e a cena que vejo me faz ter certeza de que preciso diminuir o meu ritmo de trabalho, o cansaço está me fazendo ter alucinações. Stella, sua amiga e minha mãe estão sentadas em volta da bancada da cozinha enquanto bebem vinho e comem pizza.

— O que está acontecendo aqui? — pergunto, chamando a atenção das três.

— Oi, amor — diz Stella com um sorriso.

— Oi, meu filho — diz minha mãe e pelo seu tom já tomou vinho demais.

Vejo cinco garrafas dos meus melhores vinhos vazias em cima da bancada e tenho certeza de que todas já beberam demais.

— Oi, alien — diz Anne, amiga da Stella, e fico sem entender qual é o problema dela.

Stella desce, anda até mim e me beija. Seu sorriso e olhar brilhante denunciam sua embriaguez.

— Sua mãe apareceu aqui do nada, tentei te ligar, mas você não atendeu, então liguei pra Anne porque era intimidador demais ficar sozinha com Amanda West. Daí pedimos pizza, roubamos seus vinhos e agora estamos planejando nosso casamento. Sua mãe é tão legal! — conta animada.

— *Mein stern*, chega de vinho por hoje.

Ela abraça minha cintura e descansa a cabeça no meu peito.

— O que está fazendo aqui? — inquiro para a minha mãe.

— Oi, mãe senti saudade — debocha. —Elizabeth me ligou e me chamou para ajudá-la a organizar o casamento de vocês — claro que ela ligou! —, mas descobri que vocês não marcaram nem a data.

— Verdade, não falamos de data, amor — diz, apoiando o queixo no meu peito para me encarar.

— Quanto tempo vocês precisam para organizar um casamento? — pergunto para a minha mãe.

— Não sei, temos que ver vestido, igreja, local, é muita coisa, no mínimo dois meses.

— Ok, o casamento será daqui a dois meses.

— O quê?! — elas perguntam em uníssono.

— Vocês queriam uma data, agora tem.

— Mas é muito rápido, tenho que ver o estilist...

Paro de ouvir minha mãe ao sentir o olhar de Stella sobre mim e encaro.

— Tem certeza? Eu não me importo de esperar.

— Eu não quero esperar, *mein stern.*

Dou um beijo rápido nela e ao levantar o olhar vejo minha mãe nos encarando com um sorriso.

— Bom, já temos uma data, vou ligar para Elizabeth, precisamos correr contra o relógio. — Levanta e pega sua bolsa. — Vou embora, Christian, mas não pense que se livrou de mim, amanhã vou fazer um almoço e conto com vocês.

Anda até onde estou, Stella me solta e minha mãe me dá um abraço.

— Ótima escolha, meu filho — sussurra e se afasta. — Não tente fugir do almoço, agora eu tenho uma aliada para te fazer comparecer aos almoços. — Pisca.

Ela e Stella se abraçam.

— Adorei te conhecer, Stella.

— Também adorei te conhecer, você é tão legal que nem parece mãe do Christian.

Anne tenta disfarçar uma risada com uma tosse.

— Eu também vou embora.

As duas vão embora, Stella circula meu pescoço e me encara com os olhos brilhando de desejo.

— Em dois meses serei a senhora West-Buchmann, precisamos comemorar.

— O que tem em mente, futura senhora West-Buchmann? — pergunto, beijando o seu pescoço.

— Muitas coisas e todas elas envolvem nós dois pelados e suados.

Beijo-a sentindo o gosto do vinho em seus lábios, seguro sua cintura e a faço cruzar as pernas na minha cintura, mas assim que dou um passo em direção ao quarto ela interrompe o beijo e desce do meu colo.

— Espera!

Corre até a bancada e pega uma garrafa de vinho.

— Espero que ainda saiba fazer bom uso de um vinho, senhor West — diz, rebolando até mim.

Agarro sua cintura e seguro o seu rosto com uma mão.

— Não apenas do vinho. — Ela arfa e me puxa para um beijo.

Não conseguimos ir para o quarto, em segundos estamos nus e nos agarrando no sofá.

— Seus irmãos também estão aí! — diz Stella e agarra a minha mão com força enquanto andamos em direção à entrada da casa dos meus pais.

— Não estou entendendo o seu nervosismo, já conhece os dois.

— Mas agora estamos juntos, seu pai também está aí e eu bebi com sua mãe — declara quase histérica.

Paro e seguro seu rosto, fazendo-a me encarar.

— Eles não vão te julgar e você não precisa da aprovação deles, vai se casar comigo. É só um almoço.

Ela respira fundo e parece se acalmar.

Stella Garfield

Entramos e esqueço do meu nervosismo ao ver a impressionante decoração da casa, tudo aqui exala elegância e bom gosto, desde as colunas trabalhadas até os móveis clássicos.

Meu nervosismo volta quando entramos na sala principal e vejo Tristan e sua namorada, Dom, Amanda e Markus West, impressionante, mas o olhar do homem faz a gente querer dar meia-volta, só não faço isso pelo vexame e pela mão do Christian que segura a minha. Nunca conheci os pais de nenhum namorado meu e agora estou conhecendo a família do homem que vou me casar, minhas mãos começam a suar, e a puxo da mão do Chris.

Acho que nunca fiquei tão nervosa na minha vida, amo o Christian e ter a aprovação da sua família é algo importante para mim.

— Bem-vinda à família — diz Tristan sem se levantar de onde está com sua namorada e sorrio por ele parecer nem se importar se estou ou não aqui.

Amanda se levanta e me cumprimenta com um abraço.

— Esse é meu marido, Markus.

Encaro Markus West quase tremendo. Ele não vai gostar de mim, está escrito nos olhos quase frios do alemão que ele não vai gostar de mim.

— Seja bem-vinda — diz em um tom quase de ordem, mas não parece me odiar, respiro aliviada.

— Obrigada.

Dom desvia a atenção do telefone e me cumprimenta.

Amanda chama todos para almoçarem e tudo ocorre melhor do que eu esperava, tirando Amanda que está super empolgada com a organização do casamento, eles parecem nem se importar se vamos casar ou não, e vejo que me preocupei à toa.

O casamento será em uma semana, minha mãe e Amanda praticamente organizaram todo o casamento, segundo elas, será o casamento do ano e não duvido, só a lista de convidados ultrapassou os 200 convidados, eu só quero saber onde elas acharam esse monte de gente para convidar.

A única coisa que fiz 100% sozinha foi a escolha do vestido e ateliê que o confeccionou. Escolhi um modelo exclusivo de alta costura, o estilista desenhou especialmente para mim, estilo princesa com mangas de renda, saia rodada, cauda longa, como sempre sonhei. Hoje fiz a última prova antes do casamento e quase desidratei de tanto chorar ao me olhar no espelho.

Termino de me arrumar e procuro por Christian, o encontro em seu escritório. Apesar de ser sábado, e daqui alguns minutos ser a nossa despedida de solteiro, ele está trabalhando. Essa semana ele fechou o contrato com os europeus, agora o objetivo é fazer a Lebensmittel ser a primeira opção dos cidadãos europeus na hora das compras.

— Chris? — Dou três batidinhas na porta e ele ergue a cabeça. — Atrapalho? — pergunto entrando.

— Você nunca atrapalha.

— Nem quando deixo os meus sapatos espalhados pela casa, bagunço os seus livros, closet ou ligo a música muito alta?

Ele ri e automaticamente sinto borboletas na barriga, nunca vou me acostumar com o som da sua risada, é algo que sempre me faz sorrir. Sua risada é algo raro, mas ele sempre está sorrindo para mim e isso faz eu me sentir especial para ele.

— Já acostumei com o caos que é viver com você. — Puxa-me para o seu colo e me beija.

— Falando em se acostumar, como está a sua nova secretária?

Assim que escolhemos a data do casamento decidi que era hora de pedir demissão e assumir a construtora da minha família. Ainda estamos fazendo as mudanças necessárias, mas vou administrá-la aqui em Nova Iorque, mas quando voltarmos da nossa lua de mel estará tudo pronto, meu pai finalmente conseguirá sua sonhada aposentadoria aos 61 anos.

Há três semanas consegui encontrar uma secretária para o Christian, na primeira semana ele parecia um velho reclamão, tudo o que a mulher fazia ele colocava defeito, até o jeito que ela grampeava os documentos era motivo para ele reclamar.

— Ela tem se mostrado menos incompetente essa semana.

Gargalho.

— Você não sabe mesmo elogiar. Eu sei que você gostou dela, ela aprendeu como você gosta do seu café, sempre abre as cortinas, não fica fazendo perguntas idiotas. Ela é perfeita.

— Você é perfeita — Sorrio. — O problema não é a eficiência das secretárias, o problema é não ser você. — Ao dizer isso ele me fita com intensidade. — Desde o primeiro dia você ficou atenta a cada detalhe, com uma semana você já sabia tudo o que eu gostava mesmo sem eu falar uma palavra. Você nunca se importou se eu estava de bom humor, continuava com aquela animação irritante toda manhã, eu me divertia com a sua careta toda vez que passava reto por você.

— Sabe quantas vezes já me imaginei te apunhalando pelas costas por causa disso? — pergunto sem conseguir desviar do seu olhar.

— Imagino que muitas. — Toca meu rosto. — Você nunca teve medo de mim como os outros funcionários, sempre gostei disso. Sempre gostei de você, Garfield.

— Você disfarçou muito bem, nunca desconfiei — brinco e circulo o seu pescoço com os braços. — Como eu fui me apaixonar por você?

— Me faço a mesma pergunta todos os dias — diz sério, e gargalho.

Meu Deus, eu amo esse homem do jeitinho estranho que ele é.

Amei a boate que Anne e Paul, meus padrinhos de casamento, escolheram para a minha despedida de solteiro. Chamei a namorada do Tristan, Lara Cameron, e várias amigas que fiz ao longo dos anos na Lebensmittel e todos já beberam além da conta.

— Eu ainda acho que a gente deveria ter ido numa boate stripper — Paul reclama pela milésima vez. — Não existe despedida sem stripper, aposto que o Christian está com uma gostosa rebolando no colo dele.

Gargalho da sua reclamação, recebo alguns olhares por causa da minha risada, as meninas concordam com sua fala, inclusive Anne.

Paul veio da Rússia só para participar da minha despedida e ficará essa semana até o dia do meu casamento, seu namorado Steve está em Milão e virá apenas para o casamento.

— Aposto um milhão de dólares que não tem nenhuma gostosa dançando no colo dele, e não é porque confio no meu taco, o Christian não é assim. — Volto a rir só de imaginar o quão absurda essa cena pode ser. — Nem despedida de solteiro ele quis fazer.

— Você por acaso tem um milhão de dólares? — pergunta Paul.

— Não, mas meu noivo tem e na próxima semana tudo o que é dele também é meu.

Paul ri e as meninas riem.

— Juro que não sei como você vai se casar com ele — diz Lara e Serena concorda, ela parece mais chapada do que quando chegou e me preocupo. — Se ele estiver te ameaçando pisque três vezes que peço ajuda — brinca, fazendo-me rir.

Chamei Serena porque fiquei sem graça de não a chamar, não temos muita coisa em comum e nunca trocamos mais que cumprimentos. Mesmo não sendo amiga dela estou preocupada, a quantidade de álcool que ela ingeriu desde que chegou chega a ser assustador, fora que ela já chegou sob efeito de drogas. Pensei em ligar para o Tristan, mas Anne disse que não sou mãe dela e que Serena já deve estar acostumada, ou já teria desmaiado.

— Juro que ele é leg... bom, ele não é legal, mas não sei... é diferente comigo — falo como uma boba apaixonada e sou zoada.

— Obrigada por me chamar para ser *padrinho* — diz Paul encarando Anne que começa a rir, ela comprou uma faixa rosa para ele com a frase "Melhor madrinha".

— Fala sério, você usa mais roupa apertada e couro que eu, até o seu terno para o casamento é da cor da que Stella escolheu para madrinha. Você é uma *madrinha!* — fala Anne. — Mas, tudo bem você pode ser padrinho, eu entro na igreja acompanhada dos padrinhos, os irmãos West.

— Tristan é meu — avisa Serena, levanta-se e sai andando entre as pessoas.

— Eu sou madrinha e o Tristan é meu! — diz Paul, fazendo todas rirem. — Ninguém me disse que o par da madrinha seria aquele roqueiro gostoso.

— Fica quietinho que você tem namorado — lembra Anne. — Se alguém vai ficar do lado dos irmãos West, essa pessoa sou eu.

— Parem de briga, vocês vão ficar de um lado e meus cunhados do outro. — Os dois fazem careta. — Vou pegar outro drink.

Após começar a fazer acompanhamento com o nutricionista meus últimos exames deram normais, nada de anemia, então pude voltar a beber. Também parei de fazer dietas loucas e tomar apenas vitamina no café da manhã, por causa disso ganhei 5kg além do peso que perdi, mas não me incomodou como me incomodaria há alguns meses. Só precisei ajustar meu vestido de noiva, mas não posso ganhar mais uma grama até o dia do casamento.

Peço para o garçom o mesmo drink que estou tomando e vou para a pista onde Anne, Paul e Lara dançam. *Woman* da Doja Cat começa a tocar e todo mundo começa a cantar e dançar animado, emendo uma música atrás da outra, mas o álcool começa fazer efeito e me sinto meio tonta.

— Vou embora, bebi demais — aviso e eles tentam me persuadir a ficar. — Eu preciso ir embora, não estou me sentindo bem.

— Quer que eu vá com você? — Anne pergunta parecendo tão bêbada quanto eu.

— Não, fiquem e aproveitem o resto da noite, o Charles está me esperando.

Ando entres as pessoas em direção à saída, mas uma mulher esbarra em mim com tudo, meu copo vira molhando todo o meu vestido.

— Desculpa! — pede apavorada, ela tem uma voz estranha, meu anasalada como se estivesse prendendo o nariz. — Faço questão de te pagar outra bebida.

Tudo está girando rápido demais e me seguro na mulher para não cair.

— Você está bem?

Não respondo sua pergunta e tento me desvencilhar.

— Espera, vou te acompanhar até o banheiro para você se limpar.

Balanço a cabeça negando, o que só faz tudo girar mais rápido, a mulher me ignora e me guia.

Fecho os olhos com força e quando os abro percebo que não estamos indo para o banheiro.

— O banheiro é para...

A mulher tampa a minha boca e me puxa para um canto escuro, meu coração dispara, tento gritar, mas a mão firme na minha boca não permite. Começo a entrar em desespero quando a pessoa me aperta contra si e sinto o seu membro rígido contra a minha bunda, percebo que não é a mulher que está me segurando e fico mais desesperada. Debato-me, mas sem forças, meus braços e pernas parecem lentos e pesados, tudo parece estar em câmera lenta.

Pressiona meu corpo contra a parede e o pânico toma conta de mim, suas mãos asquerosas levantam o meu vestido e ele espalma minha bunda. Contorço-me desesperada, mas ele não para, ele começa a beijar o meu pescoço e ânsia me engolfa. Tento a todo custo ser solta, mas ele é muito mais forte que eu.

Finalmente libera um pouco do aperto em minha boca e consigo morder sua mão, ele me solta e ando o maior rápido que posso, mas tudo está embaçado e girando, e ele é mais rápido, me segura pelo cabelo e me dá um tapa tão forte, minha visão fica turva. Sou agarrada novamente e dessa vez sua mão cobre minha boca com tanta força que chega a machucar.

Sou arrastada para os fundos da boate e colocada em um carro, em nenhum momento consigo ver o seu rosto. Quero desesperadamente lutar contra ele, me debater, fazer qualquer coisa para ser liberta, mas parece que não tenho poder sobre o meu corpo e isso me deixa mais desesperada.

Algo é colocado sobre minha boca e apago.

Capítulo 29

Christian West-Buchmann

Algumas horas antes...

Isso não parece uma despedida de solteiro! — diz Tristan, virando uma dose de whisky.

— Porque não é uma! É só nós dois fazendo companhia para o Christian enquanto a Stella passa a noite dançando e bebendo — explica Dom.

Ele queria que eu fizesse uma despedida de solteiro na Daza, mas ainda não enlouqueci para ficar voluntariamente escutando aquela música infernal por horas. Prefiro uma auditoria na receita federal numa segunda de manhã.

— Pode ir embora — falo, servindo uma dose de whisky.

— É minha obrigação como padrinho ficar aqui — declara, pegando meu whisky.

— Bom, eu não tenho nenhuma obrigação de ficar aqui, então acho que posso ir embora — diz Tristan, levantando-se.

— Você vai ser meu padrinho também — falo, servindo outro copo.

— Não achei que fosse me chamar — comenta, e o encaro.

— Você é meu irmão, é claro que te chamaria para ser meu padrinho. Só não te chamei antes porque você estava viajando.

Ofereço o copo de whisky e ele aceita.

Após uma garrafa de whisky decidimos jogar poker, coisa que fazíamos direto na adolescência, mas com o tempo paramos, eu fui para a faculdade, Tristan foi fazer o lance dele com a música e Dom seguiu investindo nas boates. Apesar de não nos vermos direto e na maioria das vezes que nos vemos acontece uma discussão, um irmão West sempre estará disposto a ajudar o outro.

Após algumas horas jogando meu celular começa a tocar.

— Fala, Charles — atendo distraído com o jogo.

— Senhor West, acho que a senhorita Garfield foi sequestrada.

O álcool parece sumir instantaneamente do meu sistema.

— Como assim, porra!? — Levanto-me, chamando a atenção dos meus irmãos.

— Ela estava na boate com os amigos e disse para eles que iria se sentar, mas quando eles foram procurá-la não a encontraram. Já procuramos em todo canto da boate, mas ela não está.

— Coloque cada homem que você conhece atrás dela, mas encontrem a minha mulher — ordeno, já saindo do apartamento.

— O que aconteceu? — escuto um dos meus irmãos perguntar.

— Já providenciei isso, senhor, em cinco minutos vinte homens estarão... — começa Charles.

— Dobre essa merda! Triplique se necessário, mas quero que encontre a minha mulher o mais rápido possível!

Antes que eu entre no elevador Dom me segura.

— Dá para você explicar o que está acontecendo, porra?

— Sequestraram a Stella, porra!

Só agora me dou conta de que realmente sequestraram a Stella, é como levar um soco tão forte que rouba todo ar dos pulmões. Levaram a minha mulher. Meu coração se aperta dolorosamente ao imaginar que possam fazer qualquer coisa contra Stella, minha estrela, ela só parece forte, mas é frágil como um cristal. Não importa quanto eles peçam de resgate, vou trazer a Stella para casa.

Saio às cegas em direção à garagem, mas Dom não me deixa dirigir, alegando que não estou em condições. No caminho ligo para o dono da empresa de segurança da Lebensmittel e mando dar o jeito que for preciso para puxarem as imagens das câmeras da tal boate. Enquanto falo no telefone escuto Tristan passar a descrição da Stella para alguém e pede para avisarem se virem qualquer coisa suspeita. Não gosto nem de imaginar que possam ter levado Stella para aquele lugar que Tristan costumava andar, lá só tem drogados, traficantes e gente sem nada a perder.

Em tempo recorde Dom chega à boate.

Vejo que vários carros pretos estão enfileirados em frente à boate e vários homens armados estão reunidos, ando até eles.

— Senhor West — cumprimenta o dono da empresa de segurança.

— O que ainda estão fazendo aqui que não estão procurando a minha mulher?

— Aqui é o ponto de abordagem, precisamos descartar todas as alternativas e descobrir que rumo seguir a partir daqui — explica. — Meus homens já estão verificando as câmeras de segurança, mas pelo que vi das câmeras externas, não teremos sucesso, estão todas desligadas.

Passo as mãos na cabeça sem saber o que fazer. Se a sequestraram, por que não ligam e pedem logo o resgate?

— Senhor? — ouço Charles me chamar, cego de raiva, viro-me e acerto um soco nele, ele cai, levando a mão à boca.

— Era para você cuidar dela, porra!

Charles não é apenas um simples motorista, ele já serviu ao exército e está sempre armado, por isso o contratei anos atrás, ele deveria estar de olho nela e não deixar nada acontecer.

Ele se levanta, limpando o sangue da boca.

— Vou achá-la e quem a levou vai pagar por isso.

Tudo vira um caos, todas as câmeras de segurança foram desligadas ontem e ninguém da boate sabia, ninguém consegue rastrear Stella porque seu celular foi encontrado caído no fundo da boate, ninguém liga pedindo resgate.

— Existe a possibilidade dela ter saído da boate com alguém? Talvez ela só tenha saído para curtir a despedida, é normal querer ter uma última noite — pergunta um dos seguranças, gerando em mim um ódio fora do normal.

Só não vou para cima do homem, porque Anne aparece enfurecida e entra na minha frente antes que avance no homem, Paul a segura.

— Vai se foder, seu otário! — grita. — Minha amiga não saiu para curtir, seu animal, ela foi levada!

— Tire-o daqui — ordeno, e o dono da empresa de segurança o manda se retirar.

As próximas horas passam de maneira lenta e agonizante, amanhece e nada de encontrarem a Stella ou de ligarem pedindo um resgate. A única informação que temos é de algumas pessoas que alegam ter visto uma mulher morena ajudando Stella, mas ninguém sabe quem é essa mulher, é como se ela não existisse. A polícia foi acionada e passamos todas as informações que temos, mas nem eles estão tendo sucesso em encontrá-la.

Não é possível uma mulher desaparecer dentro de uma boate com centenas de pessoas e ninguém ter visto nada.

Estaciono na minha garagem e verifico o meu celular, nenhuma ligação, nada. Ainda não a encontraram. Passei a noite indo a cada lugar que Stella poderia estar, mas nada, nenhum sinal dela. Centenas de pessoas estão procurando por ela, mas nenhuma consegue uma única informação.

Esfrego as mãos no rosto para expulsar o cansaço, não quero subir e encontrar o meu apartamento vazio, é como a confirmação de que tudo isso é real e Stella não está em casa me esperando.

Pego o celular da Stella no banco do carona, ligo a tela e vejo uma foto nossa que ela tirou quando fomos no Rainbow Room, nem sabia da existência dessa foto. Ela fotografou um momento que eu a abraçava por trás e admirava o seu lindo sorriso. O aperto que venho sentindo no peito desde que Charles me ligou piora, eu não sei mais o que fazer, estou de mãos atadas. Stella chegou de mansinho na minha vida e foi se infiltrando até se tornar uma parte importante dela, não sei quando me apaixonei por ela a ponto de não me ver vivendo sem ela.

Desço do carro e meu celular começa a tocar, atendo imediatamente.

— Senhor West, encontrei a senhorita Garfield — um alívio instantâneo toma conta do meu corpo —, mas o senhor não vai gostar.

Stella Garfield

Abro os olhos e a claridade me incomoda, minha cabeça parece que vai me matar.

Olho em volta e não reconheço o lugar. Como vim para aqui? Tento me lembrar o que aconteceu na minha despedida de solteiro, mas não consigo. Confusa tento me levantar, mas um braço forte circula a minha cintura e me puxa para si, sinto um membro flácido contra a minha bunda e todo o meu corpo arrepia, não é o Christian, conheço o seu corpo e seu cheiro, não é ele. Meu coração começa a bater acelerado, lágrimas inundam os meus olhos, desesperada debato-me e saio da cama, acabo caindo no chão.

O que está acontecendo? O que estou fazendo aqui? Quem é esse homem?

Apavorada, olho para cama e ao ver o Trevor, não consigo controlar a ânsia de vômito, só tenho tempo de virar de lado e despejar todo o conteúdo do meu estômago.

Forço a minha mente a lembrar o que aconteceu ontem, mas nada, não lembro de nada. Eu não posso ter feito isso, jamais faria isso, eu amo o Christian. Meu Deus! O Christian, ele... não consigo pensar na possibilidade dele me deixar. Isso não!

Meu estômago volta a embrulhar quando imagino que ele me forçou, me nego a pensar que isso tenha acontecido, não vou conseguir viver sabendo que ele...

Levanto-me, sentindo nojo de mim e tudo ao meu redor gira. Olho pelo quarto procurando minhas roupas, mas não as encontro.

— Por que eu não consigo me lembrar? — pergunto chorando e passando as mãos nos meus cabelos.

Pego o lençol para me cobrir. Eu preciso sair daqui. Eu nunca vou conseguir olhar na cara do Christian, meu Deus, eu o perdi. Eu sinto que não fiz, mas não consigo me lembrar de nada.

Sentindo uma agonia como nunca senti antes, saio do quarto desesperada para tomar um banho e tirar qualquer vestígio que tenha dele da minha pele, me sinto suja. Como vou olhar para o Chris e explicar o que aconteceu se nem eu sei.

Não dou dois passos e esbarro em alguém, caio de bunda no chão e tento desesperadamente me levantar, mas acabo caindo de novo. Duas mãos me seguram com força e me levantam, não preciso nem olhar para o seu rosto para saber que o Christian, meu desespero aumenta.

Encaro-o e me encolho ao ver a raiva estampada no seu olhar.

— Chris, por favor, você precisa me escutar... Eu... eu não sei o que está acontecendo. Não sei como vim parar aqui — falo aos prantos. — mas eu juro, eu não faria isso. — Sua raiva parece aumentar ao me ouvir e meu coração se aperta. — Por favor, fala alguma coisa — peço, tentando tocá-lo, mas ele se afasta, meu coração parece se despedaçar. — Por favor, não faz isso...

Não quero dizer em voz alta que talvez eu possa ter sido abusada.

Ele tira o seu terno e o estende para mim.

— Vista-se! — ordena, mas não pego e tento me aproximar dele novamente. — Vista essa merda, porra!

Assusto-me com o seu grito e aceito o terno.

Ele olha para algo atrás de mim.

— Tire-a daqui!

— Sim, senhor — diz Charles.

— Chris... por favor. — Avanço sobre ele, mas me segura e sem olhar nos meus olhos ordena novamente:

— Eu mandei tirá-la daqui, porra!

Charles me segura e debato-me.

— Me solta! Chris, fala comigo, por favor...

Contra a minha vontade sou retirada do prédio e levada para o apartamento do Christian.

Christian West-Buchmann

Entro no quarto e vejo o desgraçado dormindo tranquilamente, uma raiva como nunca senti me cega. Em segundos, arranco o filho da puta da cama, ele acorda atordoado e seus olhos se arregalam ao me ver.

Tenta se levantar do chão, mas acerto um soco nele e ele leva a mão ao nariz.

— O que você fez com ela?

— Eu não fiz nada, que ela não quisesse... — Calo-o com outro soco.

— O. Que. Você. Fez. Com. Ela?

Ele não responde e desfiro uma sequência de socos nele, só paro quando vejo o seu rosto coberto de sangue e seu olho quase fechado.

— Vou perguntar uma última vez. O que você fez com ela?

— Para, por favor... — Cospe sangue. — Não toquei nela... pode perguntar para um médico.

Não consigo descrever o alívio que sinto ao ouvir isso, eu não pensaria duas vezes antes de matar esse desgraçado se ele tivesse ousado...

— A Regina que armou tudo.

Aquela filha da puta!

Quando estive em Middlebury para pedir a Stella em casamento e interrompi a conversa dela com o pai e avô, chamei Andrew, pai da Stella, no escritório e o fiz me contar o que estava acontecendo. Quando George estava internado, Regina achou que o avô não estava ouvindo e admitiu que sempre odiou a prima, e iria se vingar por acreditar que ela teve culpa pela morte dos seus pais. Ao ouvir isso, George acabou infartando novamente.

Pedi que Andrew não contasse nada para Stella, pois ela já se culpa pela morte dos tios. Desde então não deixo Stella andar sozinha e o Charles foi avisado sobre a história.

— Ela que drogou a Stella... — Começa a tossir. — A desgraçada me drogou também, o plano era só tirar as fotos.

Ele mal termina de falar e desconto nele toda a raiva que estou sentindo desde o momento que vi as fotos deles. Ele e aquela desgraçada da Regina, vão pagar caro.

Sinto a pele da minha mão romper, mas não paro, parece que quanto mais o eu bato, mais raiva sinto.

— O cara já apagou, vai matá-lo se continuar — diz Tristan, tranquilamente.

Sua voz me faz sair da bolha de raiva que entrei, encaro Trevor e vejo o seu rosto quase irreconhecível. Solto-o e levanto-me, sentindo o meu sangue correr mais rápido pelas veias, olho para Trevor desmaiado no chão, se Tristan não tivesse chegado eu o teria matado, me assusto com o pensamento.

— Tire-o daqui — ordeno, e o segurança acata a ordem.

Saio do prédio sentindo a minha mão latejar, encaro-a e a vejo coberta de sangue, todos os nós dos meus dedos estão feridos.

— O que está fazendo aqui?

— Vimos você saindo do seu prédio e te seguimos para garantir que se você matasse o desgraçado não seria preso — responde como se matar alguém fosse algo normal no nosso dia a dia.

Olho para o outro lado da rua e vejo Dom no carro.

— Preferi subir já que Dom tem problemas com raiva.

— Preciso de uma bebida — falo, e Tristan balança a cabeça concordando.

Em menos de 10 minutos chegamos à Daza e Dom serve três doses de whisky.

— Você parece estar precisando de algo forte — afirma, dando-me o copo e o viro.

Meu celular vibra com uma nova mensagem e respiro aliviado ao ler.

— Outro — peço.

— É melhor você ir pra casa — diz Dom.

— Eu só não matei o cara que drogou e sequestrou a minha mulher porque o Tristan apareceu. Stella está segura e sendo cuidada pelos melhores médicos, nossa mãe, a dela e os amigos estão com ela. O melhor para mim é beber até essa vontade de sair daqui e ir até a delegacia matar aquele desgraçado passar.

Dom serve outra dose e não fala mais nada.

Horas depois entro no meu apartamento e o encontro cheio, meus pais, os da Stella, Anne e Paul. Stella está sentada no sofá com as pernas encolhidas e a cabeça descansando nos joelhos, ela chora baixinho enquanto sua mãe afaga suas costas.

— Ele nem me deu a chance de tentar falar... Eu vou embora, ele não vai voltar, mãe.

— Você não vai a lugar nenhum — falo, chamando a atenção de todos.

— Filho? Meu Deus! O que houve com a sua mão? — minha mãe pergunta.

Stella me encara e meu olhar vai direto para o corte no seu lábio, fecho as mãos em punho controlando a raiva que volto a sentir.

— Saiam.

— O que... — minha mãe começa a falar.

— Saiam! — ordeno.

Capítulo 30

Stella Garfield

Passei todo o caminho até a casa do Christian chorando, sentindo uma agonia que parecia me sufocar e quando cheguei e vi os meus pais, corri para os braços da minha mãe e chorei como há anos eu não chorava. Ela me acalmou dizendo que tudo ficaria bem, mas eu sabia que não ficaria, o olhar que Christian me deu quando fui retirada daquele prédio me dizia que não ficaria.

Após um tempo um médico chegou e entendi por que não lembro de nada, fui drogada, o que só me fez chorar mais ao acreditar que fui abusada sexualmente, mas o médico aliviou o meu tormento ao dizer que não havia sinais de abuso.

O restante do dia passou como um vulto, vi a mãe do Chris chegar, médicos entrarem e saírem, mas nada dele. Perguntei milhares de vezes para o Charles, mas ele só falava que não sabia de nada.

Até que me dei conta de que fui drogada e poderia ter sido abusada, mas ele preferiu me deixar. Estava decidida a ir embora e ele chegou.

Encaro-o sentindo o meu coração doer, vendo-o bem aqui na minha frente percebo que não quero ir, só estava enlouquecendo sem saber notícias dele. Eu queria ele do meu lado, mas nem notícias suas eu tive.

— Onde voc...

Não consigo terminar a minha frase, ele me puxa para si e me beija, meu coração dispara e fico alguns segundos sem reação. Deixo sua língua explorar a minha boca e sinto o gosto do whisky, o beijo se intensifica, mas empurro e começo a chorar.

— O que foi? — pergunta, segurando o meu rosto entre as mãos.

— Achei que tinha te perdido.

Meu peito dói só de falar isso em voz alta. Toco o seu rosto para ter certeza de que é real e não uma alucinação.

Ele abre um sorriso que faz milhares de borboletas voarem no meu estômago.

— Você nunca vai me perder.

Acaricia meu lábio ferido e vejo seus olhos brilharem de raiva.

— Mas você sumiu e eu quis tanto te bater por isso.

— Eu não achei em nenhum momento que você tivesse me traído — diz, acariciando meu rosto e acalmando meu coração, ele nunca desconfiou de mim, começo a chorar. — Eu estava cego de raiva e por mais que eu quisesse te puxar para os meus braços, a raiva e a vontade de acabar com aquele filho da puta por ousar tocar em você, era muito maior. Não ficaria em paz até ter certeza de que ele pagou pelo que fez. — Beija-me suavemente. — Ninguém toca em você, ninguém, *mein stern.*

Sorrio em meio às lágrimas.

— Eu... Meu Deus! Fiquei apavorada achando que você tinha me deixado.

— Eu nunca vou te deixar. Nunca. — Beija-me. — Eu te amo e você é minha para sempre, *mein stern.*

— Ainda vamos nos casar?

Em vez de me responder ele me beija com tanto carinho que não consigo entender como pude por um segundo sequer acreditar que esse homem havia me abandonado. O medo de ser rejeitada, abandonada me cegou.

— Obrigada por amar assim — declaro, vendo que esperei a vida toda por esse tipo de amor, o amor que faz a gente sofrer ao pensar na perda, que alegra o nosso coração, nos completa.

Christian ri.

— Você é a pessoa mais fácil de ser amada que já conheci, todos à sua volta te amam. Eu que deveria estar agradecendo.

Com o coração em paz, puxo-o para um beijo e caímos no sofá.

— Você está bêbado?

— Eu precisava esfriar a cabeça antes de vir pra casa, e talvez tenha bebido uma garrafa de whisky com os meus irmãos.

Após um dia conturbado me sinto em paz, a dor de cabeça e os medos que tive para de importar, estou no meu lar, o homem que amo.

Se ele está comigo, o resto eu aguento.

Passei os últimos dois dias processando o que aconteceu comigo, às vezes penso que gostaria de lembrar o que aconteceu, mas vejo que não lembrar é uma bênção é como se nunca tivesse acontecido. Nunca pensei que Regina me odiasse, acreditei que fosse apenas o seu jeito e ela no máximo não gostasse de mim.

— Minha filha, não quero que você continue carregando essa culpa. — Minha mãe segura minha mão por cima da mesa e sorri com carinho. — Nunca falamos os detalhes daquele acidente porque você parecia abalada demais, mas com ou sem você os pais dela não sobreviveriam. A mãe da Regina estava com uma perna quebrada e a outra presa nas ferragens.

Sinto-me estranha com o alívio que sua fala me causa.

— A Regina sabe disso?

— Sabe.

Não consigo entender por que ela me culpa mesmo sabendo a verdade.

Terminamos de almoçar e saímos do restaurante quando Charles avisa que chegou.

Sorrio assim que saio do restaurante, Christian me espera ao lado do carro, mas meu olhar vai para o outro lado da rua.

— Regina?

Ela está quase irreconhecível com um moletom surrado e o cabelo tingido de preto.

Minha mãe solta uma exclamação de choque.

O olhar de Charles segue o meu e um segurança dispara em direção ao outro lado da rua.

— Entrem no carro — diz Charles, colocando-se entre nós e onde Regina está.

Entramos no carro, que é blindado, e vejo o segurança detê-la, que tem uma faca na mão, o veículo arranca. Ela provavelmente estava aqui para fazer algo contra mim, lamento por ela e seu triste fim, sem amigos, família, nada, não restou nada para ela.

Sem me importar com a presença da minha mãe, me sento no colo do Christian e o abraço.

— Nunca me deixe — peço, e ele me aperta contra si dizendo que isso jamais acontecerá.

Admiro o meu reflexo no espelho e sinto vontade de chorar novamente, o meu vestido ficou lindo e o caimento perfeito. A renda das mangas deixa-o romântico e clássico, mas o que mais amo nele é a saia rodada. Meu cabelo foi preso em um lindo coque e um longo véu foi preso aos grampos de diamante que eram da minha mãe.

Toco os pequenos brincos de pérolas que a mãe do Christian me deu, emocionada.

— Você está linda, estrelinha — diz meu avô.

Viro-me e vejo que ele está chorando.

Minha mãe só contou para ele o que aconteceu na presença de um médico, sua pressão subiu, mas graças a Deus não aconteceu nada.

Não conversamos sobre Regina, é um assunto que ele não gosta e respeito sua vontade.

— Não chora, porque se eu chorar de novo vou me atrasar para o meu casamento.

— Não vou chorar — fala chorando.

Ele anda até mim e estende o braço.

— Vamos, vou te levar até a igreja.

Enlaço o meu braço no seu e o sigo, assim que saímos da casa me assusto com a quantidade de seguranças. Mesmo com Trevor e Regina presos, Christian quadruplicou a segurança e todos eles andam armados, é estranho e vou demorar a me acostumar, mas me sinto mais segura sabendo que tem sempre alguém por perto para impedir que algo aconteça.

Demoramos mais do que o necessário para chegar à Catedral Saint Patrick, na 5th avenue, como Amanda conseguiu uma data aqui é um mistério, mas ela conseguiu. Respiro fundo para não chorar, vou me casar com o homem que amo na igreja que sempre sonhei.

Descemos e os flashes quase me cegam, alguns jornalistas começam a fazer perguntas.

— Ignore-os — pede meu avô, e subimos os degraus da igreja onde meu pai me espera.

— Meu Deus, minha menina vai casar — diz, olhando-me emocionado. — Se quiser fugir eu te apoio — fala, fazendo-me rir.

— O que mais quero é entrar nessa igreja e dizer sim para o homem que amo.

A minha resposta o faz sorrir e ele estende o braço para mim.

— Aquele alemão é um sortudo. — Sorrio.

Respiro fundo e faço sinal para a cerimonialista, as portas da Saint Patrick se abrem e me controlo para não chorar ao ouvir a marcha nupcial e ver o Chris me esperando com um sorriso, quase sinto ciúme de todos estarem vendo o sorriso lindo que apenas eu tenho o privilégio de ver todos os dias.

Todo o resto para de importar enquanto caminho em direção ao homem que me espera no altar.

— Cuide dela — diz meu pai ao me entregar para ele.

O padre começa a falar e Christian não desgruda os olhos de mim enquanto falamos nossos votos e trocamos nossas alianças.

— Pode beijar a noiva.

Christian segura meu rosto e sorrio.

— Obrigado por me ensinar amar e me amar, senhora West-Buchmann — declara, fazendo-me chorar.

Sou beijada com carinho.

— Tem certeza de que não quer ir direto para o aeroporto? — pergunta, e rio.

Por Christian casaríamos e iríamos direto para a nossa lua de mel, o local ainda é um mistério para mim, ele quis manter segredo.

— Chegamos — diz Christian, e sorrio ao ver que pousamos em Sydney, onde tudo começou.

Pulo nele, abraçando o seu pescoço.

— Amor, eu amei! Aqui que tudo começou. — Dou vários beijos nele, e ele sorri.

— Nossa lua de mel não será aqui. — Encaro-o com a testa franzida. — Viemos aqui para eu corrigir um erro.

— Erro, do que você está falando?

Ele não responde, só me pede para entrar no carro e após alguns minutos paramos em frente ao Sea Life Aquarium Sydney.

— Não acredito que você fez isso — falo emocionada por ele fazer algo que tenho certeza ser bobo para ele, mas é muito importante para mim.

Para a minha surpresa o aquário foi fechado para nós dois e me sinto realizando um sonho de criança, fico boba a cada peixe, arraia ou tubarão que vejo. Estar aqui é como estar na Disneyland para mim.

— Não sei como você consegue me fazer te amar mais a cada dia — falo, abraçando-o embaixo aquário em forma de túnel onde vários tubarões nadam tranquilamente.

— Senhora West — meu peito vibra com sua fala, sou oficialmente Stella Garfield West-Buchmann —, me pergunto a mesma coisa todos os dias.

— Quando tivermos os nossos filhos vamos trazê-los aqui — falo com um sorriso.

— Filhos?

— Sim, filhos. Seu DNA é péssimo, mas eu te amo e quero filhos.

Minha fala o faz rir.

— Quantos você quiser, *mein stern*.

Da Austrália vamos para Dubai e de Dubai finalmente à Itália, onde passamos o restante da nossa viagem, conhecendo dezenas de cidades. E não importa em que país eu esteja, toda noite olho para o céu e encontro a prova do amor que ele sente por mim, brilhando.

Epílogo

Christian West-Buchmann

10 anos depois...

Há alguns anos nos mudamos para os Hamptons, após o primeiro filho, decidimos que precisávamos de uma casa maior. Na época escolhemos uma casa com dez quartos e parecia enorme para mim, Stella e Michael, mas com a chegada de Oliver e agora a Scarlet a casa parece pequena, eles conseguem ocupar todos os cômodos.

A construtora da família da Stella cresceu e agora eles estão em todo o país, mas ela saiu da presidência quando Michael nasceu. Stella nunca quis administrar e assim que descobriu estar grávida arrumou alguém para assumir seu lugar.

O avô dela só chegou a conhecer o Michael, morreu um pouco depois de descobrirmos que ela estava grávida do Oliver.

Regina e Trevor saíram da cadeia há alguns anos, mas continuo monitorando os dois, principalmente a Regina, essa maluca nunca chegará nem perto dos meus filhos. Até hoje a minha segurança é redobrada.

— Papai, eu aprendi! — Oliver, de 6 anos, grita e em seguida cai da bicicleta.

Penso em ir até ele, mas vejo-o se levantar e tentar novamente. Ele parece o Tristan, todo aventureiro, semana passada o peguei brincando dentro do helicóptero e na semana retrasada dentro de um dos carros, as chaves precisam ser deixadas o mais alto possível.

— Papai! — Scarlet, de 3 anos, corre animada até mim e a pego no colo.

Scarlet é a cópia exata da Stella e isso me assusta sempre que penso nela mais velha.

Levanto o olhar e vejo Stella e Michael, de 8 anos, vindo em minha direção, ela tem um sorriso enorme no rosto, mas Michael parece emburrado com algo. É estranho dizer isso, mas infelizmente meu filho parece comigo.

— Eu não quero mais andar de bicicleta, tá muito quente.

— Seu ranzinza, não está muito quente. — Stella bagunça o cabelo dele e faz cosquinhas, ele gargalha.

Coloco Scarlet no chão e ela sai correndo, Michael vai atrás dela. Mesmo com a babá por perto ele está sempre cuidado dos irmãos.

— Adoro quando você passa o dia inteiro em casa. — Stella circula o meu pescoço e me beija.

Sábado e domingo, não atendo ligações de trabalho, meu fim de semana é só da minha família.

Seu rosto está corado após andar de bicicleta com Michael. Assim que nos mudamos para cá ela insistiu que eu precisava aprender a andar para ensinar nossos filhos.

— Vem — chama, puxando-me pela mão e nos sentamos na coberta que a babá estendeu para as crianças.

Sentamo-nos e ela me encara por um tempo com um vinco na testa.

— O que foi? — pergunto.

— Estava pensando que valeu a pena alugar um namorado falso.

— Alugar?

— Sim, meu CEO de aluguel — diz rindo.

— *Mein stern,* não sei se você está lembrada, mas fui quem te pagou.

Ela ri.

— Pagou? Nunca recebi os 70 mil dólares pela viagem a Sydney — comenta, sentando-se no meu colo com uma perna de cada lado.

— Você tem metade de tudo que é meu agora.

— Verdade, mas ainda quero meus 70 mil — fala rindo, e a jogo de costas na coberta.

— Vou te dar outra coisa, senhora West — afirmo, subindo a mão por sua coxa, e ela bate na minha mão.

— As crianças!

Ela mal termina sua frase e Scarlet começa a chorar, mas Michael corre até ela antes da babá e ajuda a irmã a levantar.

— Não chora, Scarlet. Lembra o que a mamãe falou? Continue a nadar — diz, referindo-se à frase do filme Procurando Nemo.

Stella viciou os nossos três filhos nesse filme, e usa isso como desculpa para encher a casa de tudo relacionado ao filme.

Michael começa a fazer cosquinhas na irmã e ela gargalha, sua risada é igual à da Stella, as duas porquinhas da família.

Volto a minha atenção para Stella.

— Vamos fazer um irmãozinho para as crianças, senhora West.

— Nem pensar, é muito arriscado misturar o nosso DNA. Olha os nossos filhos, um vai me dar cabelo branco antes de atingir a maioridade, o outro parece você e a outra parece um porquinho rindo. — Ri igual a um porquinho, e sorrio.

— Para mim eles parecem perfeitos.

Ela me encara com um sorriso.

— Droga, para mim também.

Se há 10 anos alguém me dissesse que um namoro falso com a minha secretária insolente me daria uma família, eu diria que a pessoa estava louca, mas aqui estou eu, 10 anos depois completamente apaixonado pela minha esposa e mãe dos meus filhos.

Agradecimentos

Quero começar os agradecimentos pelas minhas betas: Alicia Bianchi, Bia Ferraz, Andrea Cristina e Cíntia F., vocês foram essenciais.

A maravilhosa autora e revisora Lidiane Mastello, obrigada por brigar comigo, precisava de uma bronca para o final desse livro sair. Obrigada por revisar OS DOIS FINAIS.

Não posso deixar de agradecer as minhas parceiras, vocês são sensacionais meninas:

@priscillasantosbooks
@leiturasdamara
@bookstan.emvelaris
@re.livrosromanticos
@booksdaerika
@alfa_literaria
@fc_valbarboza
@devoradora_de_paginas
@vicioliterario7
@Estantedalarasilva
@fefeviterbo
@leiturasdafah
@leiturasdalari_
@megustalivros
@anadivulgacaoes
@lhamaleitora
@mundo.literario.da.ale
@Kellianebooks
@aparecida_divulgacoes
@mundoliterariodaluuh
@seducaoliteraria

É isso, espero vocês no meu próximo lançamento.

www.lereditorial.com

@lereditorial